DIE ZWEI NÄCHTE MIT ÁNGEL

Kain Gold

DIE ERSTE NACHT

Ein Knäuel von Beinen, Armen, Zungen, Lippen, Händen, Fingern – tastend, packend, saugend, krallend, liebkosend; ein Knäuel von Gieren, Stöhnen und Rausch – pochend, schmerzend; das Sehnen, das Keuchen, die Hände, die Lust reizend, überreizend, übergehend. Überstülpen der Lippen. Das Lecken und Saugen. Die Sehnsucht nach Erfüllung, Verschmelzung. Nach Überwindung der Grenzen. Die Haut spüren, in mir aufnehmen. Seine Haut mit meiner Haut spüren wollen, seinen Körper mit meinem Körper spüren wollen, mit meiner Haut umschließen wollen, in mir aufnehmen wollen. Meine Haut abstreifen, wie man einen Pullover abstreift und dabei wendet, und über seinen Körper stülpen. Haut über Haut, und mit der Oberfläche meiner Haut die Oberfläche seiner Haut spüren, die Konturen seines Körpers spüren, seinen Körper spüren, ihn in mir aufnehmen.

Ángels Schenkel, kräftig und fast schwarz von Behaarung, gegen die meinen, sehnig-bleichen, fast unbehaarten Hermesbeine – *Ich mag schmale Fesseln und knabenhafte Körper*, hat er gesagt. Er, der den perfekten Körper verkörpert, ihn diszipliniert, ihn züchtet und züchtigt. Ich beiße in seinen drallen mediterranen Hintern, umfange seine schmale Taille, lecke den unbescholtenen Haarstreif über seinem Bauch entlang hinauf zur sanften, muskulösen Männerbrust, mit Keuchen, mit Sehnen, hinauf zur Erfüllung. Verschmelze mit seinen Lippen, und wieder das Knäuel, das Stöhnen und alles von vorn und das Schmatzen seiner Liebesergüsse zwischen unseren sich windenden Körpern.

Das war nur ganz selten, dass ich dreimal hintereinander gekommen bin, sagt er später. Ich küsse ihn, wir schmiegen uns aneinander und schlafen ein. Ein flacher Schlaf. Für mich. Ein dünner Schleier, der mich von ihm trennte, in jener Nacht, als ich glühte und mein nackter Körper die Kälte im Zimmer nicht spürte.

Doch beginnen wir da, wo alles begonnen hatte – vor 23 Jahren, 1985, im Haus Savoy in München.

Wie war er da hingekommen, in mein Zimmer, dieses Zimmer, das noch heute in meinen Träumen auftaucht, bewohnt von abwesenden Fremden, obwohl ich doch den Schlüssel dazu habe! – Noch. Oder wieder? Ich weiß es nicht. Alles ist anders. Mal finde ich meine Möbel vor, missbraucht, verunglimpft von fremden, mir unbekannten Händen, Gerüchen, Geschmack, mal ist der Raum von einer atemlosen

Leere erfüllt, mal mit Fremdheit verbaut.

Ángel.

Er war von jeher mit diesem Zimmer zeitlos verwoben. Wie war er da hingekommen? Ich weiß es nicht mehr. Ein Lichtgobelin, der die gekalkten Wände überzieht und wärmt. Irgendwo muss ich Ángel ja kennengelernt haben. Dann war er da. In meinem Zimmer im Haus Savoy in München.

Und ich, Felix Barden. Der angehende Filmemacher.

Der Schauspieler war Ángel. Er nahm Unterricht. Schauspielunterricht. Ich hatte gerade zwei Jahre Assistenz bei Traugott Pahlke hinter mir. Meinen ersten Kurzfilm fertig, eine Analyse begonnen, meinen ersten Spielfilm und alle Träume von weiteren vor mir. Ein gefundenes Fressen für Ángel, könnte man meinen.

Es war anders.

Heute weiß ich, dass er suchte und fand. Und es nicht wollte.

Mit seinen einsachtundsiebzig war er nur wenige Zentimeter kleiner als ich, wirkte damals jedoch wie so viele Südländer, denen man schon in jungen Jahren eine leichte Tendenz zum Verfetten ansieht, kleiner. Sah man ihm ins Gesicht, sorgte das strahlende Hellblau seiner Augen im Kontrast zu seinem schwarzen Haar für Irritation. Diese Augen, deren stetes Abtasten zwischen zugewandtem Interesse und vergeblichem Suchen changierten und die urplötzlich einen tief verträumten Blick annehmen konnten.

Er hatte einen Freund, ja, zu dieser Zeit hatte er eine Beziehung mit einem Schauspieler, der, so wie ich, acht Jahre älter war. Gernot. Der Zufall wollte es, dass Gernot zur selben Analytikerin ging wie ich. Das war natürlich ein Thema für uns. Ein gefundenes Fressen. Das Hoffnungen schürte. Bei mir.

All diese Zeichen, Linien, versteckten Hinweise. Das hatte doch etwas zu bedeuten!

Binnen kurzem war eine ungeheure Nähe entstanden. Natürlich waren Film und Schauspielerei, eben Kunst und Kultur, die Themen, die uns bewegten und das gegenseitige Interesse am Anderen allmählich keimen und wachsen ließen. Doch waren dies Nebenschauplätze. Das Interesse am Anderen musste kapitulieren vor der Lust auf den Anderen. Lippen und Hände, Zungen und Augen, alles trachtete nach Nähe, Verschmelzung, Einverleibung. Nach steter Berührung. Nach tiefstem Erkennen. Und Sich-Verlieren. Zeichen und Linien spannen ihr Netz fragiler und zugleich zerstörerischer, als ich es wahrhaben wollte. Wollte er es so?

Zeichen und Linien im Haus Savoy offenbarten sich im Marmor, Messing und den roten Läufern von Empfangshalle und Treppenhaus, die mit ihrem morbiden Charme Ángel bezauberten. Er tauchte ein in den aseptischen Mischgeruch von Eugenol und ChKM der Zahnarztpraxis, die sich gleich, nachdem man die dreizehn Stufen zur Empfangshalle erklommen hatte, rechter Hand befand, betrat den Aufzug, der mit abgewirtschaftetem Schnarren die Falttüren zuklappte und, sich mit einem beängstigenden Ruck in Bewegung setzend, nach oben keuchte. Nach oben, zur fünften Etage, Zimmer 505. Was wollte er da, was hatte ich ihm zu bieten, außer meinen Lippen auf den seinen, außer meiner Zunge in seinem Mund? Meine Nähe, meine Wärme, mein Wissen, meine Kunst? Mein mehr oder weniger bohemienhaftes Leben als Anschauungsunterricht für spätere Jahre? Nein, er hatte gesucht und gefunden. Noch wollte er es. Oder schon nicht mehr?

Man weiß es sofort und will es nicht wissen.

Es klingelt und ich höre seine Stimme im Rauschen der Sprechanlage. Zum ersten Mal. Ich drücke den Öffner. Jetzt wird er die Treppe zur Empfangshalle hinaufeilen, wird zwei Stufen auf einmal nehmen, der Zahnarztdunst wird ihn umhauen, sobald er die Empfangshalle betritt... Gleich wird er oben sein. Zum ersten Mal. In meiner lichten Höhle, der spärlich möblierten. Ich öffne die Tür und da steht er vor mir. Und plötzlich verwandelt sich alles, die Dinge, der Raum dazwischen und mit ihnen ich selbst. Es verwandelt sich alles: der runde Tisch, Nussbaum, zur Hälfte zusammenklappbar, um ihn an die Wand stellen zu können; der Stuhl, Nussbaum, Gründerzeit, doch nichts Verschnörkeltes; der kleine Sessel, roter Chintz; die weißen Anbaumöbel, die eine Wand entlang; das schmale Regal aus der Miller Collection, weiß und Chrom, vollgestopft mit Büchern über Film, Kracauer, Toeplitz, Scheugl und andere, alles verwandelt sich; die kleine provisorische Küche, die im Vorraum auf der einen Seite untergebracht ist und der große Einbauschrank, der Klamotten und die restliche Habe fasst, zur anderen hin; die Option auf ein Doppelbett am Boden: zwei Matratzen übereinander, helle Tagesdecke darüber; die Kunst an den Wänden, Stöhrer, Fleck, Hrdlicka (Künstler des Galeristen Cornelius Hampel, mit dem ich befreundet bin) – alles verwandelt sich.

Die Dinge und ich mit ihnen mutieren wir zu purer Dekoration, zum Serviervorschlag eines geliehenen Lebensgefühls, die lichte Höhle wird zum Präsentierteller aufgestauter Wünsche und Sehnsüchte, den Ángel nun mit glänzenden Augen betritt. Und schon schmelze ich dahin. Was soll ich sagen? Was wird er entgegnen?

Sobald es ernst wird, entzieht er sich. Sexualität und Nähe passen nicht zusammen, gehören nicht zusammen, schließen sich aus. Für ihn. Warum, das werde ich erst viel später erfahren. Sehr viel später. Noch sind wir hier. In diesem Zimmer im Haus Savoy. In meiner lichten Höhle, die uns längst schon umschlossen hat wie ein Liebesuterus, in dem unsere Lippen einander abtasten und tausend Fragen stellen, die sich unserer Kenntnis entziehen, und ebenso viele Antworten erhalten, von denen wir nichts wissen wollen. Solcherart beschaffen ist die Liebe. Und während seine Arme mich halten und unsere Lungen sich gegenseitig den Atem spenden, während meine Hand zwischen seine Schenkel gleitet und ich an der Knopfleiste seiner Jeans herumnestle, durchstößt eine jener Linien die Tür zum Flur, dringt der opulent breite und tagtäglich aufs Neue polierte, makellos goldglänzende Messinghandlauf des Treppenhauses ins Innerste unserer Zweisamkeit, entreißt mir den liebgewonnenen Geliebten, saugt ihn auf in seinen sich nach unten windenden Schlund und speit ihn hinaus, aufs regennasse Trottoir der Tengstraße. Mehr als diese Knöpfe öffnen darf ich nicht. Bis hierhin und nicht weiter, das macht Ángel mir deutlich. Solcherart beschaffen ist seine Liebe.

Wie hatten wir uns kennengelernt? Es muss im Stadtcafé gewesen sein. Ángel verdiente sich dort als junger, südländisch attraktiver Kellner das Geld für seine Schauspielschule. Vermutlich hatte mein bemutternder Ex-Freund und Produzent Gunther uns einander vorgestellt, doch kann es auch ganz anders gewesen sein. Belassen wir es dabei, dass ich mir zum fünfunddreißigsten Mal Hitchcocks *Vertigo* im Filmmuseum angesehen hatte, den Rest des Abends im Stimmen- und Zigarettenrauchgewirr des Stadtcafés verbrachte und dabei wohl Ángels Bekanntschaft gemacht hatte. So in etwa könnte es gewesen sein. Doch muss es das überhaupt? Muss es tatsächlich so gewesen sein? Was spielt es für eine Rolle, dass man sich so oder so, aus diesem oder jenem Anlass kennenlernt und sich zudem an diesen oder jenen Anlass auch noch en detail zu erinnern vermag? Ángel war in meinem Zimmer im Haus Savoy und ich weiß schlichtweg nicht mehr, wie er da hingekommen war. Auch an seine Wohnung in der Winzererstraße kann ich mich nicht mehr erinnern. Und doch wohnte er da. Habe ich ihn jemals dort besucht?

Ich erinnere mich an seine vollen Lippen, an seinen warmen Blick, gesäumt von schwarzen Wimpern, an die

Sehnsucht und das Verlangen, die aus der Tiefe dieser Augen nach mir riefen und ihre Arme reckten, zugleich die Wissbegier und Wachheit, die seinem Leben eine Wendung geben sollten, deren sich der damals einundzwanzigjährige Schauspielschüler lange nicht bewusst war. Noch lag sein ganzes Wollen und Streben, all sein Enthusiasmus auf dem Gebiet der darstellenden Kunst, des Kreativen schlechthin. Später jedoch sollte etwas ganz anderes sein Leben ausmachen.

Aber noch ist es nicht so weit. Noch müssen viele Jahre vergehen. Noch spüre ich seinen Atem an meinem Ohr. Es ist halb vier am Nachmittag. Wir liegen auf meinem Bett. Angezogen. Sittsam. Ich auf dem Rücken, Ángel an meiner linken Seite in meinem Arm. Den Kopf an meine Schulter gekuschelt, redet er unentwegt auf mich ein, mit einem Feuer, wie es eben nur ein einundzwanzigjähriger Schauspielschüler besitzen kann. Ich höre ihn reden und freue mich an ihm. Seine Fähigkeit zur Begeisterung erfüllt mich, seine Stimme, ihn zu spüren. Sein vibrierender Körper, die Glut seines Atems, die mit jedem Wort aus seinem Mund auf meinem Ohr, auf meinem Hals tanzt. All das erfüllt mich. Ángel erfüllt mich. Seine Leichtigkeit und seine Offenheit für die Welt, um die ich ihn so beneide, schleichen sich bei mir ein und ergreifen unbemerkt Besitz von mir, dem alles so schwer und die Schwere der Welt sein täglich Brot ist. Ich genieße es, so dazuliegen, mit ihm an meiner Schulter, seine Stimme zu hören und dabei ganz allmählich ins Träumen abzugleiten.

Mein Zimmer wird an diesem verregneten Nachmittag zur mohnbesprenkelten Frühsommerwiese, auf der wir beide in weißgestärkten Vatermörderhemden und hellen Leinenhosen liegen und auf Grashalmen herumkauen. Wie aus einer anderen Zeit.

Diese zwei weißen Gestalten, so friedvoll im wadenhohen Gras, bilden ein T. Der Kopf des Älteren ruht im Schoß des Jüngeren. Um sie herum das Gezirp der Grillen, Wiesenduft, Unschuld. Ein Bild wie aus einem Kitschfilm. Ein Gefühl, so ganz und gar erhaben. Es sucht keinen Vergleich. Wir treffen uns im Unendlichen. Zwei Parallelen. Um uns herum der Mohn mit seinen tief geneigten, sich in der leichten Brise hin- und herwiegenden Köpfen, er ertränkt uns mit seinem Mohnrot. Und ich erlebe, wie sich unsere weißen Hemden und Leinenhosen damit vollsaugen. Doch dieses Rot, das sich mehr und mehr zu einem frischen Blutrot verflüssigt, hinterlässt keinen einzigen blutigen Fleck auf dem Unschuldsweiß. Und plötzlich die Frage in mir:

Könnte er mich lieben? Könnte Ángel mich lieben?

So, wie man liebt, wenn man beieinander sein will? Wenn man geben will und nehmen? Sich hingeben will? Den Weg gehen will, Seite an Seite? Teilen, sich mitteilen, verstehen will?

Wird er sich von Gernot trennen?

Was er mir von dieser Beziehung erzählt, müsste unweigerlich zu einer Trennung führen, doch in dieser Hinsicht ist Ángel kein leichtfertiger Mensch, nicht einmal mit seinen einundzwanzig Jahren. Der Gedanke an seine Ernsthaftigkeit und Treue lässt mich noch stärker für ihn erglühen und beschämt mich zugleich, da ich, wenn auch oft nur in Gedanken, weniger treu war und gewiss im Lieben weniger ernsthaft, denn da hatte ich, und das ebenso oft, Ernsthaftigkeit mit Symbiose verwechselt.

Unversehens schweifen meine Gedanken ab und Yoricks Bild taucht zwischen den Mohnblüten auf, lässt sie jäh welken und verdorren. Yorick hatte ich sieben Jahre zuvor in einer Selbsterfahrungsgruppe kennengelernt. Binnen kurzem entwickelte sich eine leidenschaftliche Beziehung zwischen uns, geprägt von heftigen Streits, die nur scheinbar unangekündigt und völlig eruptiv über uns hereinbrachen, um bisweilen sogar in Faustschlägen, Tritten, in einer besinnungslosen Prügelei zu enden, und – wie könnte es in einer Symbiose anders sein – den darauffolgenden Versöhnungen, die in höchsten Lustgefühlen gesteigerter Wollust ihren Frieden fanden. *Aber das ist eine andere Geschichte.*

Zu derart neurotischen Verstrickungen würde es mit Ángel nie kommen. denke ich, darf es nie kommen, nein! wird es auch nicht. Hitzige Ausbrüche und unkontrollierte Emotionen habe ich hinter mir gelassen und schließlich, Ángel, dieser junge Mensch, macht mir in seiner ruhigen, selbstsicheren Art überhaupt nicht den Eindruck, als dass er für solche Beziehungsmuster der geeignete Partner wäre. Zwar tobt in ihm das Leben, doch das äußert sich als Wissbegier, als

Idealismus und Elan. Nicht als Eifersucht und Betrug wie bei Yorick, der selbst auf meine sterbende Mutter eifersüchtig war, weil ich sie ganze zwei Monate zu Hause gepflegt hatte. Nein, die Beziehung mit Yorick ist wahrlich weder Maßstab noch Vorbild für das, was ich mir für Ángel und mich erträume. Umso verdrießlicher empfinde ich nun diese Einmischung, diese Störung unserer Idylle, dieses Hereinplatzen einer Figur, die längst passé ist. Liegt es vielleicht daran, dass Ángel der erste Mann seit Yorick ist, zu dem ich mich genauso – nein, noch wesentlich leidenschaftlicher hingezogen fühle? Dessen sexuelle Anziehungskraft mir fast den Verstand raubt? Mischt deshalb dieser kleine Neurosenteufel Yorick sich so unerwartet ein und erinnert mich daran, dass auch ich nicht so unschuldig bin, wie ich tue? Wie behaglich Ángel in meinem Arm liegt... welche Wonne, welche Lust! Ich drehe ihm meinen Kopf zu, lächle ihn an.

Was? sagt er und gibt mir mit seiner Nase einen Stups gegen die meine.

Nichts, sage ich.

Ich träume.

Und was?

Von uns und Mohn auf einer Wiese. Lass mich noch etwas weiterträumen.

Da gibt er mir schnell einen Kuss auf die Nase, dann einen auf den Mund und kuschelt sich jetzt fester an mich. Wenige Bewegungen, die meine Begierde ins Unermessliche steigern und mich schier umkommen lassen vor Sehnsucht. Doch ich will mich beherrschen, will den Augenblick so auskosten, wie er ist. Das Mohnrot erschlägt mich. Es erstrahlt mit neuer atemberaubender Kraft, fast ein Fanal. Mein Kopf ruht in Ángels weißem Leinenschoß, um uns herum sirren die hitzebeständigen Hochfrequenzen der Grillen, glüht der Mohn in der Mittagssonne und ich lasse mich hinunterziehen in einen Sumpf des längst Vergangenen, ergebe mich ganz ohne Widerstand dem Sog, der in Bracke, Schlick und Morast wohnt. Offensichtlich muss ich doch weiter ausholen, als mir lieb ist…

Im Grunde war ich eine naive, unbedarfte Landpomeranze, als ich mich im November 1977 an der LMU in München immatrikulierte. Daran änderten auch eine gewisse Weltläufigkeit, guter Geschmack und der Hang zum Luxus nicht viel, die mir zum Teil im Elternhaus eingeimpft, zum Teil wohl auch von mir selbst in diese Welt mitgebracht wurden. Nein, das Provinzielle, das sich in der "Nibelungenstadt Worms", einer völlig abgewirtschafteten, ja, von der Familie von Heyl durch Industriellen-Willkür nahezu in den Ruin getriebenen Stadt von damals dreiundsechzigtausend Einwohnern, in einem für Außenstehende kaum nachvollziehbaren Dünkel äußerte, der in nichts anderem als einer scheinbar grandiosen Vergangenheit seine Nahrung fand, und der sich insbesondere auf meiner Schule, dem Staatlich Altsprachlichen Gymnasium

Worms, als eine perfide Mischung aus Fünfzigerjahre-Mief und Nazi-Häme manifestierte – der Direktor war, wie ich erst nach dem Abitur erfahren hatte, in seinem früheren, seinem nationalsozialistischen Leben Gaswagenfahrer gewesen – dieses Provinzelle hatte uns alle geprägt, uns seinen Stempel aufgedrückt und bei jedem von uns seine ganz individuellen Maßnahmen der Gegenwehr hervorgelockt. Auf die eine oder andere Weise. Seien es Fluchtimpulse oder der Wunsch nach Befreiung und Selbstfindung oder beides gewesen. Bei mir hatte diese lieblose Zeit die Fähigkeit zu Mitgefühl gesteigert, meinen Gerechtigkeitssinn geschärft und den schon lebendigen Wunsch nach Liebe und Nähe angefacht. Doch es haftete an mir, auch wenn ich es erfolgreich zu kaschieren vermochte. Womöglich hatte es sich auch verwandelt. In diese Unaufrichtigkeit der Gefühle, die sich als Naivität auszugeben verstand. Diese Naivität und Unbedarftheit, die so unschuldig tat und in Wirklichkeit doch so gefährlich war, das Provinzielle der Seele, das so gar nichts gemein hat mit der kosmopolitischen Liebe einer Seele; der Betrug an sich selbst, dem ich, für mich zum ersten Mal spürbar in meiner Liebe zu Yorick, aufgesessen war. Ja, ich muss noch einmal auf ihn zurückkommen, will ich meinen Liebeswerdegang und die verschlungenen Pfade, die mich schließlich zu Ángel führten, der Vollständigkeit halber und um des Verstehens willen wiedergeben. Natürlich hat auch Yorick mich betrogen. Am laufenden Band. Er, der notorisch Eifersüchtige, war notorisch untreu, ein notorischer Fremdgeher, ein Ehebrecher. Aber

Eifersucht und Untreue gehören wohl zusammen. Ich verurteile es nicht, ich nehme es nur zur Kenntnis. Nein, das Erschreckende an mir ist das eigentlich Interessante; das, was mein ganzes gegenwärtiges Denken bestimmt und keinen Raum mehr lässt. Für nichts. Wie konnte ich nur so naiv sein! So völlig blauäugig und unbedarft!

Denke ich an jene Zeit der naiven Liebessuche zurück, lande ich unweigerlich bei Anastasia. Es ging mir nicht gut mit Yorick, ich musste Klarheit bekommen, über die Situation, unsere Beziehung, meine Gefühle. Anastasia kannte uns beide, sie war eine mit mir befreundete Kommilitonin aus den Theaterwissenschaften. Ich mochte sie sehr gern, sie hatte etwas Sphärenhaftes, was mich faszinierte, aber auch mit dazu beitrug, dass ein Rest unüberwindbarer Distanz verblieb, der Eindruck, ihrer nie ganz habhaft werden zu können. Vermutlich erschien sie mir deswegen als die ideale Ratgeberin. Am späten Nachmittag war ich bei ihr in der Leopoldstraße aufgetaucht, weit oben im Norden, wo sie in einem Siebzigerjahre-Betonbau eine sehr provisorisch wirkende Souterrainwohnung hatte. Anastasia wollte Schauspielerin werden und war auf dem besten Wege dahin – in Gestik, Mimik und Sprachduktus erinnerte sie mich an Gloria Swanson in *Sunset Boulevard*. Wir redeten bis tief in die Nacht. Wieder und wieder beschwor sie das Einzigartige und die Vitalität meiner Beziehung mit Yorick herauf, die erotische Ausstrahlung, die wir als Paar hätten, die Liebe und Leidenschaft, die zwischen uns spürbar wäre. Und doch war mir, als wollte sie mit all ihren Worten einzig Yoricks Untreue verbergen, vielmehr, da ich ja keine Zweifel an seiner Treue hegte, mir mit jedem Wort sagen: Pass auf, dein lieber, kleiner Yorick ist ein Casanova, ein durchtriebener Verführer, ein Allerweltsliebling. Wir redeten, bis uns die Augen zufielen und das war gegen halb drei in der Früh. Den Rest der Nacht verbrachte ich auf einer zur Couch umfunktionierten Matratze in ihrer Wohnküche, indem ich die Gedanken an Yorick und mich hin- und herbewegte und schließlich im Kreise drehen ließ. Irgendwann schlief ich ein. Das Geräusch der Türklingel weckte mich. Halb zehn. Ein dumpfer Wortwechsel im Flur, dann weht Yorick herein – woher wusste er nur, dass ich hier bin? – wieder kommen ihm seine üblen Verdächtigungen und eifersüchtigen Beschimpfungen über die Lippen, er packt die feine Silberkette – ein Geschenk von ihm – reißt sie mir vom Hals und schleudert sie mir ins Gesicht. Und verschwindet so schnell, wie er gekommen war. Eine Woche später erhalte ich einen Brief von Anastasia. Wenige Tage, bevor ich bei ihr war, hatte sie mit Yorick geschlafen. Ihre schriftliche Entschuldigung fällt halbherzig aus; sie bestätigt mir das, was ich bei ihrer Person empfinde. Yorick gegenüber verdränge ich mein Wissen. Ich sollte es noch einige Zeit mit ihm aushalten.

Erst jetzt, hier in Ángels weißem Leinenschoß, schießt mir das damals Verdrängte wie ein heißer Blutschlag in den Kopf und das ganze Ausmaß des Geschehenen wird mir bewusst. Ich hatte es mir selbst zuzuschreiben. Irgendwann im Laufe unserer Beziehung hatte auch ich begonnen, Yorick zu betrügen. Mit meinem Vorgänger, seinem Ex. Nicht real. Und doch hatte ich es darauf angelegt. In Gedanken, in Verabredungen. Yorick selbst hatte uns miteinander bekannt gemacht, hatte mich des Öfteren, wenn er Reinhard besuchte, mitgenommen. Ich fand ihn auf Anhieb attraktiv und stellte mir wiederholt die Frage, ob diese Attraktivität auf seinem Aussehen beruhte oder eben darauf, dass er mein Vorgänger war. Ich kam zu dem Schluss, dass Letzteres zutraf. Wäre er natürlich absolut unansehnlich gewesen... aber das war er nun mal nicht. Sofort verallgemeinerte ich diese Beobachtung und fand es verblüffend, dass ehemalige Partner eine derartige Anziehung auf ihre Nachfolger haben konnten. Was mochte dahinter stecken? Ich verabredete mich mit Wolfgang, Reinhards neuem Freund, besuchte ihn häufig in der gemeinsamen Wohnung am Regerplatz, immer in der Hoffnung, den Eigentlichen anzutreffen, was nie passierte und die Spannung nur vergrößerte. Irgendwann übernachtete ich auch dort, auf einer Matratze im Flur. Ob dies vor oder nach dem Erlebnis mit Anastasia war, erinnere ich nicht mehr, aber es spielt auch keine Rolle. Es spielt keine Rolle, dass Yorick am nächsten Morgen auftauchte, natürlich(!), und mich wieder einmal in seinem Meer aus Eifersucht baden ließ. Was eine Rolle spielt, ist, dass ich mich gerade frage, was schlimmer ist: Den anderen zu betrügen oder sich selbst etwas vorzulügen. Unaufrichtig war ich in jedem Fall. Yorick mochte gewesen sein, wie er wollte, aber ich war weder Opfer seiner

Eifersüchteleien, noch seiner Betrügereien, sondern hatte eifrig mitgebaut an der Mechanik unserer Beziehung. Ich war unaufrichtig gewesen. Das ist es, was mich erschüttert, auch noch fünf Jahre danach und angesichts dessen, dass ich Ángels Aufrichtigkeit zutiefst spüre, ohne dass er sie im Mindesten wie einen Bauchladen vor sich her trüge. Könnte ich auch ihm gegenüber in irgendeiner Weise unaufrichtig sein? Welche Mechanik würde sich bei uns beiden in Bewegung setzen, käme es denn tatsächlich zu einer Beziehung? Da ich schon jetzt leidenschaftlicher für ihn empfinde, als ich je für Yorick empfunden habe, welch mephistophelische Anwandlungen kämen erst über mich, würde dieser unschuldige junge Mann Ja zu mir sagen? Doch ich möchte ihn lieben können, mit ihm mein und sein Leben teilen, jetzt, sofort, auf der Stelle, auf dieser mohnbesprenkelten, sonnendampfenden Wiese erhebe ich meinen Kopf aus seinem Schoß und wälze mich sacht und der Länge nach auf diesen ebenso wie ich in weißes Linnen gekleideten Körper, und wir küssen uns unersättlich, und aus der Tiefe unserer beider Herzen sprießt der Mohn gebündelt und knüpft seine Girlande, die uns tausendfach umschlingt als ein Band ewiger Liebe von vor unserer Zeit und nach uns.

Und während Ángels Arme mich halten und unsere Lungen sich gegenseitig den Atem spenden, während meine Hand zwischen seine Schenkel gleitet und meine Finger an der Knopfleiste seiner Jeans herumnesteln, durchstößt eine jener Linien die Tür zum Flur, dringt der opulent breite und tagtäglich aufs Neue polierte, makellos goldglänzende Messinghandlauf des Treppenhauses ins Innerste unserer Zweisamkeit, entreißt mir den liebgewonnen Geliebten, saugt ihn auf in seinen sich nach unten windenden Schlund und speit ihn hinaus, aufs regennasse Trottoir der Tengstraße. Mehr als diese Knöpfe öffnen darf ich nicht. Bis hierhin und nicht weiter, das macht mir Ángel deutlich. Solcherart beschaffen ist seine Liebe.

Dieser Betrug an mir selbst, der mich dazu gebracht hatte, Yoricks Launen zu ertragen und ihm die meinen gegenzuhalten, dieses Provinzielle der Gefühle führte mich direkt in Gunthers Arme.

Gunther war elf Jahre älter als ich, stieß irgendwann zu unserer Selbsterfahrungsgruppe und hatte Yorick und mich sofort als ein Paar identifiziert, mit dem irgendetwas nicht stimmte. Als passiv geschulter Freudianer – nach einem Selbstmordversuch während seiner Studentenzeit hatte er sich jahrelang einer Psychoanalyse unterzogen – erkannte er dies an dem Umstand, dass Yorick und ich "häufig Händchen haltend" in der Gruppe saßen. So etwas forderte zum Widerspruch geradezu heraus. Ihm war klar, dass unsere Beziehung nirgendwohin sonst als auf den Prüfstand gehörte und er begann, die Pfeiler, auf denen sie ruhte, geschickt anzubohren. Er bot mir seine Hilfe und seinen Beistand bei der Lösung unserer Probleme an. Unverhohlen buhlte er um mich, und nachdem Yorick und ich uns endlos gequält, er mir schallende Ohrfeigen und ich ihm eine gebrochene Rippe verpasst hatte, gab ich klein bei und Gunthers Avancen eine Chance. Der Rest überzeugte: Gunthers weiße, geschmackvoll und sparsam möblierte Wohnung, sein universelles Gebildet-Sein, sein illustrer Freundeskreis, der Politik – die mehr oder minder lokale – und Kultur, insbesondere in München ansässige Filmschaffende, mit einschloss, seine rhetorische Begabung, auf die sich, meines Erachtens, nicht zuletzt dieser Freundeskreis gründete und seine liebevolle bis dominante Art, sich zu kümmern. Und schließlich nicht zu vergessen, denn ihr hatte er vieles von dem, was aus ihm geworden war und was er aus sich gemacht hatte, zu verdanken: Tante Urd, die reiche, fast achtzigjährige Erbtante. Sie war die Feuerprobe, die ich nun, mittlerweile vierundzwanzig und Vollwaise, bestehen musste. Dazu hatte sie zu einem Diner bei Käfer eingeladen. Das war zwar nicht internationales Parkett, aber ich wusste mich trotzdem zu benehmen, kannte mich im Gebrauch von Messer und Gabel und sonstigem Besteck aus – obwohl ich aus Worms kam – und stellte gelassen fest, dass die Stadt, in der sie das Licht der Welt erblickt hatte, Düren nämlich, was den Grad der Zerstörung eines ehemals gefälligen, ja, schönen Stadtbildes durch den Krieg und besonders die darauffolgende Wirtschaftswunderarchitektur anging, meiner Heimatstadt in nichts nachstand. Beide Städte gehören wohl zu den hässlichsten Deutschlands und werden nur noch von Ludwigshafen übertrumpft. Tante Urd war eine verkappte Lesbierin, die, vom Bankrott des väterlichen Geschäfts während der ersten Weltwirtschaftskrise in ihrer

Jugend traumatisiert, bei der Firma Hoesch in Düren, einem Chemikalienhandel, der die Papier- und Textilindustrie bediente, einen rasanten Aufstieg bis hin zur Mitgesellschafterin vollbrachte. Viele Jahre war sie mit einer Ärztin befreundet, die fünf Jahre älter war, und in dieser Beziehung, so behauptete Gunther wiederholt, einmal süffisant, ein andermal tiefernst, sei es jedoch nie zu einem sexuellen Vollzug gekommen, diese Art von Freizügigkeit habe sich seine Tante nie zugestanden. Ob denn in der Tat Liebe im Spiel gewesen sei, diese Frage meinerseits blieb unbeantwortet. Die Beziehung – nennen wir es einmal so – zerbrach nach einem Streit, den Gunther als Neunzehnjähriger in ihrer damaligen Villa in Düren zwar nicht an Worten, aber an der Heftigkeit des Gesagten mitbekommen und seine Schlüsse daraus in der Richtung gezogen hatte, dass es sich um Eifersüchteleien bezüglich einer dritten weiblichen Person gehandelt haben musste, welche die beiden auf einer Urlaubsreise nach Sizilien kennengelernt hatten.

Für besagten Abend kam Tante Urd mit Chauffeur und Gesellschafterin Marianne aus Tegernsee angereist. Marianne durfte mit am Tisch sitzen. Ja, so streng war das Regiment, das sie führte. Mit äußerster Härte und Willkür hatte sie seit jeher auf der Klaviatur von Zuckerbrot und Peitsche gespielt und damit nicht nur ihre Geschwister unter Kuratel, sondern auch deren Kinder – wie eben auch Gunther – am Gängelband gehalten. Spurlos war das an keinem der Beteiligten vorübergegangen. Dieser Abend hier war jedenfalls friedlich verlaufen, Menü und Weine waren vorzüglich, und ich hatte Tante Urds strenger Begutachtung Genüge geleistet und die Feuerprobe bestanden. Und endlich gar empfand sie größte Genugtuung, als sie, vorgeblich versonnen an ihrem unübersehbar großen Smaragdring spielend, die Rechnung beglich – nicht ohne sie zuvor aufs Penibelste kontrolliert zu haben. Auch Gunther war mit mir und diesem Abend zufrieden. *Findest du ihn nicht ein bisschen zu jung?* waren die einzigen Worte des Missfallens, die sie sich bezüglich meiner Person ihm gegenüber beim Abschied geleistet hatte, erzählte er mir mit seinem so typisch ironischen Unterton später, in der Nacht, als ich mich ihm aus Dankbarkeit hingab und weniger aus Lust, denn die hatte ich bei Yorick gelassen.

Diese Lust, da bin ich mir absolut sicher, werde ich bei Ángel wiederfinden. In gesteigerter Form sogar. Ohne diese neurotischen Zirkusnummern, die Yorick mit mir und ich mit ihm veranstaltet haben. Diese Lust, die nach Körper schreit, nach Anfassen, Festhalten, Spüren; nach Lippen, nach Haut und Geschlecht; nach Küssen, Erregen und Sinnenrausch, in den Armen des Geliebten... Diese Lust, die weit mehr ist als die bloße Verschlingung zweier Körper, zweier Organismen; die, gleich einem perpetuum mobile, sich aus sich selbst heraus nährt und steigert, weil sie die Lust des Anderen will, von Höhepunkt zu Höhepunkt.

In Ángel habe ich all das gefunden.

Mag er sich auch noch so sträuben und dagegen wehren,

sein Körper und nicht zuletzt er selbst sprechen eine eindeutige Sprache. Früher oder später wird er sich von Gernot trennen, keine Frage, und dann wird er bei mir offene Türen einrennen. Allein seine Begeisterung für Robert Bresson, die er nun mit mir teilt, denn er kannte ihn vorher nicht! *Pickpocket* und *Mouchette* waren die beiden Filme, die das Filmmuseum im Rahmen seiner Bresson-Reihe an einem Abend hintereinander gezeigt hatte und in die Ángel mich voller Erwartung begleitete. Es hatte dazu keiner besonderen Überredungskunst meinerseits bedurft. Trotzdem stand ich unter einer immensen Anspannung, denn Bresson gehört zu meinen Lieblingsregisseuren und Ángels Reaktion auf seine Filme war mir alles andere als egal. Während *Pickpocket* über die Leinwand flimmerte, hatte er seine Hand auf meinen Schenkel gelegt und ihn von Zeit zu Zeit sanft gedrückt. Fast wäre es mir gekommen. Zur Beruhigung legte ich meine Hand auf die seine und nahm sie endlich in beide Hände. Zwischen uns begann ein vorsichtig behutsames Fingerspiel, ein zarter Reigen aus Tasten und Necken, aus Räuber und Gendarm, während auf der Leinwand Brieftaschen und Portefeuilles sacht aus Hosen oder Jacken geangelt wurden und, mit flinken Fingern weitergereicht, unbemerkt so den Besitzer wechselten. Für Ángel war es der erotischste Film, den er je gesehen hatte, und zu meiner großen Freude bestätigte er damit auch meine Meinung. Irgendwann anschließend, bei *Mouchette*, schnürte es mir plötzlich den Hals zu – lange vor der bedrückend-hypnotischen Szene, in der diese Mouchette sich so oft die

Uferböschung hinunterrollen lässt, bis ihr Körper endlich ins Wasser plumpst und untergeht. Unablässig rannen mir Tränen über die Wangen, sammelten sich am Kinn und tropften in Abständen nach unten, auf meine Schenkel, meine Hände, den Boden. Von Zeit zu Zeit spürte ich Ángels irritierten Blick auf mir. Was war nur mit mir los? Sicher, auch ich sah diese filmische Elegie zum ersten Mal, war sehr berührt, ja, ging darin auf und bin in solchen Momenten immer den Tränen sehr nah. Doch es war mehr als das. Aus irgendeinem verrückten Grund weinte ich auch um Ángel, gerade so, als sei sein Schicksal mit dem der geschlagenen Mouchette verknüpft. Auch Ángel war von dem Film berührt, doch mehr auf eine unangenehme Art. Obgleich er Bressons stilistische Mittel der Umsetzung eines solchen Stoffs gut fand, konnte er nicht umhin, ebendiesen Stoff als zu wenig packend und einfach zu deprimierend abzutun. Außerdem: *Ich kann sowieso nicht weinen, bei mir wollen einfach keine Tränen fließen* war seine Schlussbemerkung zum Thema.

Es war bereits nach Mitternacht, als wir am Josephsplatz ausstiegen und die wenigen Meter durch die Georgenstraße nebeneinander hertrotteten in die Tengstraße hinein. Mit jedem Schritt, mit dem wir uns dem Savoy näherten, schlug mir das Herz höher und höher. Hätte Ángel nach Hause gewollt, wäre er noch eine Station weiter zum Hohenzollernplatz gefahren. Endlich hatte er es sich anders überlegt und dem eigenen Sehnen und der Anziehungskraft, die ich ganz offensichtlich auf ihn ausübte, nachgegeben. Ich kramte den Schlüssel aus meiner Hosentasche, steckte ihn ins Schlüsselloch und öffnete die Haustür.

Dann schlaf jetzt mal gut, sagte er.

Wie... ich dachte, du kommst mit hoch?

Nein, das geht nicht, das weißt du doch.

Was weiß ich? Dass du noch mit Gernot zusammen bist und dann doch wieder nicht?

Das hab ich dir doch schon gesagt, bitte bedräng mich nicht, das hat überhaupt keinen Sinn.

Er lächelt mich mit seinen verträumten blauen Augen an, drückt mir einen Kuss auf die Wange und trottet weiter, die Tengstraße hinunter, überquert die Elisabethstraße Richtung Hohenzollernstraße und entschwindet irgendwann in die Dunkelheit. Noch lange stehe ich unter dem Vordach des Savoy und schaue ihm nach. Wie einem Phantom.

Ich muss es einfach verstehen lernen, er ist ein hoffnungsloser Moralist, ohne jeglichen Kompromiss oder irgendwelche Zugeständnisse, die ihn in Erklärungsnöte stürzen könnten. Er möchte eine Beziehung mit Anstand beenden und sich nicht mittendrin auf ein nächstes Abenteuer einlassen, unabhängig davon, wie es ausgehen mag. Und das mit seinen gerade mal einundzwanzig Jahren. Es zerreißt mir das Herz nach ihm.

Ich hingegen hatte mich auf ein nächstes Abenteuer eingelassen ohne meine Beziehung mit Yorick wirklich beendet zu haben. Ich hatte Gunthers Werben nachgegeben und, in meinem Innersten dem Auftrag meiner Mutter gehorchend – ihrem für sich selbst erträumten und nie erfüllten Wunsch nach einer standesgemäßen Verbindung, um nicht zu sagen: nach einer guten Partie – dabei übersehen, dass ich wieder einmal dem Provinziellen, das still und heimlich in mir wirkte, auf den Leim gegangen war: Ich meinte, Gunther zu lieben, in Wahrheit jedoch hatte mich seine unermüdliche, mich letztlich dominierende Fürsorge für ihn eingenommen. Dahinter verbarg sich beileibe keine böse Absicht oder Betrug. Nein, ich liebte Gunther ja, gab mich ihm hin, schenkte ihm seine und meine Höhepunkte. Doch ich blieb bei mir. Daran merkte ich die Versehrtheit meiner Liebe zu ihm. Und weit schlimmer: Der Vergleich war ein ständiger Begleiter, hauchte mir unentwegt "Yorick" ins Ohr und folgte uns wie ein Schattenwesen, dessen man sich nicht erwehren kann. Zweimal verlor ich mich an diese Verlockung...

Gunther war ich sehr schnell auf die Schliche gekommen. Im Grunde war er eine zweite Tante Urd, die formen wollte, erziehen und kontrollieren, einem Geschmack und die Welt beibringen wollte, kurzum, Macht ausüben und dafür geliebt werden wollte. Natürlich verlief das bei Gunther in sehr viel harmloseren Bahnen, auf nur leicht welligem Gelände und nicht wie bei der wirklichen Urd als Hochgebirgsstrecke mit ausgesetzten Stellen und tausend Abgründen, so dass es einem den Atem verschlug. Gunther war ja tatsächlich verliebt und hatte – trotz aller Eingriffe und Übergriffe, von denen ich nie wusste, beherrscht er sie oder beherrschen sie ihn – das liebende Interesse an einer wirklichen Entwicklung meiner Person zu einer befreiten, eigenständigen Persönlichkeit. Es war abzusehen, dass seine Tendenz, Macht und Einfluss auszuüben, mit dieser Ausprägung seiner Liebe, nämlich den anderen emanzipieren zu wollen, früher oder später kollidieren musste. Die irritierenden Botschaften dieser Kollision verursachten bei mir eine ähnliche Reaktion wie die ehemals banalen Streitereien mit Yorick: Ich bekam einen Wutausbruch. Nur reagierte Gunther darauf völlig anders als Yorick – er lachte und ging in Deckung, was, als souveräne Reaktion gedacht, mein Gemüt hätte abkühlen sollen, doch im Gegenteil meinen Jähzorn aufs Äußerste reizte. Mehr als einmal war ich hinterher erleichtert, dass ich in diesen Momenten kein Messer zur Hand gehabt hatte; ich wäre damals wohl der geborene Affektmörder gewesen.

Schneller noch als ich ihn hatte Gunther mich durchschaut. In den Spuren, die mein Elternhaus und speziell meine Mutter in mir hinterlassen hatten, konnte er lesen wie in einem offenen Buch. Und sobald ich ein Verhalten an den Tag legte, das man ohne weiteres mit dem Titel "Im Auftrag Ihrer Majestät, der Mutter" versehen konnte, sprach er mich nur noch mit ihrem Namen an: Mathilde. Das passte mir natürlich gar nicht; in meinen Augen war dies eine Anmaßung und zudem Majestätsbeleidigung. Wie es ja immer eine Anmaßung ist, wenn der Partner sich kritisch oder gar despektierlich über unsere Eltern äußert, denn das dürfen schließlich nur wir selbst. Aber man könnte es durchaus als eine seiner

"Techniken" bezeichnen, mit denen Gunther meine Fähigkeit zur kritischen Selbstreflektion förderte und mir die Sinne dafür schärfte, welch liebevolle Verbrechen Eltern an ihren Kindern begehen. Gunthers Engagement und nicht zuletzt meine Lektüre von Marie Cardinals *Schattenmund* sollten schließlich dazu führen, dass auch ich mich einer Psychoanalyse unterzog. Doch noch war es nicht so weit. Noch lange nicht.

Meinen Kolleginnen und Kollegen vom Theaterkollektiv war es vollkommen unverständlich, dass ich mich von Yorick getrennt hatte und nun mit Gunther liiert war. Fast so, als hätte ich das Lager gewechselt – was ich, nüchtern betrachtet, ja auch getan hatte. Nur kam es ihnen, wollte mir scheinen, wie Vaterlandsverrat vor. Nun zeichnen sich Gruppen, vor allem wenn sie sich freiwillig zusammengefunden haben, neben der üblichen sich herauskristallisierenden Gruppenhierarchie durch so mancherlei Gemeinsamkeit in der psychischen Struktur der einzelnen Mitglieder aus. Bei uns waren es eine gewisse Labilität und der Mangel an Konfliktfähigkeit, die mehr oder weniger allen zu eigen waren. Da musste eine derart dominante Persönlichkeit wie Gunther, die noch dazu provozierende Fragen stellte und nur allzu gerne konfrontierte, auf allgemeine Ablehnung stoßen. Und obwohl er sich einige Male für Kostüme, Requisiten oder Organisatorisches ungeheuer ins Zeug gelegt hatte, war er in dieser Gruppe kein gern gesehener Gast und es oblag mir, ihn und meine Beziehung zu ihm wieder und wieder zu verteidigen.

Während der Semesterferien des Sommers 1979, es war damals die hohe Zeit meiner leidenschaftlichen Liebe zu Yorick, hatte ich München Hals über Kopf verlassen, um nach Worms zurückzukehren und meiner Mutter beizustehen. Vier Jahre zuvor – ich hatte gerade mein Abitur gemacht und diese Scheußlichkeiten über unseren Schuldirektor erfahren – war bei ihr ein Mastdarmkarzinom festgestellt und entfernt worden. Jetzt hatte ein Szintigramm ergeben, dass ihre Leber schon zur Hälfte metastasiert war. Als ich zu Hause ankam, herrschte Grabesstimmung. Unser Haus, das mir schon als Vierjährigem mit seinen teilweise geschlossenen Fensterläden und bestimmten Zimmern, die nicht benutzt wurden und die keiner betreten durfte, wie ein Totenhaus vorkam, empfing mich mit der Kälte einer Leichenhalle. Mein Vater saß in seinem Büro am Schreibtisch und brütete vor sich hin. Sein mittlerweile eher dürftiges Haupthaar, das er üblicherweise Brisk-verklebt nach hinten gekämmt hatte, hing ihm fettig ins Gesicht. Er ließ es sich nicht anmerken, aber ich sah, dass er sich über mein Kommen freute. Meine Mutter, die mit ihren einundsechzig Jahren noch immer ihre natürliche dunkle Haarfarbe besaß und nicht ganz ohne Stolz Wert darauf legte, immer und überall gut frisiert aufzutreten, war mehr schlecht als recht in der großen, altmodischen Küche zugange, die noch über sämtliche ursprünglichen Einbauten von 1928 verfügte – die einzigen Zeugen modernerer Zeiten waren ein Elektroherd und eine Kühl-Gefrier-Kombination – und bereitete das

Abendessen zu. Sie, das Idol meiner Kindheit (und zugleich dessen uneingelöste und unerlöste Enttäuschung). Als Kind, so mit sieben, acht Jahren, klebten meine Augen, ja, alle meine Sinne fiebernd vor Staunen an der Leinwand der KW-Lichtspiele, über die *Vom Winde verweht* flimmerte und immer nur sah ich meine Mutter: Scarlett O'Hara, die schöne, die zerbrechliche, die launische, die betörende, die tatkräftige, die verzweifelte, die unberechenbare Scarlett, mit ihrer milchweißen Haut und ihrem dunklen Haar; das alles war meine Mutter, zumindest in meiner Vorstellung von ihr und mehr noch: in meinem Wunschbild von ihr, denn wenn auch in Aussehen und Verhalten gewisse Ähnlichkeiten nicht von der Hand zu weisen waren, so war meine Mutter, wie mir erst viele Jahre später bewusst wurde, doch nur das hyperhysterische Zerrbild von Vivien Leighs grandioser Scarlett. Setzte Scarlett ihre Träume in tatkräftiges Handeln um, blieben die Träume meiner Mutter gleich einer stotternden Fehlzündung im Motor eines Autos als ein ewiges Wollen und Nicht-Können, als krankmachender Vorwurf ans Leben selbst schon im Ansatz stecken. Wie gerne hätte ich sie in meiner Kindheit als die zupackende Handelnde erlebt, die mangels angemessener verfügbarer Garderobe voller Fantasie und Flexibilität den grünen Samtvorhang von der Gardinenstange reißt, um sich daraus ein Kleid schneidern zu lassen. Doch das gab es ja nur im Film. Und unglücklicherweise war dieser Film zu einem Teil meiner Mutter-Wirklichkeit geworden. Und der Tag, damals, als ich das Kino nach vier Stunden wieder verließ, war der Tag, an dem ich beschloss, Filmregisseur zu werden. Wie hätte das also gutgehen können? Mein Wunsch, Filmregisseur zu werden, unter dem Einfluss meiner Mutter-Wirklichkeit entstanden, konnte nur so fatal enden, wie er geendet hatte.

Sie jetzt so zu sehen, zerbrechlich, wie sie war, eine einstmals schöne und elegante Frau, ausgezehrt und verhärmt und überfordert, tat mir in der Seele weh und weckte alte Schuldgefühle – wie hatte ich jemals dieses, mein Elternhaus verlassen können, statt ihr hilfreich zur Seite zu stehen? Mein Bruder, im zarten Alter von fünf Jahren durch meine Geburt entthront und durch den zur gleichen Zeit aufkommenden Alkoholismus meines Vaters zusätzlich verstört, war schon bei der Bundeswehr zum Trinker geworden und ließ sich nun, während seines Pharmaziestudiums in Mainz, gänzlich gehen. Er war auf seinem Zimmer und schlief seinen Rausch aus. Am nächsten Tag kam meine Schwester, die Tochter meines Vaters aus erster Ehe und der vitale Fluchtpunkt und Anker meiner Kindheit, mit ihrem zweijährigen Sohn aus Montabaur, um unsere Mutter für ein paar Wochen zu sich zu holen. Zum Aufpäppeln, falls das noch möglich war. Ich fragte mich, wieso ich überhaupt nach Worms gekommen war und fuhr mit dem Nachtzug wieder zurück nach München, zurück zu Yorick. Sollten mein Vater und Bruder sehen, wie sie alleine zurechtkamen. Nur knapp eine Woche später brachte meine Schwester unsere Mutter zurück. Ins Stadtkrankenhaus Worms. Die Naht hinten – man hatte ihr bei der Operation das

Steißbein weggeschnitten und links vorne einen Anus praeter angelegt – hatte sich jetzt, vier Jahre später entzündet. Es war klar, dass ich nicht allzu lange mehr in München bleiben konnte und gleichzeitig bekam ich mit jedem Tag, den ich länger blieb, weil ich wegen Yorick die Abreise hinauszögerte, mehr und mehr seine Eifersucht zu spüren. Der Abend, bevor ich wieder auf ungewisse Zeit nach Worms zurückkehren würde, war denkwürdig genug. Wir waren bei einem befreundeten Pärchen – Ernst war Feuilletonchef bei der TZ, Jean Restaurateur für Stoffe und Teppiche am Nationalmuseum – zum Essen eingeladen und Yorick fand mit seinen Sticheleien gegen mich kein Ende, so dass am Ende sogar unsere Gastgeber ihrer überdrüssig wurden und ihm mit Argumenten und gutem Zureden Verständnis für meine Situation beibringen wollten. Später, als wir auf die Karl-Theodor-Straße hinaustraten und in der schon frischen Nachtluft zu seinem Auto gehen wollten, teilte er mir mit, er habe die Nase gestrichen voll davon, wie ich die Leute manipulieren und auf meine Seite ziehen würde, und ich solle sehen, wie ich jetzt allein nach Hause käme. Adieu.

An meinem Geburtstag holten wir unsere Mutter aus dem Krankenhaus. Mittlerweile war sie sehr geschwächt, die Entzündung war nicht zurückgegangen, aus der Naht war eine wulstige Wucherung entstanden, die man aufgeschnitten hatte, damit der Eiter ablaufen konnte. Wir brachten sie direkt nach oben, auf ihr Zimmer und ins Bett. Seit meinem fünften Lebensjahr hatten meine Eltern getrennte Schlafzimmer. Die

Trunksucht meines Vaters und die damit verbundenen Gewaltakte und sein Randalieren im ganzen Haus hatten damals ihren Gipfel erreicht und kulminierten in dem Augenblick, als mein Vater eine Gaspistole aus seiner Hosentasche zog, sie gegen den herausfordernden und aufstachelnden Blick meiner Mutter richtete und ihr direkt ins Gesicht schoss. Noch in jener Nacht befreite sie mit Hilfe meiner Schwester die Mansarde im zweiten Stock, in der unter anderem noch ein Bett vom Gutshof ihrer Großmutter stand, von Staub und Gerümpel und betrat nie mehr das eheliche Schlafzimmer. Später, da war ich so etwa zwölf, verließ sie selbst diese Kammer tagelang nicht mehr, zu sehr hatten sich da Klimakterium und ihr Hang zur Depression gegenseitig hochgeschaukelt. Vollgestopft mit Östrogynal und Librium Tabs, gleich Schneewittchen in seinem Glassarg, verdämmerte sie die Tage im Bett, während ich mich ganz unten, im Keller, zwischen alten RAMA-Kartons aufhielt, die, vollgestopft mit Ausgaben von CONSTANZE und PRALINE aus den Fünfziger- und Sechzigerjahren, das ideale Versteck für meine anrüchige Sammlung von SPONTAN waren, einem linken Sexblatt mit Fotos von nackten Frauen und – was damals noch besonders war – nackten Männern und pornographisch angehauchten Geschichten, zu denen ich onanierte. Die Reinigung und Pflege des ehemals elterlichen und nun väterlichen Schlafzimmers oblag meiner Schwester. Und später, als sie geheiratet hatte und nach Montabaur weggezogen war, übernahm ich diese Pflicht, auch als

Liebesdienst an meinem Vater. Ich erinnere mich noch an den scharfen Geruch, der mich umwehte, sobald ich dieses Zimmer, in dem mein Vater seit vielen Jahren allein schlief, betrat. Mit seinen fast siebzig Jahren – er war fünfzehn Jahre älter als meine Mutter – hatte er schon seit langer Zeit einen Eimer neben dem Bett stehen, sein Urinal für nächtliche Bedürfnisse. Meistens stand dieser dann mehrere Tage im Zimmer, ohne dass er ihn leerte. Eine dicke Kruste Harnstein bedeckte Boden und Seitenwand bis zu einer Höhe von etwa zehn Zentimetern. Hatte ich unser Haus in meiner Kindheit als Totenhaus erlebt, empfand ich es jetzt mehr und mehr als Fäkalienanstalt.

Dieses Haus war ein stattlicher Bau aus den Achtzehnhundertneunzigerjahren, mit einem Fachwerkturm über dem Hauseingang, dessen Spitze den Dachfirst überragte und der im ersten Stock das für mich schönste Zimmer beherbergte. Das Zimmer meines Bruders. Meine Mutter hatte das Haus von ihrem Onkel Johann, dem Lieblingsbruder ihrer Mutter, geerbt. Es stand im nobelsten Teil des Wormser Westends, dem Musikerviertel.

Onkel Johann hatte 1919 die Tochter eines Wormser Holzhofbesitzers geheiratet, war in das Geschäft eingestiegen und hatte einen florierenden Baustoffhandel daraus gemacht. 1928 hatte er das Haus gekauft. Am 10. September 1949, einem Samstag, heirateten meine Eltern in der St. Katharinenkirche in Oppenheim. Auf der Heimfahrt vom Elternhaus meiner Mutter in Nierstein, wo die Hochzeitsfeier stattgefunden hatte, durchbrach Onkel Johanns bulliger BMW die niedrige Kaimauer an der B9, der Wagen stürzte in den Rhein und Onkel Johann und seine Frau ertranken. Niemand konnte sich den Hergang des Unfalls tatsächlich erklären.

Als die Vermögenswerte offengelegt wurden, offenbarte sich für alle Beteiligten ein Geheimnis, das Onkel Johann bis zu seinem Unfalltod für sich bewahrt hatte – seine Frau könnte die Einzige gewesen sein, die noch davon gewusst hat: Das Haus an der Lortzingstraße, das er 1928 gekauft hatte, hatte er auf den Namen seiner Nichte, meiner Mutter, gekauft. Zusätzlich hatte er, ebenfalls auf ihren Namen, ein Konto angelegt, von dem bis in die Siebzigerjahre hinein sämtliche Steuern und Unterhaltskosten, welche das Anwesen betrafen, bezahlt werden konnten. Onkel Johanns Ehe war kinderlos geblieben, und so hatte er testamentarisch verfügt, dass seine Anteile am Baustoffhandel an seinen Schwager und Kompagnon gingen. Die Umstände dieser Enthüllung – der entsetzliche Tod der beiden Menschen am Tag der Hochzeit – lasteten wie ein dunkler Schatten auf diesem unfreiwilligen Hochzeitsgeschenk. Sie ließen bei meiner Mutter nie wirkliche Freude an dem Haus aufkommen.

Ihr Zustand hatte meinen Vater, als er sie, vom Krankenhaus kommend, im Treppenhaus erblickte und sah, wie wir, meine Schwester und ich, sie die Stufen hinauf stützen mussten, stark mitgenommen. Seine ganze Haltung hatte sich auf einmal verändert. Betreten schlich er durchs Haus, tastend erkundigte er sich nach Mutters Zustand, kleinlaut bat er darum, man möge ihm vom Einkauf eine Flasche Bier mitbringen. Mitgefühl und Rücksichtnahme waren plötzlich die Eigenschaften, die seine Erscheinung am treffendsten charakterisierten und die für mich eine fundamentale Erkenntnis ausdrückten: Das Sterben war in unser Haus eingezogen.

Schon wenige Tage nach der Heimkehr meiner Mutter war klar, dass man auch nachts nach ihr sehen musste. Da sie nur noch seitlich liegen konnte und wir den geringsten Anzeichen eines Dekubitus vorbeugen wollten, musste sie häufig "gewendet" werden. Ich baute also mein Bett ab und schlug es in ihrem Zimmer unterm Dach wieder auf. Um mich abzulenken nahm ich mir Dostojewskis *Schuld und Sühne* vor, in das ich bisweilen die halbe Nacht versunken war. Doch bei jedem Satz, den ich las, bei jeder Seite, die ich verschlang, schwelte tief in meinem Innern der Brand des unwiderruflichen Abschiednehmens, eines Abschieds für immer.

Obwohl ich doch alles tat, um meiner Mutter die restliche Lebenszeit und das Sterben zu erleichtern, nährte dieser Schwelbrand in mir noch einmal heftige Schuldgefühle, denn ihren nahenden Tod empfand ich gleichzeitig auch als Befreiung meiner selbst.

Die wulstige Wucherung am Steißbein entpuppte sich sehr schnell als das, was sie wirklich war – keine eitrige Entzündung, sondern das Anfangsstadium eines weiteren, durch die Metastasierung des Körpers entstandenen Tumors, der jetzt ungehindert und ungestüm nach außen wachsen konnte. Meine Mutter nahm kaum noch Nahrung zu sich. Etwas Kraftbrühe vielleicht und Rotwein mit einem Eigelb und Traubenzucker verquirlt, ein Heiltrunk, der sie an ihre Kindheit erinnerte. Nach zwei Wochen jedoch hatte sich auch dieses Verlangen gelegt und der Gedanke, etwas zu sich nehmen zu müssen, erweckte in ihr nur noch den puren Ekel. Der Tumor aber wuchs und wuchs, wohlgenährt von dem geschwächten Leib, den er aufzehrte. Und mit seinem Wachstum zerfiel er auch gleich wieder. Die oberen Schichten blätterten ab wie nasser Hefeteig, während es von innen nachwuchs. *Verjauchend*, sagte unser Hausarzt dazu. *Die Zellen wuchern so schnell, dass sie sich selbst von ihrer Nahrung abschneiden. Wie jedes System, das nur Wachstum kennt, richtet es nicht nur seine Opfer, sondern schließlich auch sich selbst zugrunde.* Mittlerweile war er kindskopfgroß. Glücklicherweise klagte meine Mutter kaum über Schmerzen – hatte sie keine oder klagte sie nicht? Jedenfalls schienen die Valoron-Tropfen, die ich ihr verabreichen musste, nicht nur Schmerzen zu stillen, sondern auch für die Halluzinationen, welche sie von Zeit zu Zeit befielen, verantwortlich zu sein. Einmal sprach sie von einem Mann mit einem breitkrempigen Hut, der in der Tür stand. *Ein Immobilienmakler aus Amerika, er will unser Haus kaufen.* Sie war nur schwer von diesem Gedanken, dieser Vision abzubringen, und für meinen Bruder und mich, die wir nun fast ununterbrochen an ihrem Bett saßen, brachten solche Momente, die fast komödiantische

Züge aufwiesen, eine willkommene Abwechslung in die Tristesse unserer Tage in der Sterbemansarde.

Auch meine Mutter nahm Abschied. Eine nach der anderen ließ sie ihre wenigen Freundinnen zu sich ans Bett kommen und sie verbrachten den Nachmittag mit gemeinsamen Erinnerungen oder einem schlichten Gedankenaustausch. Einmal, als ich in meiner pinkfarbenen Workerjeans und einem Glittergürtel an ihr Bett trat, musste ich ihr versprechen, nicht "in dieser Aufmachung zu ihrer Beerdigung zu gehen."

Plötzlich wollte sie den Hausarzt sehen. Als er kam, bat sie ihn um Erlösung. Das war neun Tage vor ihrem Tod. So sehr ich sie verstehen konnte, und so monströs sich der Tumor auch inzwischen entwickelt hatte, widerstrebte mir doch zutiefst der Gedanke, meine Mutter durch eine Todesspritze zu verlieren. Unter Berufung auf seinen Eid und seine ärztliche Fürsorgepflicht verweigerte unser Hausarzt ihr diesen Wunsch. Zwei Tage später bestellte sie, die kaum je zur Kirche gegangen war – wiewohl sie uns Kinder immer gottesgläubig erzogen hatte – den Pfarrer, um, gemeinsam mit der ganzen Familie, am Abendmahl teilzunehmen. Sie starb und mein Elternhaus wurde nun vollends zur Gruft, in der mein Vater seinen düsteren Gedanken nachhing und in die mein Bruder jeden Abend, nach einem wie auch immer verbrachten Studientag in Mainz zurückkehrte, abgeschottet vor jeglichem Anflug inneren Fröstelns. Meine Schwester holte die beiden über Weihnachten nach Montabaur, ich wollte für den Rest meines Lebens nur noch mit Yorick zusammensein. Heiligabend ließ er mich in meinem erdbeereisfarbenen Zimmer allein und verbrachte denselben mit Mutter und Schwester. Völlig deprimiert saß ich bei mir am Tisch, aß eine Pizza vom Italiener um die Ecke und malte mir aus, wie er sich den ganzen Abend über Geschichten aus der Chemischen Reinigung anhören musste. Ich denke, an diesem Abend begann auch Yorick in mir zu sterben.

Die Wochen vergingen, das Theaterkollektiv war mittlerweile auf Tournee, ich wollte mich endlich auf das konzentrieren, weswegen ich ursprünglich nach München gezogen war – das Filmhandwerk von der Pieke auf zu erlernen – und arbeitete als Fahrer bei einer Filmproduktion, als mich an einem Samstagmorgen gegen fünf Uhr früh das Telefon aus dem Schlaf riss. Es war schon April. Mein Vater war in dieser Nacht gestorben. Fast genau vier Monate nach dem Tod meiner Mutter.

Hatte mein Vater meine Mutter geliebt? Hatte sie ihn je geliebt? So, wie man liebt, wenn man beieinander sein will? Wenn man geben will und nehmen? Sich hingeben will? Den Weg gehen will, Seite an Seite? Teilen, sich mitteilen, verstehen will? Es war eine jener Fragen, die mich spätestens seit meiner Pubertät begleitet hatten. Wollte ich mich an den Botschaften meiner Mutter orientieren, sah das Bild ihrer Ehe folgendermaßen aus: Mein Vater war ein Trunkenbold und ein Hurenbock, verantwortlich für ihr ganzes Unglück und das der Familie, für deren Unterhalt er nicht im Geringsten Sorge trug.

Real sah es so aus, dass wir Anfang der Sechzigerjahre zwei Autos hatten und meiner Mutter sechshundert D-Mark Haushaltsgeld zur Verfügung standen, was für die damalige Zeit wohl eine stattliche Summe war. Wollte ich mich an den Botschaften meines Vaters orientieren, die er, sobald er etwas getrunken hatte, von sich gab, dann war meine Mutter ein Saumensch aus Frankfurt – was nichts anderes bedeuten konnte als eine Hure – und völlig unfähig, einen Haushalt zu führen. Sie war auf der ganzen Linie sein Unglück. Beide bereiteten sich die Hölle auf Erden, wobei die Rollenverteilung eindeutig war. Vater Täter, Mutter Opfer. Auch für uns Kinder. Oberflächlich gesehen. So ging es in diesem hochnoblen Gebäude, das ja im vornehmsten Viertel von Worms stand, allzu oft so zu, wie es sonst kaum "In den Trumpen" zuging, einer Barackensiedlung im Norden von Worms und dem sozialen Brennpunkt dieser Stadt schlechthin. Kam mein Vater spät abends betrunken nach Hause, waren Haustür und Nebeneingänge abgeschlossen und verriegelt. Manchmal sogar auch die Kellertür. Doch diese war in den meisten Fällen offengelassen, damit er Zugang zur Waschküche hatte, in dem eine alte Chaiselongue stand, ein Relikt aus dem Herrenzimmer seines früheren Hauses aus erster Ehe. Darauf lagen ein ausgemustertes Kopfkissen, unbezogen, und eine zerschlissene Kamelhaardecke. Dort konnte er dann die Nacht verbringen und sich darüber klar werden, dass man Menschen seiner Couleur nur auf eine Weise behandeln würde – wie einen Hund. War auch diese

Tür verschlossen, musste er notgedrungen in seinem Auto übernachten. Natürlich waren beide Situationen eine immense Herausforderung an unser aller Nerven, speziell an die von uns Kindern, denn mein Vater versuchte ja, mit Gewalt ins Haus zu kommen, und das konnte je nach Alkoholkonzentration in seinem Blut mal mehr mal weniger Zeit in Anspruch nehmen. Er randalierte und krakeelte herum, warf mit den wildesten Beschimpfungen, seine Frau und uns betreffend, um sich und kam erst zur Ruhe, nachdem allmählich in sein Bewusstsein vorgedrungen war, wie aussichtslos sein Unterfangen war. Die Nachbarschaft hielt sich vornehm zurück. Zum einen kannte sie unsere Familie noch aus angenehmeren Zeiten und wusste, dass unser Vater andererseits auch ein harmloser und charmanter Mann war, zum anderen hatte meine Mutter bei mehreren Gelegenheiten, in denen sie sich mit uns Kindern vor der Gewalt ihres Mannes zu den Nachbarn geflüchtet hatte, diese gebeten, nichts weiter zu unternehmen. War er erst einmal im Haus, was häufig genug vorkam, da er meistens schon zur Abendessenszeit erschien – angetrunken zwar, aber noch im Besitz all seiner Sinne – gab er sich dann den Rest und tobte in Zimmern und Treppenhaus herum, so dass wir gezwungen waren, uns in der glücklicherweise großen Wohnküche zu verbarrikadieren. Meine Schwester, elf Jahre älter als ich, spielte bei alledem die für mich wichtigste Rolle; die der tatkräftigen Beschützerin. Denn genau das konnte meine Mutter ganz und gar nicht erfüllen, dazu war sie einfach zu schwach. Zu sehr selbst Kind. Zu bedürftig. Allein stand sie da, mit ihren Ansprüchen an sich und die Welt. Wie konnte es nur so weit gekommen sein mit ihr?

Die Ehe meiner Eltern war wohl eher ein Zufallsprodukt ihrer Zeit gewesen – oberflächlich gesehen. Und falls man denn an so etwas wie Zufall glaubt. Konnte meine Mutter überhaupt lieben? Uns, ihre Kinder, auf alle Fälle. An Mutterliebe hat es mir, ebenso wenig wie meinem Bruder, nicht gemangelt, bisweilen nicht einmal an furchtbarer. Doch die wirkliche Liebe, die alles überbordende Liebe mit ihren Facetten und ihrem Reichtum, mit ihrer Verliebtheit, ihrem Ernst und ihrer Aufrichtigkeit? Mit ihrer Beschwingtheit und Tollkühnheit, ihrer Verantwortung und ihrer Trauer? Hatte sie die jemals erlebt? War sie dazu je fähig gewesen? Oft kam es mir so vor, als hinge sie längst vergangenen Träumen nach. Den Vormittag über stand sie am Kohleherd, den meine Schwester auch im Sommer anheizen musste, wärmte sich die Hände und sinnierte vor sich hin. Wenn sie von ihren vertanen Chancen sprach, dann ging es meistens um irgendwelche Universitätsfeste der Medizinischen Fakultät in Heidelberg, an denen sie als junges Ding in den Dreißigerjahren teilgenommen hatte. Winters waren sie und ihre um ein Jahr jüngere Schwester mit dem Pferdeschlitten vom Gutshof ihrer Großmutter nach Heidelberg aufgebrochen, sommers im Landauer. Keine Frage, wenn ich mir das Portrait der beiden Schwestern aus jener Zeit ansehe, dann mussten die Studenten ihnen scharenweise hinterhergestiegen sein. Zwei junge

Französinnen, die jedem den Kopf verdrehten und es mit keinem ernst meinten. Die lockten und danach verschwanden. Als zwei kleine Französinnen hatten sie ja von jeher gegolten und den Menschen, die sie sahen, den Kopf verdreht. "Französin" war das Wort, das, sobald es fiel, meiner Mutter schon in ihrer Kindheit ein Menetekel war, ein Makel, der ihr anhaftete und die leibliche Vaterschaft ihres legitimen Vaters in Frage stellte. "Franzosenhure" war das zweite Wort und dieses Wort, von ihrem Vater erbittert gegen ihre Mutter ausgestoßen, musste zwangsläufig die Zweifel schüren und bestätigen. Denn auf dem Gutshof ihrer Großmutter hatte es tatsächlich französische Kriegsgefangene gegeben; ein Umstand, in den sich das Jahr ihrer Geburt, neunzehnhundertachtzehn, folgerichtig und ganz organisch einfügte. So hatten sie von klein auf Zweifel geplagt, ob ihr Vater denn überhaupt ihr Vater sei, und später, als sie sich über die biologischen Gegebenheiten menschlicher Fortpflanzung im Klaren war, hatten sich diese Zweifel zu der Vorstellung verfestigt, einen unbekannten Franzosen zum Vater zu haben.

Ihren Erfolgen auf den Studentenfesten der Heidelberger Universität tat dies keinen Abbruch. Hatte eine der beiden Schwestern auf einem solchen Fest ihre Unschuld verloren? Meine Mutter vielleicht? Die, sobald sie in ihrem Elternhaus die Zimmer putzte, tagelang alle Ecken mit einer Stecknadel auskratzte? Die, kaum zwanzig und damals damit nicht einmal volljährig, mit einem dreißig Jahre älteren und verheirateten

Weinkommissionär auf mehrtägige Reisen ging? Die später, in ihrem Haus in der Lortzingstraße, mindestens zehn Mal am Tag ins Badezimmer lief und sich minutenlang die Hände wusch?

Irgendwann tauchte auch mein Vater auf dem Hof der Weinbauerfamilie Kuhn in Nierstein auf, ebenfalls Weinkommissionär, aber nicht dreißig, sondern nur fünfzehn Jahre älter. Und auch nicht verheiratet, sondern geschieden – *schuldlos geschieden*, wie er immer vor sich hinlallte, wenn er dann spät am Abend so viel intus hatte, dass er halb über seinem Schreibtisch hing und nur noch vor sich hinlallte. Wilhelm Barden, der schlanke Mittvierziger mit dem blonden Haar, das leicht gewellt nach hinten fiel, dem ebenmäßigen, nur wenig zu lang geratenen Gesicht und den feingliedrigen Fingern, stand also auf dem Hof und erweckte Mathilde Kuhns Gefallen. Allem Anschein nach könnte er der Mann sein, der ihr das Tor zur großen Welt öffnet, der ihre Ansprüche an das Leben, die es ihr bisher verwehrt hat, erfüllt.

Sie, die mittlerweile dreißig Lenze zählte, hatte in der Tat auf einiges verzichten müssen. Als Beste ihres Jahrgangs hätte sie nach dem Willen ihres Klassenlehrers unbedingt das Gymnasium besuchen sollen, doch ihr Vater stemmte sich mit aller Macht gegen diesen Vorschlag. Das Kind allein nach Mainz fahren zu lassen? Unmöglich! Es war das Jahr, in dem Onkel Johann das große Haus in der Wormser Lortzingstraße gekauft hatte – wie wir wissen, insgeheim auf ihren Namen – und ihre Mutter kam auf die glorreiche Idee, Mathilde könne ja in Worms aufs Gymnasium gehen und die Woche über dort, bei ihrem Lieblingsbruder wohnen. Dieser Einfall brachte ihren Mann regelrecht auf die Palme. Da auch er gerne einen über den Durst trank und hinterher umso ausfälliger wurde, musste sie sich ganze Tage lang die schlimmsten Hasstiraden gegen sie und den Rest ihrer Familie anhören, bis schließlich meine Mutter selbst mit ihren zehn Jahren sagte, sie wolle nicht von zu Hause weg und sie wolle auch nicht aufs Gymnasium. Das war natürlich gelogen, um ihre Mutter zu beschützen. Später, als man feststellte, dass sie über eine außerordentliche Singstimme verfügte, durfte sie dreimal die Woche nach Mannheim zur Gesangsausbildung fahren, doch dann kam der Krieg dazwischen und beendete auch diese *Eskapade*, wie ihr Vater es nannte.

Wilhelm Barden zu heiraten erschien ihr wohl als die letzte Gelegenheit, dem rohen Elternhaus, in das sich ihre bereits verheiratete Schwester zusammen mit ihrem Mann eingenistet hatte, zu entkommen, und verhieß die Aussicht, vielleicht doch noch *eine ganz gute Partie zu machen.* Dass diese Rechnung nicht aufging, lag nicht an meinem Vater, sondern an ihren Ansprüchen und irrealen Vorstellungen, die dieser sich zeit ihres Lebens als vaterlos empfindenden Frau das Leben schwergemacht haben. Viel später, auf der Hochzeit meines Bruders, Jahre nach ihrem Tod, erfuhr ich von einer ihrer Cousinen das vor ihr und aller Welt verschlossen gehaltene Familiengeheimnis: Meine Mutter hatte tatsächlich einen anderen Vater. Doch nicht, wie sie vermutete, den französischen Kriegsgefangenen, der wilde Blüten in ihrer Phantasie trieb. Ihr Vater war ihr Onkel Johann, Lieblingsbruder ihrer Mutter, ihr Trauzeuge und Erblasser.

Wie alle Familiengeheimnisse ihre schreckliche Macht noch Generationen später entfalten und Kinder und Kindeskinder mit einem Bann belegen, unter dem jene zu leiden haben, ohne dass sie sich erklären könnten, worin die Ursache für ihr Leid liegt, so zwangen wohl auch die Kellerleichen seiner Vorfahren meinen Vater in die Knie. Vielleicht hatten sie schon von Zeit zu Zeit auf seinen Schultern gelastet, doch er konnte sie immer wieder abschütteln, ohne sich ihrer wirklich gewahr zu werden. Und so stand er mit seinen fünfundvierzig Jahren auf dem Hof des Weinbauern Kuhn und sah oben am offenen Fenster eine verheißungsvoll schöne junge Frau, der ein Windstoß das dunkle, schulterlange Haar ums blasse Gesicht wirbelte und die ihm bald gegenübertreten sollte und mit ihrem vornehmen, leicht exaltierten Verhalten seine sämtlichen Erwartungen übertraf. Ihr wollte er gerne die Welt zu Füßen legen und den Himmel auf Erden bereiten, schließlich war sie ja ein Wesen, dessen Anwesenheit und Wohlwollen ihn selbst nur schmücken konnte. Allerdings musste er sich eingestehen, dass er keine makellosen Verhältnisse vorzuweisen hatte. Er war geschieden und würde zwei Kinder mit in die Ehe bringen. Vermutlich hätte er sie liebend gern bei seiner Exfrau gelassen, doch das Sorgerecht für seine Kinder war der Preis, den er für sein "schuldlos geschieden" zu zahlen hatte. Nun hatte er sie am Hals. Und gab sich umso mehr Mühe, den Ansprüchen seiner Zukünftigen zu genügen. Machte sich gar für sie zum Lakaien. Spätestens nach der Hochzeit und dem Umzug in die Wormser Villa muss ihm klar geworden sein, dass er den Wünschen seiner Frau nach opulenter Haushaltsführung und Personal auf Dauer gar nicht gerecht werden konnte, und die fatale Entwicklung nahm ihren Lauf. Mathilde Barden, geborene Kuhn, hatte ihn in der Hand. Sie, die aus purer Torschlusspanik einen Mann mit zwei Kindern geheiratet hatte, wo sie doch nach all den vertanen Chancen am liebsten allein und für sich geblieben wäre, sie konnte Wilhelm Barden jederzeit unausgesprochen vor Augen führen, dass sie sich als Mutter für seine zwei Kinder hergegeben hatte und entsprechend behandelt werden wollte. Mit der Geburt meines Bruders und ihrer von Schwangerschaft und Geburt geschwächten Konstitution vermittelte sie ihm schließlich, dass seine Kinder aus der ersten Ehe seine Sache seien, nicht die ihre. Indes, er war ein schwacher Mensch. Er konnte sich nicht zu ihnen bekennen und sagen *Dies sind meine Kinder und sie gehören zu mir*. Mehr noch: Er kümmerte sich so gut wie überhaupt nicht um Entwicklung und Ausbildung der beiden; so vernachlässigte er auf diese Weise das ihm zugesprochene Sorgerecht. Allerdings schien die Ehe noch so weit intakt, dass sich mein Bruder als kleiner Prinz fühlen konnte. Der Einbruch kam mit einem Magengeschwür meines Vaters und der zweiten

Schwangerschaft meiner Mutter. Mein Vater verlor dreiviertel des Magens und meine Mutter bekam mich. Hatte er vorher dreißig Zigaretten am Tag geraucht, begann er jetzt, da ihm die Ärzte nach der Operation das Rauchen verboten hatten, zu trinken. Eine fatale Entwicklung für einen Weinkommissionär. Hatte er den Wein früher beim Probieren ausgespuckt, schluckte er ihn nun hinunter. Für meinen Bruder muss diese Veränderung grässlich gewesen sein, ich hingegen kannte meinen Vater glücklicherweise – oder soll ich sagen, leider? – nur als Alkoholiker. Und hatte ihn, wie ich heute weiß, trotz allem lieb. Natürlich fürchtete ich ihn in meiner Kindheit während seiner monströsen Auftritte genauso wie jeder andere im Haus, doch kannte ich auch die andere Seite von ihm, denn bis zu meiner Einschulung durfte ich ihn täglich auf seinen Fahrten durchs Rheinhessische Hügelland bis in den Rheingau hinein zu den Weinbauern begleiten. Im Herbst setzte er mich neben die Fahrer der in meinen Kinderaugen riesigen LKWs, welche Wein oder Trauben luden und zu seinen Kunden, den großen Weingütern und Sektkellereien in Nierstein, Koblenz, Mainz oder auch Worms verfrachteten. Es war, als sei ich sein Maskottchen, und mit Stolz präsentierte er, der Fünfundfünfzigjährige, mich kleinen Steppke als seinen Sohn.

Es waren die großen Ferien meines Bruders – da zählte ich keine vier Jahre – und beide waren wir mit unserem Vater unterwegs zu den rheinhessischen Winzern. Der Ort hieß Hillesheim, und mein Bruder und ich warteten draußen am Wagen, während er im Keller seine Weinproben abfüllte.

Womöglich wollte ich meinen Bruder necken oder gar ärgern, jedenfalls rannte ich wie aufgezogen über die Straße zum Haus gegenüber und wieder zurück. Über die Straße und wieder zurück. Über die Straße und wieder zurück. Hin und her. Mit jedem Mal ermahnte mein Bruder mich in schärferem Ton, doch es nutzte nichts. Ich lief weiter. Selbst als ich den VW Käfer kommen sah. Der Fahrer konnte nicht mehr bremsen. Ich spürte den Aufprall und flog mehrere Meter durch die Luft, doch das habe ich erst später von meinem Bruder erfahren. Das erste, woran ich mich wieder erinnern kann, war, dass ich hörte, wie mein Vater meinem Bruder vorwarf, nicht gut auf mich aufgepasst zu haben. Er war vor mir in die Hocke gegangen und tastete mich vorsichtig ab. Ich stand mit schlotternden Knien vor ihm und dann spürte ich, wie meine warme Pisse die kurze Hose durchnässte und am Bein herunterlief. Ich schämte mich ungemein.

Nachdem er schnell die Formalitäten mit dem Fahrer des VW Käfer ausgetauscht hatte, packte er uns beide in den Wagen und fuhr mit Karacho zurück nach Worms, zur Unfallaufnahme des Stadtkrankenhauses. Wie sich herausstellte, hatte ich tatsächlich bis auf Schürfwunden an Knien und Ellbogen keinerlei Verletzung. Als wir Stunden später, ich mit Bandagen an Ellbogen und Knien auf dem Arm meines Vaters und nicht ohne ein gewisses Gefühl von Stolz, nach Hause kamen, war die Aufregung groß. Meine Mutter befand sich gerade auf dem mittleren Podest der breiten Holztreppe und blickte erstarrt zu uns in die Diele herunter.

Natürlich war auch ihr der Schrecken in die Glieder gefahren und ihr exaltiertes Wesen tat ein Übriges dazu, dass sie sich alternativ zum tatsächlichen Geschehen noch eine Menge schlimmer und schlimmster Vorfälle und deren Folgen ausmalte. Aber die ganze Situation schien auch ein gefundenes Fressen für ihre Streitsucht. Sie eilte die Stufen herunter, entriss mich seinen Armen und überhäufte meinen Vater mit übelsten Vorwürfen und Beschimpfungen. Er machte auf dem Absatz kehrt, verließ wutentbrannt das Haus und ich wand mich weinend in den Armen meiner Mutter, da ich doch weiter mit ihm über die Dörfer gondeln wollte. Als er am Abend zurückkam, war er sturzbetrunken und randalierte bis spät in die Nacht im ganzen Haus. In diesem Moment, das spüre ich noch heute, tat er mir sehr leid.

In jenen Jahren ergriffen wohl auch zunehmend die Geister der Barden'schen Familiengeheimnisse von ihm Besitz, ohne dass er sich wie früher gegen sie wehren und sie abschütteln konnte. Oft geriet er im trunkenen Zustand ins Delirium und faselte wirres Zeug von Mord und Totschlag. Der Gedanke verfolgte ihn, sein ältester Bruder – für uns ein Phantom, da wir keinerlei Kontakt zu diesem Menschen hatten – trachte ihm nach dem Leben, und entwickelte sich allmählich zu einer paranoiden Vorstellung. Dieser Bruder, mit dem er in seiner Jugendzeit gemeinsam musiziert und im Kino die Stummfilme begleitet hatte, sollte angeblich auch seine Geige, ein besonders wertvolles Stück, unterschlagen haben. Es war eine der wenigen Begebenheiten aus seinem Leben, die mein Vater überhaupt preisgegeben hatte. Ansonsten wusste ich so gut wie nichts, weder von ihm, noch von seiner Familie. Woher stammte er? Wer waren seine Eltern? Alles blieb im Dunkeln. Nur dass er noch eine Schwester hatte, war uns Kindern bekannt. Doch auch zu ihr bestand spätestens seit seiner Heirat mit unserer Mutter kein Kontakt mehr. Weder er noch unsere Mutter klärten uns je über die wahren Verhältnisse und Hintergründe auf. In dieser Beziehung wirkten die beiden auf mich wie zwei insgeheim Verschworene.

Denke ich an meine Kindheit zurück, dann merke ich, wie diese untrennbar mit einer Lücke verbunden ist – der Abwesenheit meines ältesten Bruders Volker, des Erstgeborenen aus der ersten Ehe meines Vaters. Volker verließ in dem Jahr unsere Familie, als ich zur Welt kam. Beides, Volkers Verschwinden und den Alkoholismus meines Vaters brachte ich lange Zeit mit meiner Geburt in Verbindung und fühlte mich einzig und allein durch mein Erscheinen schon auf ominöse Weise schuldig. Volker war durch sein Fehlen beim Frühstück, am Mittagstisch, beim Abendbrot, beim Zubettgehen, im Haus, bei den sonntäglichen Ausflügen, beim Urlaub in Bad Herrenalb, in Sommer, Winter, Frühling und Herbst permanent für mich anwesend. Er lächelte mich beim Frühstück an, er passte auf, dass ich meine Zähne gut putzte, er legte seinen Arm schützend um mich und tröstete mich, wenn ich den Streit meiner Eltern und die Gewalttätigkeiten meines Vaters kaum mehr aushielt, er zwinkerte mir beim Abendbrot zu und las mir eine Gutenachtgeschichte vor. Er war immer da. Als Lücke. Als unauffüllbares Vakuum. Als unerhörte Vermisstenmeldung, die ich in meinem Herzen mit dem Dasein meiner Schwester verschmolz und die jener doppelte Kraft verlieh.

Volker, der vierzehn Jahre älter war als ich, hatte die Geringschätzung und Vernachlässigung von Seiten unseres Vaters und die subtile Verachtung von Seiten meiner Mutter, die sie der ihr unbekannten Vorgängerin – der *Amihure*, wie mein Vater sie nannte – entgegenbrachte und mehr oder weniger unbewusst auf deren Sohn projizierte, endgültig satt und machte sich, quasi über Nacht und eingefädelt von Verwandten mütterlicherseits, auf und davon zu seiner Mutter, die in Fulda bei einem Arzt Anstellung gefunden hatte. Selbst meiner Schwester wurde daraufhin jeglicher Kontakt zu ihm und ihrer Mutter untersagt. Jahrzehnte später, nachdem mir eine Familienaufstellung offenbarte, wie sehr auch Volker unter dieser unnatürlichen Trennung gelitten hatte, nahm ich Kontakt zu ihm auf und löste damit nicht nur die Eisenzwinge vermeintlichen Verrats, mit der unsere Mutter den Rest der Familie über ihren Tod hinaus geknebelt hatte, sondern erfuhr auch zum ersten Mal einen anderen Aspekt meines Vaters, der bei der Entfremdung seiner ersten Frau eine nicht unerhebliche Rolle gespielt hatte. Sie war ihm untreu geworden, weil er mehr Zeit mit seiner Schwester als mit ihr verbrachte. Es bestanden also – denkt man wieder einmal mehr das Undenkbare – berechtigte Zweifel auch an der Treue meines Vaters, der womöglich, und meinem Großvater/-onkel nicht unähnlich, seiner Schwester den Vorzug gab. Und so, ganz unwissentlich, fand meine Mutter vielleicht gerade das an meinem Vater so anziehend, was ihn gewissermaßen auf die für sie so unselige Weise mit ihrem eigenen, ihr unbekannten Vater verband – das Wallen des Wälsungenbluts. Absolut folgerichtig, wenn auch unbewusst, war das erste, was sie tat, den Kontakt ihres Ehemanns zu seiner Schwester zu unterbinden. Von diesem Tag der letzten Begegnung existiert noch ein Jahrmarktsfoto, das im Juni 1949 in Groß-Gerau aufgenommen wurde, dem Wohnort meiner Tante, und von links nach rechts folgende Situation zeigt: Meine Mutter in leichtem Sommerkleid und breitkrempigem Sommerhut, eine Scarlett O'Hara par excellence, die mit verkrampften Händen Handtasche und Sommerhandschuhe festhält, lächelt gequält in die Kamera, mein Vater neben ihr im Anzug hat den Blick leicht betreten zu Boden gesenkt, zwischen ihm und seiner Schwester der Animateur und eigentliche Auslöser des Fotos, ein großer Mensch im Eisbärenkostüm, der den Arm um sie gelegt hat, und schließlich meine mir ewig unbekannt gebliebene Tante selbst, deren strenger, doch lüsterner Blick zur Seite fest an meinem Vater klebt.

Es gibt noch ein anderes Foto von meinen Eltern, etwas verwackelt und zwölf Jahre später von mir mit Vaters Leica aufgenommen, da war ich fünf. Wir sind in Guntersblum am Rhein und ich freue mich wie ein Schneekönig, dass meine Eltern sich so gut verstehen. Diesen Augenblick will ich festhalten. Ganz fest halten. Für immer. Denn auch mit meinen fünf Jahren weiß ich, dass der Schein trügt. Oben auf dem Deich, im Deichgasthof Blüm, durfte ich meine Lieblingsspeise essen, die nur im Deichgasthof Blüm so gut wie zu Hause zubereitet war – Rührei, noch leicht saftig, mit Schnittlauch und dazu Graubrot. Meine Schwester lag im Gras und blinzelte in die Sonne, mein Bruder suchte die Pappeln nach Vögeln ab. Und ich machte das Foto. Dann beschlossen wir, mit der Fähre hinüber auf den Kühkopf zu fahren. Der Kühkopf war eine Rheinschleife, die schon 1828 durch einen Rheindurchstich abgetrennt worden war. Wir stiegen in den Admiral und rollten zur Rheinfähre hinunter.

Urplötzlich war die Stimmung umgeschlagen. Wieder wussten wir Kinder nicht, wie uns geschah. Obwohl wir es hätten kommen sehen können. Denn unser Wunsch, den Rhein per Fähre zu überqueren, hatte meine Mutter in allerhöchste Panik versetzt, ohne dass sie es sich auch nur im geringsten anmerken ließ. Kaum hatten die Reifen unseres Wagens den festen Boden verlassen und die Bohlen der schwankenden Fähre berührt, begann sie nach Luft zu ringen. So eine Fähre sei doch viel zu gefährlich, und sie möchte jetzt auf der Stelle zurück, wir könnten diese Fähre jetzt nicht benutzen, sie würde bestimmt untergehen und so weiter und so fort. Sie wurde geradezu hysterisch, doch wir Kinder ließen ihre Einwände nicht gelten, wir wollten auf den Kühkopf, und warum sollte mit der Fähre etwas schiefgehen? Außerdem hatte sie schon abgelegt, es gab kein Zurück. Ich spürte, wie es in meinem Vater zu brodeln begann. Und statt sich endlich zu beruhigen, war meine Mutter völlig außer sich. *Wir gehen unter, wir gehen unter!* schrie sie und ein Schwall Blut ergoss sich aus ihrer Nase auf das weiße, mit großen roten Rosenblüten bedruckte Kleid. Jetzt bestanden auch für mich keine Zweifel mehr: Gleich musste etwas Furchtbares passieren, und ich begann Zeter und Mordio zu schreien. Und während mein Vater hilflos in seiner Jackentasche und dann im Handschuhfach nach Taschentüchern suchte, fuhr durch die Fähre ein so kräftiger Ruck, dass wir alle im Tohuwabohu von Untergangsvisionen, Schuldzuweisungen und Nasenbluten alle einen Schreckensschrei ausstießen. Danach ein metallisches Ächzen. Wir hatten angelegt. Die Heimfahrt vollzog sich in eisiger Atmosphäre rechtsrheinisch nach Worms und über die dortige Rheinbrücke. Der Abend klang dann nach gewohnter Manier aus und bewies mir einmal mehr, dass die schönen Momente in einer Beziehung nur teuer zu erkaufen sind.

Vielleicht wurde ja auch meine Mutter von solchen Gedanken geleitet, als sie in schöner Regelmäßigkeit meinem Vater zu Weihnachten edlen Portwein oder eine Flasche Triple Sec schenkte und binnen weniger Stunden, meistens noch direkt an Heiligabend, der große, bunt geschmückte Christbaum, der in der Diele am Treppenhaus stand, zu Bruch ging, und wir uns weinend wieder in der Küche verschanzen mussten. Doch bei alledem verwischte sich für mich mehr und mehr die eindeutige Positionierung. Wer war Täter, wer Opfer? Mein Vater tat mir zunehmend leid, meiner Mutter musste ich die Treue halten, und nichts war schlimmer, als aus ihrem Munde hören zu müssen, man sei ja ein "richtiger Barden". Dies also war das Fundament, auf dem ich das Gebäude meiner Liebesbeziehungen errichtet hatte.

Und so fuhr ich nach Hause zu meinem toten Vater mit nur einem einzigen Gedanken im Kopf: Hatte mein Vater meine Mutter geliebt? Hatte sie ihn je geliebt? Ich fuhr nach Worms in das Totenhaus unserer Familie, in dem mein Vater einsam und vier Monate nach dem Tod seiner Frau an Herzschwäche gestorben war, und mit jedem Kilometer, den der Intercity zurücklegte, entfernte ich mich von einer Beziehung, die bereits im Koma lag und dabei einen so klangvollen Namen hatte: Yorick.

Gunther hatte, obwohl er anfangs so wenig wie ich selbst Kenntnis über den wahren Sachverhalt besitzen konnte, das richtige Gespür für die Vergangenheit meiner Familie und die Rolle, die ich darin spielte – insbesondere die für meine Mutter. Er wusste genau, in welche Kerbe er zu schlagen hatte. Und er war daran interessiert, dass ich mich von diesem Ballast und seinem fatalen Einfluss auf mein Verhalten, meine Gefühlswelt und meine Befindlichkeit befreite. Sobald er es für angebracht hielt, nutzte er die Gunst des Augenblicks und schwärmte mir von den Erfolgen der Psychoanalyse vor. Ich sollte die neurotischen Vorstellungen, von denen meine Mutter getrieben war und die sie offensichtlich an mich weitergegeben hatte, von mir abstreifen und gleichzeitig entsprachen die verlockenden Angebote, die er mir machte, die Welt, die er mir eröffnen wollte, die "gute Partie", als die er sich mir schmackhaft gemacht hatte, ebendiesen unerfüllten, zu neurotischer Exaltiertheit ausgewachsenen Träumen von ihr. Emanzipation hätte für mich damit auch unweigerlich die Trennung von Gunther bedeutet, aber dazu war ich dann doch nicht bereit, zu süß war der Traum, den ich für meine tote Mutter weiterträumen wollte.

Was für ein Licht bricht dort durchs Fenster? Die berühmte Balkonszene aus ROMEO UND JULIA. Einmal mehr liegt Ángel in meinen Armen und wir küssen uns, liege ich in seinen Armen und wir küssen uns, hat er seinen Kopf auf meinen Schoß gebettet und wir küssen uns. Unsere Lippen, die, sich streichelnd, aneinander nippen. Die tasten und fragen und necken, die locken und sich versagen. Unsere Zungen, die versprechen, die tanzen und sich umarmen. Die eine Sehnsucht der Gefühle und eine Gier des Körpers in mir wecken, so stark, dass es mich noch in den Wahnsinn treibt. Ángel lässt es nicht so weit kommen. Unvermittelt richtet er sich auf, sieht mir prüfend und ernst in die Augen und erzählt von seinem heutigen Tag in der Schauspielschule. Die Balkonszene aus ROMEO UND JULIA hatte er zu spielen. Und er hatte, der Ermunterung seiner Lehrerin an der Neuen Münchner Schauspielschule folgend, sein Spiel frei gestaltet, alle Hemmung fallen lassen, sich freigespielt. Mit dem Ergebnis, dass sie seine Darstellung *einfach nur tuntig* fand.

Einfach nur tuntig. Das ist nicht böse gemeint, du verstehst schon, was ich damit meine, hat sie gesagt. Kannst du dir vorstellen, wie das bei mir ankam? Da hab ich zum ersten Mal das Gefühl, mich frei in meiner Rolle bewegen zu können, nicht einfach was darzustellen, und dann so was.

Er schüttelt verständnislos den Kopf, bettet ihn wieder in meinen Schoß.

Dabei hab ich doch nun wirklich Talent, das weiß ich selbst, und nicht nur, weil die andern es sagen. Aber tuntig...

Es war ein harter Schlag. Nicht für seine schauspielerischen Fähigkeiten, von denen war er überzeugt. Sondern für sein Ego. Ángel hatte Talent, darin bestärkte auch ich ihn. Und er war ganz bestimmt nicht tuntig. Aber sein Spiel hatte ich natürlich nicht gesehen. Witzigerweise hatte ich dieselbe Szene auch einmal gespielt, fünf Jahre zuvor, bei der dritten Inszenierung, mit der unsere Truppe auf Tournee gegangen war. Und ich wusste von der grandiosen Selbsttäuschung, die man als Schauspieler immer wieder durchmacht. Schon damals hatte ich mich gefragt, ob sich das je mit den Jahren geben würde, ob Routine und Lebenserfahrung die oft falsche Selbsteinschätzung beim Spiel verhindern würden. Mir war jedoch klar, dass ich das nicht erleben würde, denn die Schauspielerei war für mich ja nur ein Übergang, eine Notlösung. Ein Zustand, in den ich geraten war wie Treibgut, das zufällig an irgendeiner Stelle des Ufers hängen bleibt und von der Strömung nicht mehr mitgerissen wird. Ich erzählte Ángel von meinen Erfahrungen, insbesondere von jener Szene. Ich hatte den Romeo mindestens schon vierzigmal gespielt, mit aller jugendlichen Inbrunst, mit aller Wahrheit des Gefühls, meinte ich, und innerem Erspüren, und doch war auf diese Parameter kein Verlass. Erlebte ich mein Spiel als besonders intensiv, gefühlvoll und leidenschaftlich, konnte es dennoch vorkommen, dass die Rückmeldungen der Kollegen in meinen Ohren verheerend ausfielen und ich mich nur wunderte, welchem Trugbild meiner Selbst ich einmal mehr aufgesessen war. Als wir in irgendeiner Stadt, an irgendeinem Theater, unsere Abendvorstellung hatten und ich auftrat, schien mich schon beim ersten Satz der Teufel zu reiten. *Was für ein Licht bricht dort durchs Fenster?* kam mir in einem völlig fremden Tonfall über die Lippen, der augenblicklich bei mir fast einen Lachanfall ausgelöst hätte. Schon klar, das Publikum an diesem Abend war gerade mal eine Handvoll und mir zudem nicht besonders sympathisch, und da hatte ich mir vorgenommen, etwas Neues auszuprobieren, absolut frei mit dem Text umzugehen, ohne zu wissen, wohin das führen würde. Nur eines wollte ich sein – ironisch. Das Publikum, mich selbst und diesen liebesverzückten Romeo auf die Schippe nehmen. Ich fühlte mich frei. Frei in allem und frei von allem. Ohne es zu wollen geriet es zu einer der besten Darstellungen der gesamten Tournee. Wochenlang war es mir tiefernst, versuchte ich diesem allumfassenden Geist der Liebe, diesem Gefühl bis hinein in den Taumel nachzuspüren und es in meiner Rolle präsent werden zu lassen, und womöglich war es mir sogar ein paar Mal ganz passabel gelungen. Jetzt, da ich auf Distanz gegangen war, zu mir und zur Rolle, und dabei nichts ernst genommen hatte, tatsächlich nur damit gespielt hatte, entstand im Theater plötzlich so etwas wie ein Moment der Wahrheit, eine tiefe Einsicht in die Liebe, die diese beiden jungen Menschen bis in den Tod verbinden sollte. Es erschien mir paradox und war es doch ganz und gar nicht. Denn ich war aus der Routine ausgebrochen, hatte einen neuen Weg eingeschlagen und alles, das Leben selbst, als ein Spiel betrachtet und dementsprechend gehandelt. Und vielleicht hatte mich aus diesem Grund das Leben damit beschenkt, denn wie sich zeigen sollte, war es mir unmöglich, mein Spiel von jenem Abend zu reproduzieren und in den nachfolgenden Städten und Vorstellungen damit zu glänzen. Jeden erneuten Versuch verdarb die Routine.

Ich wusste nicht, ob ich mit dieser Geschichte tatsächlich Ángel hatte helfen können. Wie gesagt, womöglich war es ihm gar nicht um sein Spiel gegangen, sondern um seine Wirkung als Person. Aber er tat so, als habe ihm meine Ausführung sehr geholfen und wie um mir zu versichern, dass er alles verstanden habe, resümierte er mit eigenen Worten das Gesagte.

Du meinst also, wenn du den Text absolut verinnerlicht hast, so dass du ihm jedwedes Spektrum einer Aussage, einer Stimmung verpassen kannst, zum Beispiel einer Trauerrede Komik oder einer Liebesszene Polemik, dann kann trotzdem etwas entstehen, was sich deiner schauspielerischen Kontrolle entzieht und eine vollkommen andere Wirkung hervorruft, als du sie beabsichtigt hast?

So in etwa. Jedenfalls hat mich dieses Erlebnis nur in meiner Meinung bestärkt, dass ich kein guter Schauspieler bin. Trotz gegenteiliger Aussagen der anderen. Wäre ich ein guter Schauspieler gewesen, hätte ich ja meine Wirkung auf den Zuschauer unter Kontrolle gehabt und steuern können. Was dich betrifft, denke ich einfach, der Text war noch zu sehr *auswendig gelernt*, stand bei dir zu sehr im Vordergrund, ist noch nicht in Fleisch und Blut übergegangen. Gleichzeitig hattest du zum ersten Mal das Gefühl, frei spielen zu können. Aber dein Spiel konnte naturgemäß noch nicht den Text imprägnieren, deshalb hat es seine Wirkung verfehlt.

Ich weiß nicht, ich glaube, wenn ich sozusagen befreit loslege, wirke ich wohl einfach tuntig.

Aber im normalen Leben wirkst du doch auch nicht tuntig.

Kostet mich auch enorm viel Energie und Selbstbeherrschung, sagte er und wandte seinen Kopf in meinem Schoß mir zu, mit einem Blick, so sehr nach Einspruch flehend, dass ich mich schmunzelnd über ihn beugte und ihm einen Kuss auf die Nasenspitze drückte.

Dann bist du die hübscheste und männlichste Tunte, die ich je gesehen habe.

Ganz plötzlich war er verärgert, stemmte sich hoch, stand auf und lief, wild mit den Armen fuchtelnd, im Zimmer auf und ab.

Du verstehst überhaupt nichts! Wenn mein Spiel jedes Mal

so entgleist wie heute, dann kann ich die Schauspielerei vergessen! Es geht doch nicht darum, dass ich schwul bin, sondern dass ich eine Rolle, die gar nicht tuntig ist, tuntig spiele! So was kann man sich einfach nicht erlauben, das weißt du genauso gut wie ich!

Vielleicht hast du ja tuntig gespielt, was weiß ich, ich war nicht dabei!

Sein Wutausbruch verstörte mich; nur weil ich ihn ein bisschen geneckt hatte, dieser Auftritt jetzt.

Außerdem hab ich dir ja gesagt, woran es vielleicht lag, dass du so gewirkt hast, aber du scheinst unbedingt hören zu wollen, dass du sowieso tuntig wirkst, sonst würdest du nicht so darauf herumreiten. Und ich kann dir nur sagen, du bist das Gegenteil von tuntig, du bist ein kleiner Macho, der die Männer an der Nase rumführt. Und jetzt komm her und lass dich küssen.

Nein, wann geküsst wird, bestimme ich.

Er lässt sich in meinen roten Chintzsessel fallen und schmollt. Meiner Verstörung bekommt das gar nicht. Hin- und hergerissen zwischen Amüsement und aufkeimender Angst, ihn zu verlieren, versuche ich Haltung zu bewahren, die Wut nicht neu zu entfachen, sondern sein Gemüt zu besänftigen, ihn zurückzugewinnen, zurück in meinen Schoß. Zeichen und Linien im Haus Savoy jedoch scheinen sich gegen mich verschworen zu haben, sie bündeln Ángels Wut und Unentschlossenheit in einem engmaschigen Netz, das sie über ihm ausgeworfen haben und zurren ihn nun so fest es nur geht.

Da sitzt er und weiß doch nichts von seinem Unglück, dem sinnlosen, dem er ausgeliefert ist, genauso wenig wie ich, der ich plötzlich nur noch meine Begierde kenne und nicht mehr den jungen Mann vor mir sehe, der seinen eigenen Kampf gegen die Geister der Kindheit kämpft, von dem man nicht weiß, ob er ihn jemals gewinnen oder kapitulieren wird. Ich, in meinem Wunsch ihn endlich zu besitzen, verlockender denn je, wie er so dasitzt, komme mir schäbig, nichtswürdig vor, denn diese Begierde ist eine jener Natur, die aus dem begehrten Menschen, dem verwandten Wesen ein Objekt macht, sein Dasein und seine Geschichte missachtet und ihm das Ebenbürtige nimmt.

Schnell wische ich diesen Gedanken aus und sehne mich schlicht nach seiner Umarmung, nach Ángels Nähe und Wärme und Körper, nach seiner fast routiniert zu nennenden Verführungskunst. Ich möchte ihn spüren, so wie ich damals Yorick gespürt habe, als er so aus dem Nichts heraus im Gostner Hoftheater plötzlich aufgetaucht war und mir in der darauffolgenden Nacht das Gefühl absoluter, allumfassender Erfüllung schenkte. In dieser Nacht schien alles möglich. Beieinander sein. Geben und nehmen. Sich hingeben. Den Weg gehen, Seite an Seite. Teilen. Sich mitteilen, verstehen. Ich gab Gunther den Laufpass. Nein, ich gab ihm nicht den Laufpass, ich schrieb ihm gleich aus Nürnberg einen Brief, in dem ich ihm schilderte, was mir widerfahren war, erbarmungslos *wahrheitsgetreu*, denn das ist meine Art, mir Aufrichtigkeit vorzuspielen, mir etwas vorzumachen. Ich gab ihm nicht den Laufpass, aber es lief auf dasselbe hinaus. Gegen das Sexuelle ist eben alles andere machtlos.

Gunther gab nicht auf. Das musste er auch nicht. Im Prinzip konnte er sich getrost zurücklehnen und abwarten. Denn er wusste etwas, wovon ich mit meinen fünfundzwanzig Lebensjahren und dieser angestammten Naivität, dieser scheinbaren Unbedarftheit, dieser Unaufrichtigkeit der Gefühle, dem Provinziellen der Seele eben, noch keine Kenntnis besaß; dass nämlich aufgewärmte Beziehungen einem meistens noch schlechter bekommen als aufgewärmtes Essen – selbst wenn die ersten Bissen sogar besser schmecken denn je. Und unter einer besonders generösen Missachtung dieser Liebeslebensregel für seine eigene Person erwartete er mich zurück.

Lange ließ ich auch nicht auf mich warten, zu verheißungsvoll waren ja seine Angebote und die damit verbundene Aussicht auf ein meiner Person angemessenes und mondänes oder zumindest mondän angehauchtes Leben, das meinem Dasein als kreativ Schaffender, als Künstler eben, nur den rechten Rahmen bieten konnte. Gunther fand das absolut legitim, ja, amüsant. Wie Yorick so hatte auch er einen Kosenamen für mich, während ich ihn immer nur schlicht Gunther rief. Er nannte mich "Krulli", in Anspielung auf Felix Krull und dessen *Hermes-Beine*, wie Gunther es oft und gerne formulierte. Gleichzeitig stempelte er mich damit als liebenswürdigen Hochstapler ab, was zweifellos meiner Ansicht Rechnung tragen sollte, dass das Leben mir bisher das verweigert hatte, was mir als Geburtsrecht zustand, meiner Interpretation des Begriffs Hochstapler jedoch in keiner Weise gerecht zu werden vermochte. Dies wiederum fand ich legitim und überaus amüsant. Neben einer Art Einrichtungsberatung, mit der er sich durch Mund-zu-Mund-Propaganda in gewissen Münchner Kreisen einen Kundenstamm erworben hatte, pflegte er, der arbeitslose Diplom-Soziologe, geschäftlichen Kontakt zu einem Galeristen, der geschmäcklerisches Zeug, Kunstgewerbliches vom Schlage Kaufhauskunst auf hohem Niveau, in Wochenend-Ausstellungen an den Mann zu bringen beabsichtigte. Es bedurfte nur weniger Worte, diesen davon zu überzeugen, dass wir beide – Gunther mit seinem souverän geistreichen und kompetent beredten Auftreten sowie ich in meiner liebenswürdig einnehmenden Art – uns als Verkaufspersonal auf ideale Weise ergänzten. So fuhren Gunther und ich freitagabends mit vollgepackten VW-Bus und mit mir hinter dem Steuer in irgendwelche süddeutschen Kleinstädte, Städte wie Memmingen oder Ravensburg, bauten in den dort ansässigen Stadtsparkassen oder Volks- und Raiffeisenbanken unsere Stellwände auf, behängten sie mit mehr oder weniger gelungenen Exponaten in Stile der niederländischen Meister oder des Impressionismus, und verwandelten so binnen kurzem jede anonyme Schalterhalle in eine kleine Galerie besonders gefälliger Geschmacklosigkeiten. Die Sujets waren immer die gleichen und immer passend zugeschnitten auf die kleinstädtisch bis ländlich provinzielle Kulturklientel. Und obwohl weder

Gunther noch ich auch nur annähernd hinter unserer Handelsware standen, war unsere Schau, wo immer wir hinkamen, der Renner und der sonntagabendliche Kassensturz bescherte uns fast regelmäßig eine Provision von vier- bis fünftausend D-Mark. Hinzu kamen die Spesen für das beste Hotel vor Ort, Diners inklusive. So machten Gunther und ich während dieser Saison, die über fünf Monate lief, ein kleines Vermögen. War es das, was uns zusammenhielt? Dass ich in Ravensburg, der Stadt, in der ich knapp zwei Jahre zuvor wegen meiner kupferroten Hennalocken, des schwarzen Kajal-Strichs am Unterlid und eines mit Mastix aufs Ohrläppchen geklebten smaragdgrünen Steines am hellichten Tage angepöbelt und fast zusammengeschlagen worden wäre, dass ich in diesem Ravensburg nun mit Gunther im "Romantik-Hotel Waldhorn" Champagner trinken und Fasanenbrust im Netz, das Fleischgericht bei jenem fünfgängigen Menü, verspeisen konnte, und er mich hinterher in seiner brünftigen Triebhaftigkeit bestieg? Dabei gab es keine Zweifel, Gunther liebte mich. Doch liebte ich ihn? So, wie man liebt, wenn man beieinander sein will? Wenn man geben will und nehmen? Sich hingeben will? Den Weg gehen will, Seite an Seite? Teilen, sich mitteilen, verstehen will?

Für eine kurze Zeit war es so, zumindest schien es so. Und ich wäre ungerecht gegen mich selbst, würde ich es so hinstellen wollen, als seien es die vielfältigen Verlockungen im Leben des Gunther Vagedes gewesen, die mich an ihn gebunden hätten. Nein, das waren seine Anstrengungen, seine

Angebote, mit denen er spielte und mich täglich aufs Neue umgarnen wollte. Was mich tatsächlich an ihn band und mit ihm verband, war, dass ich zu seinem Kern vorgedrungen war und hinter all seiner Dominanz sein verletzliches Wesen erkannte, das sich nur selten und wenn überhaupt, dann im Kleid weinseliger Sentimentalität zu erkennen gab. Den kleinen Buben, der in der schweren Zeit der Nachkriegsjahre seiner Mutter beistehen musste, dem der spät aus der Kriegsgefangenschaft heimgekehrte Vater immer ein Fremder und potentieller Konkurrent geblieben war, und der vor Tante Urd im Sonntagsstaat strammzustehen und unter ihrem Regiment zu leiden hatte, diesen kleinen Buben hatte ich gelegentlich in ihm aufleuchten sehen. Zuckerbrot und Peitsche. Was war von seinem eigenen Wesen übriggeblieben? Hatte er es mit seinem missglückten Suizidversuch damals endgültig eliminieren wollen? Das war es, das Erkennen, was meine Liebe zu ihm entfachte und am Glühen hielt, fast zwei Jahre, immerhin. Das Erkennen.

Und während ich nun hier in Ángels Armen liege und sich unsere Lippen einander sanft betasten, frage ich mich, was erkenne ich in ihm, was kann ich erkennen? Immer dichter, undurchdringlicher umgibt mich der Nebel, in den Ángel seine Person – ob gewollt oder ungewollt, sei dahingestellt – hüllt, und mit jedem Tag mehr, an dem wir uns sehen, mit jedem neuen Kuss, jeder verlangend umfangenden Zärtlichkeit lege ich mein Sehnen Stück für Stück auf Eis, wird Ángel zunehmend zum Mysterium, das meine Faszination für ihn zwar stetig steigert, Erfüllung, Verschmelzung jedoch mir immer unwahrscheinlicher erscheinen lässt. Wird er sich jemals von Gernot trennen? Ich glaube nicht mehr daran. Und dann, mit einem jähen Ruck, einem innerlichen Sich-Aufbäumen gewinnt die Hoffnung wieder Oberhand. Ja, natürlich wird er sich von ihm trennen! Wir gehören doch zusammen! Das ist ganz offensichtlich! Wie nah er mir doch ist und wie nah ich ihm bin! Diese Nähe und tiefe Verbindung ist doch ein ganz großes Geschenk, das kann man doch nicht einfach so ignorieren! Das muss er doch merken!

Ángel grunzt wohlig, als ich meine Beine um die seinen schlinge, eine Bewegung, welche durch den festen Stoff unserer Jeans erheblich mehr Anstrengung erfordert, als wenn wir nackt beieinander liegen würden. Doch das tun wir ja nicht. Aus den wohlbekannten Gründen. Ich schlinge also meine Beine um ihn und rolle mich mit dieser Bewegung auf ihn drauf. Unsere Zungen spielen Fangen, meine Hände fahren durch sein dichtes und festes schwarzes Haar und dabei ist mir, als befände ich mich wieder im Keller meines Elternhauses, zwischen all den RAMA-Kartons, allein mit meinem heftigen Begehren und dabei auf der Hut, nicht erwischt zu werden.

Welch grandiose Aussichten, was für Perspektiven! Er, der begabte und ungeheuer attraktive Schauspielschüler und ich, der angehende zukunftsträchtige Jungfilmer, das vielversprechende Regietalent in der deutschen

Kinolandschaft! Ángel und ich, wir beide! Ich werde ihn zum neuen Star des deutschen Films, ach was, zum Star des europäischen Films machen! Sobald mein bereits gefördertes Erstlingswerk in Produktion gehen kann, habe ich eine Rolle für ihn auf Lager, wenn auch nur eine Nebenrolle, mit der er auf der Kinoleinwand eingeführt werden wird und in der er nicht nur seine ganze schauspielerische Kunst zum Einsatz bringen kann, sondern die ihn schlagartig berühmt machen wird. Zwei wie Pech und Schwefel! Uns gehört die Welt!

Gunther hatte mich mit Traugott Pahlke und seiner Lebensgefährtin und Produzentin Birgitta Hartz bekannt gemacht. Seit vielen Jahren war er mit den beiden befreundet, hatte ihnen, indem er sie mit einem bekannten Industriellen-Erben zusammengebracht hatte, den Weg zur Realisation ihres ersten gemeinsamen Spielfilms bereitet. Birgitta hatte Gunther zum Essen eingeladen und holte ihn in ihrem klobigen weißen Mercedes ab, Requisit und Relikt eines Product-Placement-Vertrags aus einem ihrer letzten Filme. Die beiden blieben im Wagen sitzen, als wir aus dem Haus traten und einstiegen. Birgitta war äußerst ungehalten über meine Anwesenheit, wo sie doch nur Gunther eingeladen hatte! Und jetzt scheint er irgend so ein junges Fickverhältnis mitzubringen und ihr tatsächlich auftischen zu wollen! Natürlich blieb das unausgesprochen, sie wollte nicht ordinär werden; wenn sie, die aus relativ kleinbürgerlichem Milieu stammte, etwas verabscheute, dann war es das: Gefahr zu laufen, ins Vulgäre abzurutschen. Und so war sie, wie ich später sehr viel intensiver erleben sollte, stets ein klein wenig zu viel bemüht, vornehm zu wirken. Ich hielt mich völlig zurück, doch innerlich kochte es in mir. Zum einen, da ich spürte, dass ich Objekt einer Machtprobe geworden war, denn einzig darum war es Birgitta gegangen, zum anderen hatte ich eine ungeheure Wut auf Gunther, weil er mich bei der Verabredung mit Birgitta unterschlagen hatte. Später erklärte er mir, hätte er mich angekündigt, hätte es keine Verabredung gegeben. Aber warum hatte er mich darüber im Unklaren gelassen? Da war er wieder, der Machtmensch.

Der Abend im "Vietnam" auf der Theresienstraße verlief dann sehr gesittet. Obwohl ich Hunger wie ein Bär hatte, bestellte ich mir nur ein Wasser. Nicht, weil die asiatische Küche nicht gerade mein Fall ist, sondern als Revanche für das Machtspielchen, dem zuvor ich ausgeliefert gewesen war. Da mochte Birgitta noch so sehr nachfragen, ob ich denn wirklich nichts von den kredenzten Köstlichkeiten wolle, ich blieb freundlich bestimmt. Nein, danke, mir sei es nicht ums Essen gegangen, sondern schließlich darum, sie und Traugott Pahlke kennenzulernen und mich ihnen vorzustellen. Aber heute Abend reden wir nicht über Berufliches, war ihre Antwort, die sie in dem für sie so typischen freundlichen Ton vortrug, der hinter all der Sanftheit ein ungeheures Aggressionspotential vermuten ließ. Als die beiden uns kurz vor Mitternacht zu Hause abluden, stand fest, dass ich bei Pahlke assistieren könne. Als Pahlke mir Monate später gestand, dass ihn meine stoische Ruhe und Beharrlichkeit an jenem Abend sehr beeindruckt hätten, war ich wieder einmal mehr darüber verwundert, wie sehr doch Eigenwahrnehmung und Wirkung nach außen hin auseinanderklaffen können, denn ich hatte mich den beiden völlig ausgeliefert gefühlt. Endlich also war ich am Ziel angelangt und konnte das in Angriff nehmen, was ich von jeher wollte: das Filmhandwerk von der Pieke auf erlernen, um selbst Filme zu machen. Ein Vierteljahr vorher hatte sich unser Theaterkollektiv wegen verschiedener Querelen unter einzelnen Mitgliedern aufgelöst. Und nun lieferte ich mich tatsächlich aus.

Fast zwei Jahre blieb ich bei den beiden. Keiner vor mir und wohl auch niemand nach mir hatte es so lange bei Birgitta und Pahlke ausgehalten. Während dieser Zeit, dieser für mich so wichtigen Lehrjahre, ließ ich ziemlich viel mit mir geschehen, was nur in wenigen kurzen Momenten danach strebte, sich Luft zu verschaffen und sich dann zumeist in Wutausbrüchen äußerte, die außer Kontrolle zu geraten drohten. *Die Leibeigenschaft ist hier in Deutschland seit dem sechzehnten Jahrhundert abgeschafft!* war einer der Sätze, die ich ihr an Pahlkes Geburtstagsfest um die Ohren knallte, bevor ich empört und zutiefst verletzt die Party verließ. Denn selbst bei Festen wie diesem konnte sie nicht davon ablassen, mit undurchschaubarer Wollust auf der Klaviatur von Verbrüderung und Knechtung zu spielen und mich, der ich gerade eben noch sozusagen zur Familie gehörte, im nächsten Augenblick vor den übrigen Gästen wie einen Dienstboten zu behandeln. Für mich schien dies der rechte Zeitpunkt, den beiden endgültig Adieu zu sagen, doch da war ich gerade mal vier Monate bei ihnen und irgendwie schaffte sie es regelmäßig, mich mit säuselnder Stimme wieder ins Produktionsbüro zu locken.

Es war Liebe. Die Liebe zum Medium. Und die Liebe zu den beiden, gewissermaßen dem Elternersatz. Und während ich mich und meine Liebe so ganz allmählich aus meiner Beziehung mit Gunther ausschlich, so, wie man ein Medikament ausschleicht, war bereits für Ersatz gesorgt: der Film. Die Liebe zum Film, die jetzt und zum ersten Mal bei der Arbeit für Birgitta und Pahlke so richtig erblühen konnte. Hatte ich seit meiner Kindheit im Wormser "Roxy"-Kino oder in den "KW-Lichtspielen" sehr aufmerksam und wissbegierig die Filmsprache studiert, lernte ich nun, ein Drehbuch zu analysieren, Auszüge zu machen, zu kalkulieren, Drehpläne und Dispos aufzustellen, Fördergelder zu beantragen, Motive und die Drehs zu organisieren und auch ein Presseheft zu verfassen. All das fiel auf vorbereiteten Boden, keimte üppig und hätte reichlich Früchte tragen können, wäre da nicht – ja, wäre da nicht meine dienstbeflissene Unterwürfigkeit, dieses willfährige Lakaientum in mir gewesen, das zwar die ideale Ergänzung zu Birgittas herrschsüchtigem Charakter darstellte, jedoch der Hemmschuh schlechthin für meine eigenen Wünsche und Bedürfnisse war. *Man muss auch dienen können* und *Ich diene Pahlke die ganze Zeit* war Birgittas Glaubensbekenntnis, zu dem sie nur allzu gerne die sie umgebenden Menschen verpflichten wollte. Alles im Dienste des hehren Ziels, der Filmkunst. Mir musste sie das nicht zweimal sagen, ich bot mich ja an und ließ mich gerne mit ihrer Verklärung und Vergötterung von Pahlkes Arbeitsweise und Werk infizieren. Außerdem hielt sie noch einen zweiten Köder für mich bereit: die Esoterik. Tagelang erzählte sie mir von ihren "Rückführungs-Erlebnissen" und was sie mit Pahlke in ihren früheren Leben, unter anderem als ägyptische Sklavin, verbunden hatte. Sie brachte mir Kundalini-Atmung bei und machte mich mit den Bachblüten und der Ramala-Offenbarung bekannt. Sie weckte mein schlafendes Wissen um das Feinstoffliche der Welt, führte es aus dem Dunkel des Unbewussten ans Licht und entfachte damit in mir eine fortwährend glühende, jedoch stille platonische Liebe zu ihr. Umso schmerzhafter waren dann die Momente, in denen sie, getrieben von der wilden Gier der Macht und Dominanz, plötzlich wieder meinte, sie müsse den Boss spielen und die Chefin hervorkehren. Die Bewegungen im Produktionsbüro, meine Bewegungen und die von Birgitta und Pahlke, kamen mir oftmals vor wie die Bewegungen auf einem Schachbrett, strategische Züge, in denen Bauernopfer gebracht werden mussten, unausweichliche Züge, in denen ein Pferd, ein Turm, die Dame geopfert werden mussten, um nicht schachmatt gesetzt zu werden. Die Bewegungen wiederholten sich und trotzdem war kein System zu erkennen. Bewegungen, die einen Fluchtimpuls auslösten und doch kein Entrinnen ermöglichten. Bewegungen der Figuren in einem Raum, wie Buñuel sie in *El Ángel Exterminador* so beklemmend und ironisch zugleich veranschaulicht hat. Bewegung, die in Erstarrung endet. Und urplötzlich diese Stimmung, hochexplosiv, die Luft zum Schneiden. Es ist halb zwei in der Nacht, und noch immer sitzen wir an den Druckvorlagen für das Presseheft. Ich redigiere, Andrea, die Produktionsassistentin, tippt die Texte in eine ausgeliehene Brother-Schreibmaschine, Pahlke liest Korrektur. Birgitta ist mit irgendeiner Kalkulation zugange. Alle vier sind wir völlig übernächtigt, denn es geht schon seit Tagen so. Aus heiterem Himmel packt es sie und sie dünstet diese Wolke ungeheurer unterschwelliger Aggression aus. Was ist hier eigentlich los? blökt sie durch die Räume und schafft es mit dieser ihrer Ausdünstung in der Tat, dass ich zum zweiten Mal seit Beginn meiner Mitarbeit das Gefühl bekomme, gleich in die Hose zu kacken. Dieses Gefühl ist ganz und gar nicht lustig. Es verweist einen vielmehr auf eine Stufe, die man spätestens seit Ende der Pubertät überwunden zu haben glaubte. Ich erkläre ihr den Stand der Dinge und merke sehr schnell, dass ihr Zorn dieses Mal nicht mir gilt, sondern Andrea. Auf sie hat sich Birgitta eingeschossen und zitiert sie zu sich an den Schreibtisch. Andrea, die Fragile, die so oft schon die Lässige gespielt hat, ist weit über ihrer Grenze. Kaum weiß sie noch, wo hinten und vorn ist, und das ist deutlich zu sehen. Auch die Maschine, deren Tastatur Andrea seit Stunden malträtiert, weiß nicht mehr, wo hinten und vorne ist. Wenn ich Leerzeichen drücke, geht sie eins zurück statt eins nach vorne, sagt Andrea. Weißt du, wie spät es ist? sagt Birgitta, und das dumpfe Grollen, das ihren scharfen Ton untermalt, kündigt bedrohlich den bevorstehenden Ausbruch an. Andrea sagt, ja, ich weiß auch nicht, sobald ich weiter will, geht sie zurück, will ich zurück, geht sie nach vorn. Was hast du da gesagt? schreit Birgitta sie an. Die Maschine macht immer das Gegenteil von dem, was ich will, antwortet Andrea völlig verdattert. Noch hat sie die letzte Silbe ihres Satzes auf den Lippen, da verpasst ihr Birgitta eine schallende Ohrfeige, so heftig, dass Andreas Designerbrille quer durchs Büro fliegt. Ich sitze wie gelähmt auf meinem Stuhl und verfolge fassungslos diese Szene, die mir fast surreal erscheint. Andrea hält sich die Wange, dreht sich um, geht zu dem Aktenschrank, vor dem ihre Brille gelandet ist, hebt sie auf und geht damit wie eine Somnambule zurück in ihr Schreibzimmer. Ich begreife sie nicht. Ich begreife nichts mehr. In meinem Innern habe ich Birgitta in diesem Augenblick grün und blau geschlagen, doch ich lasse es mir nicht anmerken. Es ist Andreas Angelegenheit, darauf zu reagieren. Ihre Indifferenz, diese totale Nichtreaktion, bringt mich allerdings auch gegen sie auf, so sehr, dass ich denke, das geschieht dir recht, und direkt hoffe, dass Birgitta ihr noch eine zweite hinterherscheuert. Dafür.

Pahlke hatte sich so gut wie rausgehalten. So, wie er es immer tat. Das Einzige, was er sagte, war, Birgitta, jetzt lass mal gut sein. Natürlich wollte er jede weitere Eskalation vermeiden. Aber es klang weniger beschwichtigend als vielmehr kleinlaut. So, als habe er vor Birgitta zu kuschen.

War das der Preis, den er zahlte, dafür, dass sie ihn unterhielt, für ihn Gelder beschaffte, seine Filme produzierte, ihn vergötterte? Liebte er sie? Liebte sie ihn? So, wie man liebt, wenn man beieinander sein will? Wenn man geben will und nehmen? Sich hingeben will? Den Weg gehen will, Seite an Seite? Teilen, sich mitteilen, verstehen will? Die beiden hatten sich bei Dreharbeiten in den Sechzigerjahren kennengelernt, da war Birgitta noch Schauspielerin und Pahlke Kameramann. Sie hatte zu diesem Zeitpunkt ein Verhältnis mit dem Regisseur des Films. Vielleicht auch schon nicht mehr. Gunther erzählte mir, Birgitta sei bei dieser Affäre schwanger geworden, habe das Kind ausgetragen und gleich danach zur Adoption freigegeben. Sie wollte eine unabhängige Filmproduzentin werden. Ein Kind, zumal aus einer verhassten Liaison, hätte da ihrer Ansicht nach nicht reingepasst. Pahlke saß zu Hause in ihrem Ein-Zimmer-Appartement und dachte sich Drehbücher aus, Birgitta knüpfte tagsüber Kontakte und hielt des Nachts im Krankenhaus Wache, um den Unterhalt für sie beide zu verdienen. Irgendwann machte Gunther sie mit besagtem Industriellen-Erben bekannt, Birgitta becircte ihn und schaffte es sogar, die hundertfünfzigtausend D-Mark, die er ihr schlussendlich leihen wollte, geschenkt zu bekommen. Damit drehten sie und Pahlke ihren ersten gemeinsamen Spielfilm. Es folgten weitere, die von der Kritik sehr beachtet wurden, und mit dem künstlerischen Erfolg stellte sich auch ein gewisser kommerzieller Erfolg ein, der es ihnen ermöglichte, im Verein mit den Fernsehkontakten, die Birgitta zuwege gebracht hatte, relativ unabhängig zu produzieren. Mit dem geringsten Aufwand an Mitteln den größtmöglichen Effekt erzielen, das hatte ich als etwas Erstrebenswertes bei ihnen gelernt. Dass damit allerdings auch die Ausbeutung der Mitarbeiter bis hin zu deren Selbstausbeutung gemeint war – und immer unter dem Oberbegriff *Für das hehre Ziel, die Filmkunst* gerechtfertigt – weil Birgitta noch etwas mehr Gewinn einstreichen wollte, als es sowieso in der Kalkulation vorgesehen war, das habe ich erst im Laufe der Zeit begriffen.

Im ersten Jahr meiner Assistenz bei Pahlke verliebte ich mich in die beiden, im zweiten Jahr entliebte ich mich wieder. Doch kann ich ihm und Birgitta überhaupt etwas zum Vorwurf machen? Habe ich all diese bösen Erlebnisse nicht mir selbst allein zuzuschreiben? Habe ich sie nicht geradezu gesucht und mit mir geschehen lassen?

Wir waren ein merkwürdiges Dreiergespann. Zuerst die beiden, sektiererisch, eine verschworene Gemeinschaft. Zwei wie Pech und Schwefel. Gegen den Rest der Welt. Doch ganz allmählich fühlte ich mich mit einbezogen, drang ein in den inneren Kreis. Kurze Bemerkungen, einzelne Worte, die stilles Einverständnis signalisierten, von Birgitta oder Pahlke beiläufig dahingesagt, deuteten darauf hin. Ich schien dazuzugehören. Wir waren eine Familie, so empfand ich uns. Doch was sagt das schon über die tatsächlichen Gegebenheiten aus? Menschen treffen sich, jeder im Besitz von Schlüssel und Schloss. Und sie stellen fest, der Schlüssel passt bei dem anderen ins Schloss und umgekehrt. Doch welche Tür wird er öffnen? Wird es bei dem anderen die gleiche sein? Selbst wenn Birgitta und Pahlke diese Klaviatur der Verbrüderung perfekt beherrschten und damit mein Bedürfnis nach Zusammengehörigkeit, nach wärmender Nähe stillten, mussten sie noch lange nicht dieselbe Nähe zu mir empfinden wie ich zu ihnen, konnten wir unser Beziehungsgeflecht sehr wohl sehr unterschiedlich wahrnehmen.

Ob es sich mit Àngel ähnlich verhält? Wir streicheln uns, sehen uns liebevoll und ernst in die Augen, dann wieder spöttisch neckend, reiben unsere Nasenspitzen aneinander, schnäbeln, betten unsere Wangen in die Hand des anderen, sehen uns in die Augen. Ernst und voller Liebe. Und Ángel soll nicht das Gleiche empfinden wie ich? Nicht dieselbe Nähe, dasselbe Verlangen, dieselbe Liebe? Wäre dieser über jeden Verdacht erhabene, aufrichtige junge Mann denn tatsächlich in der Lage, mir etwas vorzumachen? Sein Spiel mit mir zu treiben und mich zum Narren zu halten? Ich spüre, wie sich der Ausdruck in meinen Augen unwillkürlich verändert, weg vom liebevollen, hin zum forschenden Blick. Und bemerke, gleich einem Echo, die Veränderung in Ángels Augen, weg vom Liebevollen, hin zur Skepsis. Kaum zwei Wochen ist es her, dass wir uns kennenlernten, und schon ist unsere Liebe dabei, ihre Unschuld zu verlieren, haben wir die mohnbetupfte Frühsommerwiese und ihre schwebende

Leichtigkeit weit hinter uns gelassen und scheinen uns geradewegs in die sumpfige Schwere der sich vor uns ausbreitenden Moorlandschaft zu begeben. Noch sind unsere weißgestärkten Vatermörderhemden makellos und unsere Leinenhosen hell und rein. Wir blicken uns an, der eine forschend, der andere skeptisch, und gehen weiter Richtung Sumpf. Bald werden unsere hübschen, sauberen Hosen beschmutzt sein; feucht, verdreckt und verkotet, und ebenso unsere Hemden, die, zerrissen vom Dornengestrüpp, kaum mehr die Blessuren auf unseren geschundenen, blutig verkrusteten Körpern bedecken werden. Wir gehen weiter. Richtung Sumpf. Halten wir uns an den Händen? Haben wir uns in die Augen geschaut und uns an den Händen gefasst? Wollen wir gemeinsam dieses Jammertal durchschreiten?

Wir liegen auf meinem Bett im Haus Savoy, gerade eben noch haben wir uns leidenschaftlich geküsst, haben wir *geschmust*, wie Ángel sagt, und versinken in unseren forschend-skeptischen Blicken. Und ich sehe, dass ich allein bin. Werden wir uns an den Händen fassen? Ich glaube nicht. Wir werden weitergehen und jeder wird seinen Sumpf für sich selbst durchwaten. Und ich sehe, wie Ángel stehen bleibt, sobald er nasse Füße bekommt; wie seine Leinenhose sauber, sein weißes Hemd makellos bleibt und sein Körper schön und perfekt und keine Schrunden davontragen wird. Ich sehe, wie ich allein weitergehen werde, halb im Morast versinken, halb vom Gestrüpp zerfetzt sein werde, durch Tiefen und Untiefen mich kämpfen werde und Ángel weit hinter mir lassen werde in seiner hübschen, hellen Leinenhose und seinem weißgestärkten Vatermörderhemd, auf der anderen Seite, zu der es für den, der den Sumpf überwunden hat, kein Zurück mehr gibt. Und ich denke, vielleicht wird es für Gernot, Ángels Noch-Freund, von dem er sich doch schon die ganze Zeit trennen will, und der zur selben Analytikerin geht wie ich, vielleicht wird es auch für Gernot bald kein Zurück mehr geben und Ángel wird allein dastehen. Schließlich und endlich ganz allein dastehen.

Aber nein! So darf es nicht sein!

Wir liegen auf meinem Bett im Haus Savoy, und ich könnte losheulen wie ein Kind, dessen verträumte Märchenstunde durch die bittere Realität von Waschlappen und Seife in den Händen der resoluten Gouvernante ein abruptes Ende gefunden hat. Ángel soll nicht das Gleiche empfinden wie ich? Nicht dieselbe Nähe, dasselbe Verlangen, dieselbe Liebe – dieselbe Lust, dieselbe Erregung? Ist nicht sie *der* Indikator fürs Begehren, der unumstößliche Beweis, dass man zusammengehören will? Dass man zusammengehört? Selbst wenn er mir etwas vormachen würde, mich zum Narren halten würde, nein, auf diesem Gebiet ist keine Irreführung möglich. Und mit jedem Kuss, mit jedem Schmusen, wie Ángel es nennt, spüre ich, wie seine Erregung wächst, wie auch bei ihm Begehren und Lust zu ihrem Recht kommen wollen und aus mir unerfindlichen Gründen von ihm in Schach gehalten und gedeckelt werden. Er begehrt mich, ich weiß es, denn sein Körper sagt es mir. Und allein das bietet

Anlass genug, beharrlich darauf zu warten, dass er es endlich sich selbst und dann auch mir eingesteht. Von meinen Träumen jedoch, davon, dass ich ihn zum Star machen will, zum europäischen Filmstar der späten Achtziger, davon werde ich ihm nichts erzählen. Das behalte ich einstweilen für mich.

Birgitta und Pahlke waren in Urlaub gefahren, nach Sils Maria, wo sie immer Urlaub machten, und wussten von nichts, denn ich hatte ihnen nicht gesagt, was ich vorhatte. Um genau zu sein, erst durch ihre Abwesenheit im Produktionsbüro wurde mir bewusst, was ich vorhaben, was ich tun könnte. Erst durch ihre Abwesenheit konnte ich wieder klar denken und zu mir selbst finden. Wie auch im Jahr davor, als ich während ihres Urlaubs im Büro saß – keine Menschenseele rief an und die vom Dienst *Der Ausschnitt* zugeschickten Artikel, die so spärlich hereinkleckerten und auch das nur deshalb, weil die Namen Traugott Pahlke oder Birgitta Hartz oder einer der acht Filmtitel dieses Gespanns Erwähnung fanden, waren auch keine wirkliche Herausforderung meiner bürokratischen Fähigkeiten – und so entschloss ich mich kurzerhand, ein Exposé für einen Spielfilm zu schreiben und es bei der Filmförderungsanstalt zur Drehbuchförderung einzureichen. Dabei möchte ich gar nicht verhehlen, dass die mich umgebende Atmosphäre des Produktionsbüros durchaus inspirierenden Einfluss auf mich ausübte. *In der Stille des Alls* hieß mein Werk und war gleichfalls inspiriert von Pahlkes letztem Film *Katalytica - Aus Abrahams Schoß*, dem ersten Projekt. bei dem ich als Assistent mitarbeiten konnte.

Katalytica erzählte die Geschichte eines Außerirdischen, der sich in eine Dackelzüchterin aus Helmstedt verliebt. Durch falsch gespeicherte Koordinaten taucht er täglich jenseits der innerdeutschen Grenze auf, wird von den DDR-Grenzern beschossen, bahnt sich jedoch immer mühelos seinen Weg von Ost nach West, durch die todbringenden Grenzanlagen, bis schließlich auf Honneckers ureigenen Befehl hin die Grenze an dieser Stelle offen bleibt, der Außerirdische zum Helden Helmstedts und die *Internationale* zum Exportschlager ins Universum wird. Das Interessante an dem Film, der leider wie alle Pahlke-Filme merkwürdig blutleer inszeniert ist, war neben seinen stilistischen Eigenheiten, dass er reale diplomatische Verwicklungen zwischen der BRD und der DDR zur Folge hatte. Auf den ersten Blick hatte diese Geschichte nun rein gar nichts mit meinem Exposé gemein, aber ich denke, dass das Atmosphärische in Pahlkes Film mich so weit beeinflusst hat, dass ich mit Fug und Recht behaupten kann, *Katalytica* habe mich beim Schreiben von *In der Stille des Alls* beflügelt.

Ich hätte nie gedacht, dass ich für einen solchen Stoff von der Filmförderungsanstalt auch nur einen Pfennig zu erwarten hätte. Ich selbst fand die Geschichte natürlich äußerst spannend, hochdramatisch, satirisch und tragikomisch in einem und ließ es ja auch dementsprechend auf einen Versuch, Drehbuchförderung zu ergattern, ankommen. Dabei handelte es sich um einen merkwürdigen Mix aus Politthriller, Familientragödie und Esoterikdrama. Auf den denkbar einfachsten Nenner gebracht, hätte man sagen können, Chinatown meets Dr. Strangelove, mit einem Hauch von Star Wars. Das ganze spielte in Mainhattan, wie Frankfurt sich selbst einmal als Reklamegag genannt hat. Fünfzehntausend D-Mark waren 1984 nicht wenig Geld, und das erhielt ich tatsächlich von der FFA, um mich in aller Ruhe dem Drehbuchschreiben widmen zu können. Natürlich bekam man erst einmal die Hälfte, also siebentausend fünfhundert, und bei Abnahme des fertigen Drehbuchs und der dazugehörigen Abrechnung und Quittungen die zweite Hälfte. Dank Birgittas Hilfe lief das alles jedoch völlig problemlos. Nun hatte sie also zwei Männer in ihrem Büro sitzen, die an einem Drehbuch schrieben, die ein Projekt verwirklichen wollten. Und obschon ich niemals mit dem Gedanken gespielt hatte, Birgitta könnte sich als Produzentin für meinen Stoff interessieren, verspürte ich jetzt, in der Rolle des Drehbuchautors und angehenden Filmemachers eine gewisse Konkurrenz zu Pahlke. Ich wollte es natürlich besser machen als er. Dass Birgitta sich einzig und allein der Realisierung von Pahlkes Filmen verschrieben hatte, das war sakrosankt. Oder zumindest erschien es mir so. Und schließlich gab es da ja noch Gunther mit seiner Affinität zum Film und seinen Freundschaften in der Münchner Filmszene, die weit über diejenige zu Birgitta und Pahlke hinausgingen und ihn in seiner Ambition bestärkten, selbst Filme produzieren zu wollen – meine Filme zu produzieren.

Noch wusste Birgitta nichts davon, als sie in ihrem weißen Mercedes Mitte August mit Pahlke nach Sils Maria aufbrach. Und wieder saß ich allein im Büro und hatte trotz verschiedener Aufgaben, die Birgitta mir zurückgelassen hatte, kaum etwas Sinnvolles zu tun und genügend Zeit, mir meine eigenen Gedanken zu machen. Sollte ich es nicht doch lieber versuchen, Birgitta als Produzentin für *In der Stille des Alls* zu gewinnen? Sie ist es, die die Kontakte hat, sie hat die Erfahrung und ihr geht dic künstlerische und handwerkliche Qualität eines Films über alles andere. Doch das war bisher natürlich nur bei Pahlkes Filmen der Fall. Würde sie mir gegenüber das gleiche Engagement an den Tag legen? Oder würde sie die Produktion womöglich dazu benutzen, Gelder, die für die *Stille des Alls* bestimmt sind, für Pahlkes neues Projekt abzuzweigen? Und liefe ich, trotz meiner Theatererfahrung, nicht auch Gefahr, unmerklich ebenso blutleer zu inszenieren, wie ich es von ihm gewohnt war? Und, weitaus schlimmer, hätte ich etwa als der Regisseur, der nicht ihr Lebensgefährte ist, genauso unter ihrer launischen Herrschsucht, die sich in Stresszeiten, also während der gesamten Produktionsphase, ins Bodenlose steigerte, zu leiden, wie ich es eh die ganze Zeit über tat und deshalb permanent auf der Hut sein musste, um nicht ihren Unmut auszulösen? Und vor allen Dingen, würde sie mir tatsächlich meine künstlerische Freiheit lassen? Mit Gunther sah das vollkommen anders aus. Er bewunderte mich. Vermutlich nicht so vorbehaltlos exzessiv wie Birgitta Pahlke bewunderte, aber neben der Liebe, die er immer noch für mich empfand, obwohl ich mich mehr und mehr von ihm entfernte, war ganz deutlich seine Bewunderung für meine Beharrlichkeit, meine

Phantasie und deren Umsetzung in Bilder und schließlich meine Vision vom Filmemachen zu spüren. Außerdem hätte ich mit Gunther als Produzenten ganz bestimmt mehr Kontrolle über das gesamte Projekt, als Birgitta mir je zugestehen würde. Der Film würde in viel größerem Maße mir selbst gehören, und Gunthers Unerfahrenheit würde dazu beitragen, dass ich in Absprache mit ihm sozusagen über mein Kind mitbestimmen könnte.

Das grünbraune Muster des Teppichbodens, das unsägliche, Schlingenware der schlimmsten Sorte, starrt mich an und offenbart mir schlagartig die eigentliche Kälte und Gemeinheit dieser geheuchelten Nähe, der ich mich so bereitwillig und, ja, letzten Endes auch liebend, ausgeliefert hatte. Mag sein, dass nicht alles geheuchelt war, dass Birgitta sogar irgendwo in einem uneinsehbaren Winkel ihres Unterbewussten die wenigen verbliebenen Gefühle für ihr weggegebenes Kind auf mich projiziert hat. Doch diese Kälte und dieser entpersönlichte Moder, die so charakteristisch für die Sperrmüllmöblierung des Produktionsbüros sind und die mir gleichermaßen bei jedem neuerlichen Betreten der Wohnung der beiden entgegenschlägt und den Atem nimmt, dieser Moder gerät für mich zum Sinnbild der Beziehung der beiden zueinander und zu allen anderen. Daher auch die blutleeren Inszenierungen, das Tote, das in jedem seiner Filmbilder durchscheint. Je länger ich über alles nachdachte, umso unverständlicher erschien mir mein Ausharren bei Birgitta und Pahlke. Fast schon zwei Jahre. Wieso hatte ich mir nicht schon längst eine andere Assistenz gesucht? Bei Petersen, bei Wenders! Ich musste etwas tun. Mich erproben. Ich werde die mit der Abwesenheit der beiden entstandene Ruhe nutzen und einen Kurzfilm drehen. Das Konzept spukt mir schon seit längerem durch den Kopf. Es soll ein filmisches Perpetuum mobile werden, eine Endlosschleife, die meine Protagonistin zur Gefangenen des Mediums macht und zu ihrem eigenen Opfer werden lässt. *Mnemosyne* ist der Titel, der mir dazu assoziativ eingefallen war, und laut Hesiod ist sie die Tochter von Uranus und Gaia und Mutter der Musen, die sie mit Zeus gezeugt hatte. Sie ist die Göttin der Erinnerung und Namensgeberin der Gedächtniskunst, der Ars memoriae.

Gunther half mir begeistert beim Organisieren des Drehs, er besorgte die Maskenbildnerin, Kostüme und den Drehort – die mit japanischer Strenge und deren Elementen ausgestattete Wohnung eines befreundeten Anwalts – ich kümmerte mich um die Technik. Den Film selbst hatte ich so gut wie im Kopf. Ohne irgendetwas Schriftliches war er binnen zwei Tagen abgedreht. Noch einmal drei Tage verbrachte ich mit Schnitt und Endbearbeitung im Studio. *Mnemosyne* war fast auf die Sekunde genau fünfzehn Minuten lang geworden und beeindruckte die Freunde und Bekannten, denen ich ihn zunächst gezeigt hatte, durch die Geschlossenheit von Inhalt und Form sowie seinen zwingenden Stil, der einen, wie sie sagten, ungeheuren Sog auf sie ausgeübt hätte. Ich sah nun der Ankunft von Birgitta und Pahlke wesentlich gelassener als zu früheren Zeiten, ja, fast freudig entgegen. Ihnen an ihrem ersten Tag im Büro meinen Kurzfilm präsentieren zu können war mein Geschenk an sie, und das nicht nur als Willkommensgruß. Es war meine Art, ihnen für das zu danken, was ich bei ihnen gelernt hatte. Dem Titel hatte ich die Widmung *Für B. & P.* vorangestellt.

Als meine kleine Privatvorführung zu Ende war, stand ich auf, schaltete den Monitor aus und drehte mich erwartungsvoll zu ihnen um. Ich blickte in zwei rätselhaft verschlossene Gesichter. Pahlke schien leicht verstört und im nächsten Augenblick fiel mir wieder ein, dass es ja gar keinen Sinn hatte, von ihm, dem nie ein einziges Wort des Lobes über die Lippen kam, auch nur annähernd Aussagekräftiges zu erwarten. Birgittas Porzellangesicht wirkte blasser denn je, doch fühlte ich wieder einmal einen diffusen Unmut in ihr hochkriechen.

Felix, beantworte mir bitte drei Fragen, sagte sie in einem derart scharfen Ton, dass schon jetzt klar war, wohin die Reise gehen würde.

Wie kommst du dazu, ohne zu fragen, unseren Lichtkoffer zu benutzen? Was fällt dir eigentlich ein, meine Kontakte – gemeint war damit das Videostudio – für dich zu verwenden? Und was hat Gunther mit der ganzen Sache zu tun?

Mir verschlug es zunächst die Sprache, denn das Gefühl einer unwahrscheinlichen Kränkung triumphierte über jeden klaren Gedanken in mir. Was war ich doch für ein Schaf! Komme wie ein kleiner Junge zu den Eltern gelaufen, um ihnen zu zeigen, was für schöne Bildchen ich in den Lack von

Papas Wagen gekratzt habe. Und möchte dafür auch noch gelobt werden!

Birgitta, ich glaube, es ist besser, wenn sich unsere Wege allmählich trennen, stammelte ich tonlos, drückte die Eject-Taste des U-matic-Players, nahm meine Kassette heraus, fischte den Büroschlüssel aus meiner Hosentasche, legte ihn auf den Tisch und verließ wie betäubt das Büro.

Wer jetzt glaubt, hier ende diese Episode meines Lebens, kennt mich noch immer nicht zur Genüge und hat auch nicht begriffen, dass ich Weltmeister im Verzeihen bin. Werft mir ein paar Brosamen der Versöhnung hin und schon stürze ich mich wie ein ausgehungerter Löwe darauf. Ich brauche die Nähe zu den Menschen, wie ich die Luft zum Atmen brauche. Nichts ist schlimmer für mich, als mich von den Menschen abgeschnitten zu fühlen. Natürlich gibt es da Abstufungen. Der Idealfall wäre ja, sich mit der gesamten Menschheit verbunden zu fühlen, sich als Teil eines einzigen großen Organismus zu begreifen und im Anderen sich selbst zu sehen. Aber wer tut das schon. Ich nicht. Für Sekunden vielleicht. Für Minuten, höchstens. Ein Gefühl allumfassender Liebe für alles und jeden. Ein erhebendes Gefühl. Ein Taumel. Nur kurz, aber er war schon da, war schon real, war keine Illusion.

Je stärker ich mich also mit einem Menschen verbunden fühle, je mehr Liebe ich für ihn empfinde, umso schrecklicher, wenn dieser Mensch auf irgendeine Art und Weise diese Verbindung kappt und auf Distanz geht. Gleich mir braucht auch Ángel diese Nähe und versteht sich darauf, sie aus dem

Nichts heraus herzustellen und sich darin zu verlieren. Und gleichzeitig schafft er es, völlig unverbindlich zu bleiben.

Schon am nächsten Vormittag rief Birgitta bei mir an. Ich wüsste doch, wie nötig sie mich bräuchten, gerade jetzt, wo es für Pahlkes neuen Film Fördergelder zu beantragen gäbe, wo Auszüge und die Kalkulation dafür anstünden und die Zeit drängen würde und so weiter und so fort. Dabei kein Wort der Entschuldigung. Wofür auch? War sie nicht absolut im Recht? Und schmierte sie mir mit meiner scheinbaren Unentbehrlichkeit nicht schon genügend Honig ums Maul? Sollte ich sie tatsächlich im Stich lassen? Sagen, das ist mir doch egal, sieh zu, wie du klarkommst? Ich konnte es nicht. Ohne es zu wollen, fühlte ich mich sogar geschmeichelt. Ich hasste mich dafür. Wir vereinbarten, dass ich ihr bei den Förderanträgen und was sonst noch anstand helfen, mich aber in vier bis acht Wochen endgültig verabschieden würde. Zunächst verlief auch alles sehr harmonisch. Ich erfuhr, dass es sie gekränkt hatte, dass ich mein gefördertes Drehbuch, meinen ersten Film, nicht mit ihr, sondern mit Gunther realisieren wollte. Dahinter stand keine tatsächliche Absicht, *In der Stille des Alls* produzieren zu wollen, nur gekränkte Eitelkeit. Denn auf meinen Einwand, ich hätte es von jeher so empfunden, dass sie nur Pahlkes Filme produzieren würde, konnte sie nichts Gegenteiliges erwidern. Wie gesagt, es verlief alles sehr harmonisch. Zu Mittag gab es Vollkornbrötchen mit vegetarischem Brotaufstrich, nachmittags holte ich Kuchen im Café Wiener. Es waren wunderbar sonnige Spätsommertage, die das Gärtnerplatzviertel verzauberten und an nichts Böses denken ließen. Dann, in der dritten Woche unseres Abkommens, war es soweit. So, wie das Glück uns trifft, wenn wir am wenigsten darauf hoffen; so, wie ein Mensch, von dem wir annahmen, er sei endgültig aus unserem Leben verschwunden, unerwartet in der U-Bahn vor uns steht; so kam auch an jenem harmlosen Mittwochnachmittag das Unheil über unsere eifrig arbeitende Dreisamkeit im Produktionsbüro in der Klenzestraße. Seit der Mittagspause hatte ich eine schleichende Veränderung der Stimmung in den Räumen wahrgenommen, die ich mir nicht erklären konnte. Das freudige und gelassene Arbeiten wich mehr und mehr einer Spannung und Gereiztheit – nicht in mir, sondern sie lagen in der Luft. So, wie man unter bestimmten klimatischen Bedingungen, vornehmlich sehr hoher Luftfeuchtigkeit oder Nebel, wahrnehmen kann, dass die Luft um die großen Überlandleitungen zu knistern, ja, zu sirren beginnt, und man schon befürchten muss, ins Hochspannungsfeld der Elektrizität zu geraten, so fürchtete ich, noch im Verlauf des Nachmittags ins Hochspannungsfeld des völlig aufgeladenen Beziehungsgenerators von Birgitta und Pahlke zu geraten. So weit wollte ich es nicht kommen lassen. Dieses Mal nicht. Oft genug war ich für etwas verantwortlich gemacht und zusammengestaucht worden, was ich nicht verschuldet hatte und was zudem keinerlei Anlass zu einer derart geballten Aggressivität hätte geben müssen. Wie damals etwa, als ich mit Pahlke das Probenset für seinen Film aufbaute und die Produktionsassistentin Andrea zu mir kam und mir in einem Ton, als sei ein schrecklicher Unfall passiert, sagte, Gunther sei am Telefon. Ich bat Pahlke kurz um Entschuldigung und ging nach nebenan in Andreas Büro. Gunther hatte nur eine belanglose Frage, die schnell geklärt war. Doch was dann folgte, war denkwürdig genug. Kaum hatte ich aufgelegt, schon baute sich Birgitta vor mir auf.

Felix, was fällt dir ein, Pahlke einfach so stehen zu lassen? Wenn du das noch einmal machst, fliegst du hier raus.

Weder war eine Erklärung möglich, noch hätte sie gefruchtet, denn ihr kurzer intensiver Redefluss, aus dem regelrechte Schwaden unbegreiflicher Gewalttätigkeit dampften, war durch nichts zu unterbrechen. Das wollte ich nicht noch einmal erleben. Ich stand von meinem Schreibtisch auf, stellte mich in den Türrahmen zu ihrem Büro und sah sie, wie ich heute annehme, wohl recht hasserfüllt an.

Was ist das eigentlich für eine Stimmung hier, brach es aus mir heraus. Birgitta blickte mich an, ein böses Funkeln in ihren Augen.

Wie meinst du das?

So, wie ich's sage. Den ganzen Tag über arbeiten wir hier friedlich, und du verbreitest zunehmend eine Stimmung, die das Arbeiten unmöglich macht. Wenn irgendwas schief gelaufen ist, dann sag es, und wenn es was zwischen Pahlke und dir ist, dann lass mich bitte aus dem Spiel.

Jetzt stand sie auf und kam drohend auf mich zu.

Wie redest du mit mir, du Würstchen? Was zwischen Pahlke und mir ist, geht dich einen Scheißdreck an. Du glaubst, weil du eine Förderung gekriegt hast, könntest du dich mit uns messen? Soll ich dir eine scheuern, damit du zu dir kommst?

In diesem Augenblick hatte ich sie schon an beiden Handgelenken gepackt. Pahlke war inzwischen aufgeschreckt aus seinem Büro gekommen und sah uns – fast möchte ich sagen, abwartend – zu.

Birgitta, hör auf! brüllte ich sie an. Hör endlich mit deinem Psychoterror auf! und packte sie noch fester, schüttelte sie, während die Bilder von ihrer Ohrfeige gegen Andrea und meine damaligen Mordgelüste an ihr vor meinen Augen auftauchten und mich überwältigten. Ein infernalischer Hass gegen sie, die eine sadistische Lust daran zu empfinden schien, in irgendeiner Weise von ihr abhängige Menschen durch widersprüchliche Botschaften ins offene Messer laufen zu lassen, loderte in mir auf, übermannte mich und ich würgte sie, erwürgte sie, gnadenlos ließ ich sie zappeln und zappelnd vergeblich nach Luft ringen, bis ihre kleinen sprühenden Sadistenaugen blutunterlaufen hervortraten und sie nur mehr ächzend zuckte und zuckend verkrampfte und mich mit ihrem herausfordernden Blick und ihrer niederträchtigen Rede aufs Äußerste reizte, denn obgleich sich der Mord aus Hitchcocks *Frenzy* in Sekundenbruchteilen und tausendfacher Wiederholung in meinem Kopf abspielte, so würgte ich nach wie vor nur ihre Handgelenke und schüttelte sie, um ihrem gemeinen Redeschwall, in dem sie ihrer ganzen Aversion gegen alles Gleichgeschlechtliche endlich freien Lauf ließ, Einhalt zu gebieten; sie, deren Lieblingsbruder, ein evangelischer Pfarrer, gerade erst als Opfer der ersten großen Aidsepidemie dahingerafft worden war.

Felix, hör jetzt auf, sagte Pahlke in seiner wachsweichen Art, brachte mich damit aber augenblicklich zur Vernunft. Birgitta war verstummt. Unsere Blicke hatten sich seit meiner Attacke ineinander gebrannt und lösten sich nur mit großer Mühe. Jetzt weiß sie, mit wem sie es zu tun hat, dachte ich triumphierend.

Geh und lass dich hier nicht mehr blicken, sagte sie.

Ich kann dich nicht mehr sehen.

Gleich am nächsten Tag rief sie wieder an, sprach kurz mit Gunther, denn bei ihm hatte ich die Nacht verbracht, und bat mich dann mit ihrer harmlos säuselnden Stimme um den Büroschlüssel, den ich in der Eile und meines angegriffenen, delirierenden Zustands wegen vergessen hatte dazulassen. Ich könne ihn ja an einem der nächsten Tage im Büro vorbeibringen. Als sie mir dann öffnete und vor mir stand, wie sie so oft vor mir gestanden hatte, lächelnd, als die fünfzehn Jahre ältere große Schwester, konnte ich ihr beileibe nicht böse sein.

Felix, weißt du eigentlich, dass nach unserem Streit sämtliche Glühbirnen hier im Büro kaputt waren? sagte sie bedeutungsvoll zu mir.

Pass gut auf dich auf, du weißt ja, mit Filmen kann man sehr schnell sehr viel Geld verdienen – dementsprechend viele

Gauner, die genauso gut heiße Würstchen verkaufen könnten, treiben sich in dieser Branche herum. Denen ist es egal, womit sie Handel treiben und ganz gewiss sind die nicht an Inhalten interessiert oder daran, ob tatsächliche Kunst dabei herauskommt, etwas, das den Menschen zu denken gibt oder gar ihre Sehgewohnheiten verändern könnte. Im Gegenteil, Anspruchsvolles kannst du dir bei denen abschminken. Und mit den Schauspielern verhält es sich übrigens ähnlich. Die meisten Schauspieler sind nicht nur dumm, sondern strohdumm. Ich weiß es, denn ich komme aus diesem Beruf. Ich kann dir gar nicht sagen, wie sehr mich der Umgang mit meinen Kollegen auf dieser Ebene angeödet hat. Ein intelligenter Schauspieler bleibt nicht Schauspieler. Er wird Regisseur oder Produzent. Ich bin Produzentin geworden.

Zum Abschied umarmten wir uns.

Was nur war es gewesen, was mich derart mit Birgitta verstrickt hatte? Wieso reagierte ich auf gewisse Frauen mit solch unkontrollierbaren Emotionen? Ich liebe Frauen, ich liebe das Weibliche; einen Großteil meiner Freundschaften pflege ich zu Frauen. Doch je verbundener ich mich ihnen fühle, je größer die Nähe, desto stärker meine Tendenz, mich aufzugeben und einzig ihnen zum Wohlgefallen zu handeln, ihnen alles recht machen zu wollen. Es sind dies nicht irgendwelche Frauen, sondern starke Frauen, solche, die dominieren wollen, denen ich mich auf diese Weise ausliefere und es bei ihnen wohl geradezu herauskitzele, mir zu verstehen zu geben, dass ich wieder einmal etwas falsch gemacht habe, dass ich es ihnen gar nicht recht machen kann.

Im zweiten Jahr meiner Assistenz bei Pahlke hatte ich mir eine Psychoanalytikerin gesucht und eine Analyse bei ihr begonnen. Gunther, der all sein Trachten ja genau darauf ausgerichtet hatte, sollte mich jedoch warnen: Sieh dir mehrere Analytiker an, bevor du dich entscheidest, und geh besser zu einem Mann. Nun, ich hatte seinen Ratschlag, der, wie ich im Nachhinein feststellte, sehr weise war, ignoriert, war aber gleichwohl mittlerweile auf dem besten Wege, meine Gefühle und Reaktionen angemessen betrachten zu können und nicht einfach nur, wie es so schön heißt, *wild zu agieren* – auch wenn Frauen wie Birgitta mich immer noch zur Weißglut treiben konnten. Doch warum? Was rührten sie an, in welche Schlummerecken meiner Seele vermochten sie vorzudringen, um schlafende Ungeheuer zu wecken? Unwillkürlich dachte ich an meinen Vater, der so nett und harmlos und doch so monströs sein konnte. Hatte er meine Mutter geliebt? Hatte er sich ihr ausgeliefert? Wollte ich ihm nacheifern und handelte in seinem unausgesprochenen Auftrag? Oder wollte ich jetzt, vier Jahre nach seinem Tod, einfach das nachempfinden, was er meiner Mutter gegenüber empfunden hatte? Hatte er sich nicht auch aus Liebe in dienstbeflissener Unterwürfigkeit meiner Mutter gegenüber in eine Lage gebracht, die auf geradezu fatale Weise ihren herrschsüchtigen Machtimpuls aufblühen ließ? *Ich an deiner Stelle würde mich aufhängen.* Lange vor meiner Geburt fiel dieser Satz. Es war kurz nach der Heirat meiner Eltern, anderthalb Wochen, bevor sie nach

Worms, in Onkel Johanns Villa umzogen. Er fiel im Elternhaus meiner Mutter. Mein Vater, auf den Knien rutschend und mit dem feuchten Scheuerlappen die Ecken des großen, mit den für die Jahrhundertwende so typischen Ornamentfließen ausgelegten Hausflurs wischend und meine Mutter, neben ihm stehend und über ihm thronend und drohend, die ihm exakte Anweisung gab, wie und wo er zu putzen hatte. Ich an deiner Stelle würde mich aufhängen, Wilhelm! rief ihre Schwester Lydia aus der ersten Etage, die sie mit ihrem Mann bewohnte, herunter.

Den Tag, an dem er starb, verbrachte mein Vater wie all die Tage zuvor seit dem Tod meiner Mutter allein. Mein Bruder war wie immer in Mainz an der Uni. Als er am Abend nach Hause kam, war es sehr dunkel und sehr still im Haus. Mein Bruder dachte, unser Vater sei schon im Bett. Als er in die Küche kam und das Licht anmachte, stellte er verwundert fest, dass der Topf mit der Kartoffelsuppe, die er sonntags gekocht hatte, wie auch der bereitgestellte Suppenteller unangetastet geblieben waren. Er ging zurück in die Diele und rief nach oben. Papa? rief er. Nicht Vater, wie anzunehmen gewesen wäre bei ihm, der sich von jeher viel stärker auf die Seite unserer Mutter geschlagen hatte als ich. Ich, den sie sehr früh, schon mit fünf, zu ihrem Partnerersatz gemacht hatte. Nein, er rief "Papa" und bekam keine Antwort. Er ging nach oben, klopfte an die Schlafzimmertür, öffnete sie und fand das Bett leer vor. Jetzt keimten die schlimmsten Befürchtungen. Im Eilschritt durchsuchte er die übrigen Räume der Etage,

Badezimmer und Toilette zuerst, doch nirgends eine Spur. Dann wieder nach unten, in Vaters Büro, Wohnzimmer, Speisezimmer, Gästetoilette. Dann in den Keller. Auch hier Fehlanzeige. Was war passiert? Hatte er sich sang- und klanglos aus dem Staub gemacht? Er, der in den letzten drei Jahren kaum das Grundstück verlassen hatte und schon lange kein Auto mehr gefahren war? Mein Bruder ging nach draußen, zur Garage, öffnete sie. Da stand er, der alte Opel Kapitän unseres Vaters. Hatte er etwas übersehen? Wo könnte er noch suchen? Ja, natürlich! Wieso war er nicht gleich darauf gekommen?

Als mein Bruder in der zweiten Etage ankam, sah er sofort, dass die Tür zur Mansarde, in der unsere Mutter die letzten Wochen ihres Lebens verbracht hatte, einen Spalt offen stand. Jetzt auf einmal spürte er, wie sehr sein Herz klopfte. Seit Mathildes Tod war niemand mehr hier oben gewesen. Langsam drückte er die Tür auf. Im Dämmerschein der Straßenlaterne, die ihr trübes Licht gegen die Decke warf, sah er unseren Vater auf dem ehemaligen Totenbett seiner Frau sitzen. Reglos. Wie ich später erfuhr, hatte meinen Vater schon am frühen Morgen eine heftige innere Unruhe gepackt. Aus dem Nichts heraus war ihm wohl seine große Einsamkeit bewusst geworden, der Verlust seiner Frau überfiel ihn tonnenschwer, zum ersten Mal, seit sie vor fast genau vier Monaten gestorben war. Und ohne zu wissen, was ihn eigentlich trieb, war er von seinem leeren Schreibtisch, vor dem er schon seit Jahren nur mehr sinnierend oder besoffen saß, aufgestanden, war in die Diele gelaufen, hatte unbewusst die ersten Stufen der großen Treppe genommen, war weiter hinaufgestiegen, von der ersten Etage in die zweite, hatte die Tür zur Mansarde geöffnet, den kleinen Raum betreten, in dem auch immer noch mein Bett stand, war, schon leichte Schwäche verspürend, zum Bett seiner toten Frau gewankt und hatte sich erschöpft auf der Bettkante niedergelassen. So saß er da, bis mein Bruder ihn fand. Er fühlte sich zu schwach, um nach unten zu gehen, so dass sich mein Bruder genötigt sah, frisches Bettzeug von unten hochzuholen. Als er zurückkam, lag unser Vater bereits im unbezogenen Bett und schlief. Mein Bruder ließ die Tür leicht geöffnet und ebenso seine eigene eine Etage tiefer. Sein Schlaf war flach, und gegen vier Uhr morgens hörte er die brüchige Stimme unseres Vaters nach ihm rufen. Noch während er, auf unseren Hausarzt wartend, an seinem Bett saß, starb unser Vater – an Herzversagen, wie Dr. Werner auf den Totenschein schrieb. Was mag meinem Vater während der vielen Stunden, die er auf dieser Bettkante saß, durch den Kopf gegangen sein? Die Demütigungen, die er und meine Mutter einander in den dreißig Ehejahren zugefügt hatten?

Wir liegen auf meinem Bett im Haus Savoy, und ich spüre, wie Ángels Erregung wächst, wie auch bei ihm Begehren und Lust zu ihrem Recht kommen wollen und aus mir unerfindlichen Gründen von ihm in Schach gehalten und gedeckelt werden. Er begehrt mich, ich weiß es, denn sein Körper sagt es mir. Ángels Erregung und meine eigene vermischen sich mit den Gedanken an meinen Vater. Und während meine Lippen auf den seinen, auf Ángels zärtlich tändelnder, weichfleischiger Liebe ruhen, wird mir schlagartig klar, welche Frage meinen Vater an jenem Tag auf dem ehemaligen Totenbett seiner Frau, meiner Mutter, bewegte. Nicht die Frage, ob er sie geliebt hat. Nein. An jenem Tag, der ihn von seinem Schreibtisch aufschrecken ließ und nach oben, zwei Etagen höher, in die Mansarde, das langjährige Schlaf- und letztendliche Abschiedszimmer seiner ihm Angetrauten trieb, bewegt ihn etwas anderes. Kurz vor seinem Tod und hin zu seinem Sterben stellt er sich die eigentliche Frage: *Warum? Warum habe ich sie geliebt?* Hatte er aber eine Antwort darauf? War es gar die Antwort, die ihm das Herz brach und nicht etwa die Einsamkeit?

Es ist dieselbe Frage, die ich mir stelle. Warum? Warum liebe ich Ángel? Warum liebe ich ihn, obwohl ich sehe, dass es zu nichts führt? Obwohl ich sehe, dass er mich ins Leere laufen lässt? Obwohl er sich nach wie vor nicht von Gernot getrennt hat und obwohl er mir nach wie vor seinen Körper, seine Haut, seine Nacktheit, sein Geschlecht vorenthält, den sexuellen Vollzug, die heißersehnte Vereinigung, die endgültige Verschmelzung verweigert? Meine Lippen ruhen auf den seinen, in nicht enden wollender Liebkosung, und so geht es nun schon seit drei Wochen. Zeichen und Linien im Haus Savoy haben sich abgenutzt und verschwimmen im Befremden meiner Gefühle zu einem grauen Brei, einer Masse nichtssagender Ornamente aus Marmor und Messing, an denen stärker denn je der Geruch von Eugenol und ChKM haftet, und die sich in herablassender Gleichgültigkeit bis hier hinauf und durch mein Zimmer hindurch zum Fenster hinaus schlängeln und nahe daran sind, auch meine letzten Träume mit sich und auf und davon zu tragen. Diese berauschenden Träume von Ángel und mir.

Mnemosyne war der sogenannte Überraschungserfolg auf den Westdeutschen Kurzfilmtagen des Jahres 1985. Nachdem ich Birgitta und Pahlke Adieu gesagt hatte, waren Gunther und ich zu dem Schluss gekommen, dieses Filmchen, diese erste Fingerübung zum Wettbewerb einzureichen, um dem Namen Felix Barden in Verbindung mit meinem geförderten Drehbuch einen nachhaltigen Schub zu geben, ihm die gebührende Position in der deutschen Filmlandschaft zu verschaffen. Wir flogen nach London und ließen das fünfzehnminütige Originalvideo bei Colour Video Services auf 35mm-Filmmaterial umkopieren, ein Verfahren, das zu jener Zeit kostspieliger war als Dreharbeiten und Endfertigung zusammen. Doch Gunther fand, dass sich diese Investition im Hinblick auf eine Produktionsförderung für *In der Stille des Alls* lohnen könnte. Rufus Birnbaum, einer der bedeutendsten Filmhistoriker und Leiter des Münchner Filmmuseums bekam als erster die 35mm-Kopie von *Mnemosyne* in seinem Kino vorgestellt und schrieb eine hymnische Kritik, die allein als Pressemitteilung in Oberhausen schon Furore machte. Dies war Birnbaums Art eines verspäteten Dankeschöns dafür, dass

Gunther ihm durch seinen politischen Einfluss viele Jahre zuvor das Filmmuseum und seine leitende Funktion darin ermöglicht hatte. Als der Film dann an viertletzter Stelle im Wettbewerb lief, waren die Erwartungen – zumindest die der Feuilletonjournalisten – entsprechend hoch. Dass *Mnemosyne* jedoch einen derartigen Siegeszug antreten würde, hätte ich mir in meinen kühnsten Träumen nicht vorgestellt. Noch heute überläuft es mich heiß und kalt, wenn ich an den Wirbel denke, den die Aufführung bei Presse und Publikum verursacht hatte, und den enormen Tumult. Denn der Film wurde tatsächlich sehr kontrovers aufgenommen und diskutiert. Es war dies einer der Augenblicke, wenn nicht der Augenblick meines Lebens, den ich am meisten genossen habe. Vielleicht weil er auf so perfekte Weise der von meiner Mutter ererbten Streitsucht schmeichelte, die mir ja ansonsten in meinen Beziehungen eher abträglich war. Schlussendlich konnte ich das ganze Getue überhaupt nicht mehr mit meiner Arbeit, mit diesem Filmchen, dieser puren Fingerübung, die aus einer Laune heraus entstanden war, in Zusammenhang bringen, sondern wunderte mich nur noch über die Wirkung scheinbar gewichtiger Worte von scheinbar gewichtigen Leuten, allen voran Rufus Birnbaum und dessen Hymne auf mich und meinen Film.

Jedoch, es verfehlte seine Wirkung nicht. Ich gewann den Großen Preis der Stadt Oberhausen, und zusammen mit der sich an Superlativen überbietenden Berichterstattung der großen überregionalen Zeitungen bot dies ein glänzendes

Entrée zu den für uns relevanten Filmförderungen. Insgesamt hatten wir bei den verschiedenen Institutionen sechseinhalb Millionen D-Mark beantragt, die Herstellungskosten des Films waren auf neun Millionen kalkuliert. Den Rest gedachten wir durch Fernsehgelder, Verleihgarantien und Vorabverkäufe im Weltvertrieb finanzieren zu können. Im Grunde war dieses Projekt der reine Größenwahn. Es aber ein paar Nummern kleiner zu probieren, wie Gunther anfangs zaghaft vorgeschlagen hatte, kam für mich überhaupt nicht in Frage, und schließlich hatte ich ihn auch davon überzeugen können, dass *In der Stille des Alls* nur in seiner ganzen Opulenz angemessen zu realisieren sei. An dem Tag, als das BMI über eine Teilförderung von zwei Millionen entscheiden sollte, klingelte das Telefon im Haus Savoy. Das Herz schlug mir in diesem Augenblick bis zum Hals. Zitternd, in angstvoller Erwartung, nahm ich den Hörer ab. Ich wollte mich melden, doch herauskam nur ein brüchiger Laut. Die weibliche Stimme am anderen Ende der Leitung fragte, ob sie mit Felix Barden spreche. Ich bejahte.

Es sind diese Momente einer scheinbar existenziellen Entscheidung, diese Momente, in denen es für uns um *alles* geht, diese Sekunden und Bruchteile von Sekunden, die uns in einen lichtgrellen Strudel stürzen lassen, in dem wir uns völlig auflösen und uns restlos verlieren, bar jeglicher Ahnung, wer wir eigentlich sind und wozu wir hier leben. Jetzt zählt nur noch diese Mitteilung, dieser eine Satz, dieses eine Wort. Es kann uns endgültig vernichten oder wiederauferstehen lassen.

Die Stimme am Telefon offenbarte sich als die der Geschäftsführerin der Export-Union des Deutschen Films, die sich sehr darüber freue, mir mitteilen zu können, dass mein Kurzfilm *Mnemosyne* für den Oscar vorgeschlagen worden sei.

An diesem Punkt also hatte ich Ángel kennengelernt und mich drei geschlagene Wochen lang von ihm an der Nase herumführen lassen. Aus einem netten Geplänkel im Stadtcafé hatte sich eine verheißungsvolle Affäre, ach was, eine Besessenheit entwickelt, die mich zunehmend aufreizte und gleichzeitig zermürbte. Sollte Ángel mich tatsächlich lieben? So wie ich ihn liebe? So, wie man liebt, wenn man beieinander sein will? Wenn man geben will und nehmen? Sich hingeben will? Den Weg gehen will, Seite an Seite? Teilen, sich mitteilen, verstehen will? Sentimentaler Quatsch! Keine Spur! Wollte ich daran nicht zugrunde gehen, wurde es höchste Zeit, mich von ihm zu trennen.

Ich sah ihn nie wieder.

Und dies, obwohl wir beide in Schwabing wohnten und tendenziell dieselben Orte frequentierten.

Ángel war wie vom Erdboden verschluckt, und ich bedauerte es keine Sekunde. Er war dabei gewesen, mir das Herz zu zerreißen.

DIE ZWEITE NACHT

Die Eisenbahnfahrt durch das Rheintal zwischen Koblenz und Mainz ist immer wieder ein Ereignis. Zu kurvenreich ist die Strecke, als dass der Intercity sein gewohntes Tempo ausfahren könnte. Und während ich dem offenherzigen älteren Mann neben mir, einem gebürtigen Holländer aus Bocholt, der Weihnachten bei seinem Sohn in Friedrichshafen am Bodensee verbringen will, erkläre, dass jetzt gerade der Loreleyfelsen auf der gegenüberliegenden Rheinseite an unserem Fenster vorüberzieht und dass diese Stelle mit ihren felsigen Untiefen und starken Strudeln für die Schiffer in früheren Zeiten die gefährlichste des gesamten Flusslaufs war und so mancher hier sein Leben lassen musste, merke ich, wie ich selbst, gleich einem jener Schiffbrüchigen, wehrlos den dunklen Strudeln ausgesetzt bin, die sich stromabwärts hinter der Sandbank mit ihren Riffs bilden und die mich mit jeder Sekunde, in der wir uns von ihnen wieder entfernen und sie mehr und mehr meinem Blick entgleiten, tiefer und tiefer hinabziehen in die eiskalten, quecksilbrigen Fluten, hier, an der tiefsten Stelle des Stroms meiner Kindheit.

Ich habe ihn allein gelassen.

Es ist der 23. Dezember, und ich sitze schlechten Gewissens im Intercity, um nach Worms zu fahren, zu meiner Jugendfreundin Corinne, während Thomas krank im Bett liegt.

Krank und allein.

Einsam und verlassen.

Ich habe meinen Liebsten alleingelassen. Krank, verlassen und einsam.

Allein stand ich auf dem Bahnsteig, als der Zug um Viertel vor elf in Düsseldorf einfuhr, allein bestieg ich den Wagen Nr. 8 und allein setzte ich mich auf den einen der beiden für uns reservierten Plätze – Tischplätze, denn ich wollte mit dem Notebook arbeiten. Ich nahm den Fensterplatz ein.

Dann, kaum, dass sich der Zug in Bewegung gesetzt hatte, tauchte dieser freundliche Holländer aus Bocholt auf und fragte mich, ob der Platz neben mir frei sei. Er selbst hatte nicht damit gerechnet, dass eine Sitzplatzreservierung nötig sei. An einem solchen Tag! Wo doch alle *nach Hause* fahren, zu ihrer Familie! Auch Thomas hatte ja nach Hause fahren wollen, zu Mutter und Schwester und deren Familie. In Mainz hätten sich unsere Wege getrennt, sein Schwager hätte ihn mit dem Wagen abgeholt, und die beiden wären nach Hochheim am Main gefahren, in sein Elternhaus, das Weingut mit dem kolossalen Hof. Zum ersten Mal in all den Jahren hätten sich unsere Wege getrennt, zu Weihnachten, dem Fest der Liebe. Nicht noch einmal wollte ich in das Mahlwerk eines regelmäßig wiederkehrenden Mutter-Sohn-Konflikts geraten und als ein von beiden Seiten, wenn auch unbewusst begehrter, so doch begehrter Verbündeter mit scheinheiliger Unerbittlichkeit darin zerrieben werden.

Ich baute mein Notebook auf und öffnete die Roman-Datei. Ich wollte keine Zeit verlieren. Seit Monaten hatte ich mich mit irgendwelchen Filmen und den dazugehörigen Originaldialog- und Synchronbüchern herumschlagen müssen, die in Wirklichkeit niemanden beim Sender interessierten. Seit unserem Sommerurlaub, bei dem ich mit Thomas Franken und Oberbayern bereist hatte – auch um für den Roman zu recherchieren – hatte ich keine Zeit zum Schreiben mehr gefunden. Zeit zum Schreiben. Endlich. Die wenigen Tage von Weihnachten bis Heilige Drei Könige musste ich unbedingt nutzen. Umso mehr galt es, wieder ins Schreiben hineinzufinden, der Atmosphäre und dem Stil gerecht zu werden. Thomas saß nicht neben mir. Er lag zu Hause krank im Bett. Beinah wäre auch ich zu Hause geblieben. Seinetwegen. Und wegen Weihnachten. Neben mir saß nun dieser freundliche Mann, der vergessen hatte, einen Sitzplatz zu reservieren. Welch glückliche Fügung für ihn.

Hätte ich Thomas wirklich allein lassen sollen? Wieso wird er ausgerechnet jetzt krank? Ausgerechnet jetzt, da wir zum ersten Mal beschlossen hatten, Weihnachten getrennt zu verbringen? Nun gut, wir hatten es nicht beschlossen, es war meine Entscheidung gewesen. Doch Thomas hatte sie verstanden und akzeptieren können. Hatte ihm der Gedanke an ein Weihnachten mit Mutter, Schwester und deren Familie und ohne mich derart zugesetzt, dass er krank werden musste? Und wie krank ist er tatsächlich? Für gewöhnlich hüpft er schon am zweiten Tag einer Erkältung geschäftig in Bett und Haus herum, diesmal allerdings lag er still leidend, die Zudecke bis zum Kinn, danieder und sah mir stumm in die Augen.

Hast du denn erwartet, dass ich Corinne absage und bleibe?

Mach du, was du am liebsten machen würdest.

Ich hätte gern gewusst, ob du es erwartet hast.

Das Thema ist doch abgefrühstückt.

Hör mal, so, wie deine Mutter mit dir redet, lasse ich mit mir nicht reden! Ich habe dir eine einfache Frage gestellt und möchte eine einfache Antwort haben. Also: Hast du es erwartet oder nicht?

Du hast doch deine Entscheidung längst getroffen. Dazu sage ich nichts mehr.

Es war diese Art von Dialog, die ich aus dem Hause Hold kannte, die, sobald sie sich zwischen Mutter und Sohn ankündigte, ein Gefühl der Beklemmung, in früheren Zeiten kurz darauf ein inneres Brodeln, jetzt nur noch amüsierte Gelassenheit in mir auslöste und die mit dazu beigetragen hatte, dass ich nach Jahren leerer Bekundungen es wahrgemacht und mir kurzerhand für Weihnachten eine Fahrkarte nach Worms ausgedruckt hatte. Konnte ich also bei solchen zwischen Mutter und Sohn stattfindenden Dialogen mittlerweile sehr gelassen bleiben, gelang mir dies im Gespräch mit Thomas überhaupt nicht. Schon seine erste Erwiderung, diese Nicht-Antwort, dieses Ablenken von sich selbst und Vorschieben meiner Person genügte, um den Kochvorgang in mir anzuheizen. Die nochmals verweigerte Antwort, den Satz, das Thema sei abgefrühstückt, fand ich wahrhaft infam, aber noch versuchte ich mich zu beherrschen. (Man versucht sich zu beherrschen, und man glaubt, es gelingt, noch habe man alles unter Kontrolle, noch könne man souverän die Sanftmut walten lassen, wo doch Mimik, Gestik, Atem und Stimme, kurzum der Körper und seine Ausstrahlung längst die bevorstehende Explosion signalisieren.) Noch will man es nicht wahrhaben, zu gern möchte man gefasst und souverän bleiben, um das auffangen zu können, was einem vom anderen vielleicht barsch, unüberlegt und gekränkt vor die Füße geworfen wird. Wortwahl und Tonfall verraten jedoch sofort, was längst an Ausdünstung dem Gegenüber entgegenweht, und so bleibt es auch hier, auf meinem Fensterplatz, dem Sitzplatz Nr. 46, für mich ungeklärt, ob mein Satz *Ich habe dir eine einfache Frage gestellt und möchte eine einfache Antwort haben* wirklich so einfach hätte beantwortet werden können, wie ich es zwar formuliert, aber keineswegs derart einfach moduliert ausgesprochen hatte. Dennoch schien ich es erwartet zu haben und verließ, nachdem Thomas diese

Erwartung bitter enttäuscht hatte, wutentbrannt das ehemals gemeinsame Schlafzimmer, rannte die Stufen hinab, zog Stiefel und Mantel an, trat hinaus in den eisigen Dezemberabend und ließ die Haustür geräuschvoll hinter mir ins Schloss fallen. Ich hatte nur wenige hundert Meter zu gehen. Von dem Rheinfront-Jugendstilstadthaus, das Thomas vor elf Jahren von seinem Onkel geerbt und das wir bis vor vier Jahren gemeinsam bewohnt hatten, ein paar Schritte um die Ecke in die Salierstraße hinein, wo ich mir eine Art Wohnbüro angemietet hatte.

Ich sah mir diesen netten älteren Mann, der nun neben mir saß, von der Seite an. Graues Haar, dunkle, lebendige Augen, die von leicht dunkel verfärbter Haut umgeben waren und so den Eindruck von tief liegenden Augenhöhlen erweckten, der aber nicht zutraf. Gegen ihn kam ich mir jung und jugendlich vor, und erst allmählich wurde mir bewusst, dass ich ohne weiteres früher mit ihm gemeinsam hätte die Schulbank drücken können. Er musste nicht unbedingt älter sein als ich, auch wenn er zwei erwachsene Söhne hatte! Einen kurzen Augenblick lang beneidete ich ihn. Hätten Thomas und ich Kinder, könnte das älteste immerhin fast siebzehn Jahre alt sein – und damals, zum Zeitpunkt unseres Kennenlernens, war ich ja bereits fünfunddreißig Jahre alt. Thomas war gerade noch einundvierzig, als wir im Frühjahr 1991 in München zusammentrafen. Es war einer jener Sonntage, ein Sonntag im April, die nichts Außergewöhnliches versprachen, die sich einreihten in die Kette belangloser Sonntage; einer jener

Sonntage, an denen man sich vergeblich müht, die Öde des sonntäglichen Daseins durch nutzlose Tätigkeiten vergessen zu machen; einer jener Sonntage, an denen man ins Kino geht oder sich umbringt oder beides.

Ich hatte damals zum Telefon gegriffen und Hans angerufen, einen befreundeten Architekten. Mit ihm hatte ich schon des Öfteren einen solchen Sonntag totgeschlagen. Ein paar Monate zuvor, bei einem Abendessen, das Cornelius Hampel, ein mit mir befreundeter Galerist, ausgerichtet hatte, bot er sich nach Jahren des Alleinseins – für mich natürlich vollkommen unbewusst – meiner von Ángel enttäuschten Liebe als geeigneter Kristallisationspunkt an. Er hatte meine ganze Aufmerksamkeit auf sich gezogen und durch seine kühle, abweisende Art, die auf merkwürdige Weise mit einem jungenhaften Charme einherging, starke Gefühlswallungen in mir verursacht. Gefühle solcher Wallung, dass ich ihm direkt nachstellte, ja, ihn bedrängte, und er ließ es sich gefallen, wie man es sich eben gefallen lässt, wenn ein Mensch, den man ganz sympathisch und auch nicht unästhetisch findet, Gefallen an einem gefunden hat – bis zu einem gewissen Punkt. Der Punkt, an dem man Farbe bekennen und sich dem Bedrängenden weiter öffnen oder fortan verschließen muss. Hans verschloss sich. Und öffnete sich damit für mich. Denn so war wenigstens eine lockere Freundschaft mit ihm möglich. Und mir war bewusst geworden, dass ich auch im Jahre Sechs nach Ángel immer nur ihn, immer nur sein Substitut gesucht hatte. Während das Freizeichen in meinem Ohr tönte, fiel mir plötzlich ein, dass Hans einige Tage zuvor den Besuch eines Freundes angekündigt hatte, und ich wollte auflegen. Doch er meldete sich, noch ehe ich den Gedanken ausgedacht hatte. So lernte ich bei dem gemeinsamen Besuch einer Ausstellung über den russischen Konstruktivismus in der Villa Stuck Thomas Hold kennen, einen Gartenarchitekten aus Hochheim am Main.

Fast genau sechs Jahre zuvor, nämlich am 25. März 1985, saß ich im Dorothy Chandler Pavilion in Los Angeles und fieberte zusammen mit dreitausendeinhundertneunundneunzig weiteren Gästen der Verleihung der begehrtesten Trophäe in der Filmwelt entgegen. Würde *Mnemosyne* heute Abend in der Kategorie Bester Kurzfilm das Rennen machen? Ich jedenfalls hatte mir zu diesem Zweck von meinen letzten Ersparnissen einen Armani-Smoking zugelegt und saß nun – aus welchen Gründen auch immer man mir diesen Platz zugedacht hatte, denn im Geiste hatte ich mich weit hinten, im Schatten eines der Balkons sitzen sehen – in der vierten Reihe und kam mir, nur drei Sitze vom Seitengang entfernt, dabei ziemlich verloren vor. Natürlich saß Gunther neben mir, schließlich hatte er ja *Mnemosyne* mitproduziert. Die eigentliche Hauptperson des Abends, der Mensch, mit dem ich so gerne alles geteilt hätte; der meinem Streben einen tieferen Sinn gegeben hätte; der durch seine himmlische Erscheinung, durch seine himmelschreiende Schönheit meiner eigenen Existenz mehr Bedeutung verliehen, sie geradezu überhöht hätte... Ángel... er war nicht hier, saß nicht neben mir, hielt nicht meine Hand, war aus meinem Leben entschwunden.

Schließlich hatte ich ihm ja den Laufpass gegeben.

Auf Nimmerwiedersehen.

Wäre er jetzt hier, säße neben mir, hielte meine Hand, mit atemberaubender Gewissheit wäre ich davon überzeugt gewesen, diese goldene Statuette gleich mein eigen nennen zu können. Freudestrahlend hätte ich sie entgegengenommen, hätte meine kleine, einstudierte Dankesrede gehalten, möglichst fehlerfrei natürlich, und dabei nicht vergessen, dem obligaten Überschwang der Gefühle seinen ihm gebührenden Platz einzuräumen, und das wäre mir beileibe nicht schwergefallen, hätte doch allein schon Ángels Anwesenheit, seine mich wärmende und durchdringende Nähe einen wahren Gefühlstaumel in mir ausgelöst, der nur noch des von Tom Selleck ausgesprochenen Satzes *And the Oscar goes to... Felix Barden!* bedurft hätte, um in einer wahren Gefühlsejakulation zu gipfeln. Den gesamten Dorothy Chandler Pavilion und mit ihm die dreitausendeinhundertneunundneunzig geladenen Gäste hätte mein Gefühlsejakulat überschwemmt und mit einer glänzend-glibberigen Schicht überzogen, von der die Sterne und die Stars und Sternchen und Stars and Stripes tausendfach funkelnd reflektiert worden wären. Ich hätte es gar nicht abwarten können, nach der Anstrengung dieses Mammutmarathons mit Ángel zurück zum Hollywood Boulevard zu fahren, Oscar-schwingend und Arm in Arm mit ihm, meinem rassigen Geliebten, durch die Lounge des Roosevelt Hotels zu schweben und hinauf und in unser

Zimmer zu stürzen. Die dampfenden Smokings, die schweißnassen Hemden hätten wir uns gegenseitig vom Leib gerissen und alles andere auch, wären übereinander hergefallen wie Tiere und hätten geschrien vor Wollust und Glück und Erfüllung. Doch so, wie die Dinge lagen, wusste ich an jenem Abend, als ich so verloren neben Gunther in der vierten Reihe des Dorothy Chandler Pavilions saß, dass ich leer ausgehen würde.

Unmerklich hatte Ángel sich in mir als mich ständig begleitende Lücke eingebrannt. Und je mehr diese Lücke, dieses Vakuum, dieses Loch in mir ins Unbewusste abtauchte, desto größer war die Gefahr, ihn nie mehr loszuwerden.

Doch ich werde ihn vergessen müssen und ganz allmählich wird auch dieses Loch, dieses Vakuum in meinem Innern verschwinden. Wovon überhaupt zehrt dieses unausrottbare Sehnen, dieses Hoffen wider alle Vernunft, dieser ungestillte Hunger? Von den drei Wochen zaghafter Annäherungen und frustrierter Zärtlichkeiten? Ja, bin ich denn wahnsinnig?

Ich werde ihn vergessen, wie ich auch irgendwann einmal vergessen werde, dass ich für den Oscar vorgeschlagen war und im Dorothy Chandler Pavilion gesessen habe, in Erwartung des großen Augenblicks, und dabei nur IHN im Kopf hatte und meine Sehnsucht und Begierde und schlussendlich dann tatsächlich die goldene Statuette in den Händen hielt – doch nicht IHN, und wie ich ebenso vergessen werde, dass mir dieser Oscar die absolute Freiheit bei der Realisation von *In der Stille des Alls* eingebracht hatte und dass ich neun Millionen Mark in den Sand gesetzt habe.

Dabei hatten wir einen Blitzstart hingelegt. Mit Isabelle Adjani, Bernhard Wicki, Ute Lemper, Helmut Griem und Ed Harris konnten wir eine Bombenbesetzung aufweisen, unser Kameramann Robby Müller war im Jahr zuvor für seine Arbeit in *Paris, Texas* mit dem Deutschen Kamerapreis und dem Bayerischen Filmpreis ausgezeichnet worden und Rolf Zehetbauer, der für die Ausstattung verantwortlich war und dafür unter anderem eine riesige Penthouse-Wohnung in den Bavaria-Studios bauen musste, die im Film einen der Frankfurter Banktürme zu krönen hatte, war schon 1973 für seine Ausstattungskünste in *Cabaret* mit dem Oscar ausgezeichnet worden. Ich selbst stand so unter Strom, dass ich so gut wie nichts mehr wahrnahm. Die vollkommene und messerscharfe Fixierung auf das Drehbuch und seine Umsetzung und das Geschehen vor und hinter der Kamera machten mich stumpfer und stumpfer in dem Sinne, wie einen der Höhenflug im Drogenrausch für die tatsächlichen Gegebenheiten exponentiell abstumpfen lässt. Wir hatten 's ja, das Budget schien unermesslich. Spielend konnte ich damit Stanley Kubrick, meinem Idol, nacheifern, und dreißig bis vierzig Wiederholungen eines Takes wurden mir schnell zur Gewohnheit, brachten jedoch Schauspieler und Kameramann zunehmend zur Verzweiflung, ohne dass ich dessen gewahr wurde. Denn die Muster schienen ja mich zu bestätigen. Die Adjani spielte ganz wunderbar. *In der Stille des Alls* begann mit einer leidenschaftlichen, an die Grenzen des

Pornographischen stoßenden Liebesszene zwischen ihr und einem jungen unbekannten Mann, für dessen Besetzung mir irgendwann in den drei Wochen, in denen ich mit ihm zusammen war, Ángel vorgeschwebt hatte und der nun von einem vor Sex-Appeal strotzenden Model dargestellt wurde. Die Szene war in einem Waschsalon in Frankfurt angesiedelt, das heimliche Rendezvous einer verheirateten Frau mit ihrem jugendlichen Liebhaber, unterlegt mit den Klängen des RAH-Band-Hits *Clouds Across the Moon.* Diese Anfangsszene sollte mit einem Schock enden, um nachhaltig auf die Spannung des Films einzuwirken. Adjanis Liebhaber wird, kaum dass sie, angewidert von sich selbst, den Ort ihrer Lust verlassen hat, von Ed Harris, der einen CIA-Agenten mimte, auf heimtückische Art entmannt und verblutet. Die suggestive Art, in der Robby Müller diese Szene visuell umsetzte, verstärkte den Schock des Mordes ungemein, und als ich die Muster sah, bin ich über mich selbst zutiefst erschrocken. Doch die eigentliche szenische Herausforderung stand uns noch bevor. Adjani, deren Rolle einer Bankierstochter – insbesondere, was die Beziehung zu ihrem Vater betraf, dem Bernhard Wicki übrigens auf absolut glanzvolle Weise Leben einhauchte – in Anklängen an die Rolle Faye Dunaways in *Chinatown* angelehnt war, entschließt sich zu einer Art Therapie im APA-Institut, dem Institut für Angewandte Psycho-Astrologie. Zwischen ihr und der sie betreuenden jungen Therapeutin, die Ute Lemper verkörperte, entsteht auf den ersten Blick eine mysteriöse und nicht mehr aufzuhaltende

Anziehung, deren Geheimnis sich schon bald, nämlich in einer der ersten Sitzungen offenbart. Während bei Isabelle Adjani die verdrängte Erinnerung an die Geburt ihrer Tochter hochgespült wird und damit einen ungeheuren energetischen Sog freisetzt, verwandelt sich das Therapiezimmer ganz allmählich in das Innere eines Uterus, in dem die Therapeutin Ute Lemper ihre eigene Geburt nacherlebt und ihr in diesem Moment bewusst wird, nicht nur, dass sie die Tochter der Frau ist, die sie gerade therapiert, sondern auch, dass sie als Leibesfrucht aus einer inzestuösen Beziehung hervorgegangen war. Die Verwandlung der Zimmerwände in organische, fleischig pulsierende Masse, das extrem intensive Spiel der beiden Aktricen, die Kameraarbeit und die gesamte technische Umsetzung dessen, all das stand uns für die kommenden Drehtage bevor. Gunther hatte sich seit zwei Tagen nicht mehr in Geiselgasteig blicken lassen, und im Grunde war ich von alledem viel zu sehr in Anspruch genommen, als dass ich es registriert hätte. Doch vor dieser wichtigen und mit Sicherheit an meine Grenzen gehenden Szene wollte ich mich mit ihm besprechen.

Ich hatte gehofft, er wäre noch nicht zu Hause, sondern im Produktionsbüro. So könnte ich in aller Ruhe ein entspannendes Bad in seiner Wohnung nehmen, denn darum war es im Haus Savoy nicht zum Besten bestellt: Zu meinem Appartement gehörte nur ein Gemeinschaftsbad auf dem Flur, das zudem in keinem guten Zustand war. Und tatsächlich, auf mein Klingeln – einmal lang, zweimal kurz, wie mit ihm verabredet, denn andere Menschen zu empfangen hatte er oft keine Lust – erfolgte keinerlei Reaktion. Mit einem leisen, soliden Klack fiel die schwere Wohnungstür hinter mir ins Schloss. Hier oben, im siebten Stock des Fuchsbaus, dieses überdimensionalen Terrassen-Wohnblocks aus den Siebzigern, dessen Sichtbetonkonstruktion bereits sanierungsbedürftig war, herrschte eine erholsame Stille, und ich spürte, wie Aufregung und Anspannung dieses Drehtages aus meinem Körper heraussickerten und zu Boden tropften, und wie der makellos cremefarbene Teppichboden, der jeden Schritt dämpfte, ihre dunkelfeuchte Spur begierig aufsog und restlos absorbierte. Ich zog meine Loafers aus und stellte sie vor dem eingebauten Garderobenschrank ab, bevor ich den zur Diele hin offenen und weiten, ganz in Weiß gehaltenen Wohnraum durchquerte, um in den Schlaftrakt und schließlich ins Badezimmer zu gelangen. Auf dem Weg dorthin hatte ich dem Schrank in der Ankleide ein weißes Badetuch entnommen. Die wenigen Schritte durch Gunthers weiße, stille Wohnung hatten es vermocht, dass vollkommene Ruhe und Gelassenheit in Geist und Körper eingekehrt waren. Der lichthelle Teppichboden, der den gesamten Wohn- und Schlafbereich durchzog, unterstrich das Großzügige und Weite, das mich schon damals, beim ersten Mal, als ich Gunthers Wohnung betrat, bestochen hatte. In all den Jahren seit unserem Kennenlernen hatte seine Oberfläche nichts an Eleganz und Makellosigkeit eingebüßt – wie die gesamte Wohnung im Übrigen. Schon wollte ich fast beschwingt die nur angelehnte

Tür zum Badezimmer aufstoßen, da beschloss ich, vorher noch einmal auf die Terrasse hinauszutreten und mir an diesem lauen, frühsommerlichen Abend einen Southern Comfort zu gönnen. Mein Badetuch hatte ich über das weiße, gradlinige Sofa geworfen, hatte mir in der Küche drei Eiswürfel ins Glas poltern lassen, im Wohnraum mit Southern Comfort aufgefüllt, die große Schiebetür geöffnet und war auf die Terrasse hinausgetreten. Unvermittelt zog während dieser Verrichtungen mein bisheriges Leben an mir vorbei, so, wie man es sonst nur aus Berichten aus Nahtoderfahrungen kennt, und eine seltsame Mischung aus Glücksgefühl und Wehmut überkam mich. Mir wurde klar, dass ich während der ganzen letzten Monate nicht mehr an Ángel gedacht hatte. Er war aus meinem Denken verschwunden.

Da bäumt sich eine ungeheure Traurigkeit in mir auf und bricht mit wildem Schluchzen aus mir heraus. Fassungslos lehne ich mich gegen die Betonbrüstung, auf der ich mein Glas abstellen muss, um nicht den Inhalt zu vergießen, so sehr schüttelt es mich. Schließlich versuche ich mich zu beruhigen, indem ich meinen Blick einfach über die Ungererstraße hinweg und die Dächer Schwabings gleiten lasse, hin und her, wie eine Überwachungskamera; die, ungeachtet der über ungelebtes Leben vergossenen Tränen, die über ihre Optik rinnen und an ihr abperlen, kalt und sachlich die Abbildung der obersten Schicht dessen, was wir Realität nennen, wiedergibt. Ich denke an Gunther und daran, dass er mir all die Jahre die Treue gehalten hat, und dass ich ihm unbedingt sagen muss, wie dankbar ich ihm dafür bin. Ganz plötzlich spüre ich jemanden hinter mir. Erschrocken drehe ich mich um – vor mir nur der mittlerweile ins Dunkel getauchte Wohnraum. Mich fröstelt. Ich nehme das Glas von der Brüstung und trinke es in einem Zug aus. Dann gehe ich wieder hinein, schalte sämtliche Lichter ein, greife mir mein Badetuch, drücke die Tür zum Badezimmer auf und tauche auch dieses in taghelles Licht. Erst jetzt, da ich die Ursache sehe, wird mir bewusst, dass mir das Tropfgeräusch schon vorhin aufgefallen war. Die Badewanne ist fast bis zum Rand gefüllt, das Wasser blutrot und Gunthers tote Augen starren mich erwartungsvoll geduldig an.

Ich erwachte vom Läuten. Das heißt, irgendwo läutete es Sturm, und dieses Sturmläuten drang so ganz allmählich in mein Bewusstsein, ohne dass ich wusste, wo ich mich überhaupt befand. Ich wusste nur, dass mich entsetzlicher Kopfschmerz plagte und ich völlig benommen war. Jeder Impuls einer Bewegung wurde zunichte gemacht durch das Gefühl, in einer eisernen Fessel zu stecken. Es läutete Sturm, soviel stand fest. Ich lag auf dem kalten Boden und wagte nicht, die Augen zu öffnen. Denn ich wusste, was ich sehen würde. Aber ich musste mich aufrappeln. Als ich schließlich in der Diele angekommen war, konnte ich wieder einigermaßen aufrecht stehen. Ich hörte, wie jemand sich am Türschloss zu schaffen machte und sah, dass ich meinen Schlüssel innen aufgesteckt hatte. Etwas Warmes lief mir die Wange herunter. Ich wischte es mit dem Handrücken ab und erschrak. Es war Blut. Blut, dessen dunkle Tropfspur, von Gunthers hellem Teppichboden begierig aufgesogen, sich durch den Wohnraum hierher in die Diele zog und nun neben meinen Füßen eine kleine Lache zu bilden begann.

Gunthers Freundin und Etagennachbarin Ingrid, eine aufgeweckte und resolute Frau, Mitte vierzig, attraktiv und geschieden, war die einzige, die außer mir einen Schlüssel von Gunthers Wohnung besaß. Jetzt stand sie vor mir, und ihr verschrecktes Gesicht verriet mir, dass ich katastrophal aussehen musste. In der Meinung, Gunther sei noch im Produktionsbüro, wollte sie sich etwas Zucker bei ihm ausleihen, wurde aber stutzig, als sie feststellte, dass ein Schlüssel steckte, obwohl niemand auf das verabredete Klingelzeichen – auch sie hatte also eines! – geöffnet hatte. Ich erklärte ihr kurz, was ich vorgefunden hatte und dass ich wohl ohnmächtig geworden war. Allen Mahnungen zum Trotz hörte sie nicht auf mich, und während ich Polizei und Notarzt anrief, schlich sie sich zum Badezimmer, um, wie sie sagte, Abschied von Gunther zu nehmen. Dass auch sie bald sterben würde, an einem heimtückischen Krebs, der schon zwei Wochen später bei ihr diagnostiziert werden würde, das wusste sie in jenem Augenblick noch nicht. Und ich sah es ihr nicht an. Genauso wenig, wie ich es Gunther angesehen hatte. Und dass auch ich sterben würde, vielleicht früher, als mir lieb war, wollte ich nicht wissen. Und das, obwohl der Tod mein Begleiter von frühester Kindheit an war. Seit jenem denkwürdigen Tag, als meine Großmutter mich mit meinen viereinhalb Jahren mit hinauf in ihr Schlafzimmer genommen hatte, das zur Straße hinblickende Fenster öffnete, dessen Klappläden, zu einem stumpfen Winkel angelehnt, geschlossen waren, mich neben sich auf einen Stuhl stellte und mir die Beerdigung, die vier Häuser weiter in der Straße stattfand, durch die Schlitze der Ladenjalousien direkt vor Augen führte. Nicht viel später lag sie unten in ihrem feinen Salon, aufgebahrt in ihrem Sarg. Jetzt schläft sie tief und fest, hatte meine Tante Inge, eine Cousine meiner Mutter, zu mir gesagt, als sie mich auf ihren Arm genommen und gegen den Willen meiner Mutter ins Totenzimmer getragen hatte. Von diesem Moment an hatte der Tod etwas sehr Beruhigendes für mich.

Doch Gunthers Tod hatte mich ganz real und tatsächlich physisch vor den Kopf gestoßen. Warum war er gegangen? Sich einfach so mir nichts, dir nichts die Pulsader aufzuschneiden!

Nun, was wissen wir schon, weshalb jemand im Freitod den einzigen Ausweg, seine Flucht und seine Rettung sieht. Erklärungen, materieller und psychologischer Natur, Motive, Annahmen und Verdächtigungen gibt es zuhauf. Nichts davon jedoch bringt uns diesen einen Augenblick näher, diese Sekunde, in der ein Mensch, einer von uns, freiwillig oder getrieben die Membran zerreißt und geht. Wie einsam muss er sich fühlen, des Lebens überdrüssig und ebenso überdrüssig der Angst davor. Was glaubt dieser Verzweifelte, was ihn erwartet? Das Nichts? Die völlige Auslöschung? Das Irren durch dunkle, menschenleere Gassen? Indem er die Membran zerreißt, übernimmt er alle Verantwortung und lädt sie doch auf andere ab. Zurückbleibt ein Gefühl von Schuld. Und ich. Was hätte ich tun können, damit du in deiner weißen Wohnung nicht in deine weiße Wanne steigst und alles rot färbst? Was hätte ich tun sollen, damit du nicht meinem Größenwahn erliegst und zum willfährigen Erfüllungsgehilfen meiner hybriden cineastischen Visionen, meiner filmischen Maßlosigkeit wirst? Was hätte ich tun müssen, damit das alles nicht passiert? Dich nicht anschreien, als ich das Gefühl hatte, dir liegt lange nicht so viel an der Realisation des Films wie mir? Dir nicht Birgittas Engagement, ihr über Leichen gehen *nur für den guten Zweck*, nur damit Pahlke seine Vorstellungen von Filmkunst verwirklichen kann, unter die Nase reiben? Und das immer wieder. Dir nicht vorjammern, wie sehr du mich und meinen Film verrätst, wenn du das und jenes nicht veranlasst? Wenn du nicht besser auf Ausstattung und Requisite achtest, für die du dich selbst als oberster Feldherr verantwortlich gezeichnet hattest? Hätte etwa ich selbst darauf achten müssen, dass das veranschlagte Budget nicht schon nach der Hälfte der Dreharbeiten aufgebraucht war? Oder vielmehr dich in die Pflicht nehmen sollen, auf unser Budget zu achten, statt mir um des lieben Friedens willen gefällig sein zu wollen? Zwei Tage, bevor er in die Wanne gestiegen war, hatte Gunther festgestellt, dass ich dabei war, uns bereits nach der halben Drehzeit in die roten Zahlen zu manövrieren. Der Schock saß tief, denn Gunther haftete mit seiner Wohnung und einem nicht unbeträchtlichen Aktienpaket – beides Geschenke seiner Tante Urd, die Aktien zum Abitur, die Wohnung zum Diplom – für die Fertigstellung des Films. Was hatte ihn dazu gebracht, mehr meinen rauschhaft vorgetragenen Forderungen nachzuhecheln, als seine Gelder im Auge zu behalten und die Kosten zu kontrollieren? Welcher Wandel war ihm widerfahren? Er, der mich formen wollte, erziehen und kontrollieren, mir Geschmack und die Welt beibringen wollte, kurzum, Macht ausüben und dafür geliebt werden wollte; unwillkürlich hatte er sich nun mir unterworfen, wollte es mir unbedingt recht machen. Schon lange lebten wir nicht mehr zusammen, waren kein Paar mehr, und plötzlich schien er mich zu fürchten, hatte ich offenbar eine Macht über ihn gewonnen, die mir selbst verborgen geblieben war. Doch wohl kaum deswegen hatte er sich im heißen Wasser die Pulsader aufgeschnitten. Wieso hatte er es getan? Wer hatte ihm die Hand geführt, als die Rasierklinge weich und sanft in der Epidermis versank wie in Butter, sie aalglatt teilte, in der Dermis versank, sie aalglatt teilte, in die Subcutis eindrang und diese aalglatt teilte, am Musculus brachioradialis entlang ritzte und, auf der sich nun etwas hektischer gestaltenden Suche nach dem Lebensquell, eine kurze Weile unschlüssig hin- und herschwenkte, dabei, im mikroskopischen Bereich betrachtet, verheerende Verwüstungen anrichtend, schließlich auf die Arteria radialis stieß und sich in diese bohrte, um den Lebensquell in einen Todesquell zu verwandeln. Jetzt ergoss sich die ersehnte rote

Wolke ins heiße Wasser und Gunther schlitzte den Arm der Länge nach auf. Wer hatte ihm die Hand geführt? Tante Urd? Tante Urd, die, im Gegensatz zu ihm, ihr diffuses sexuelles Begehren nie ausgelebt, geschweige denn so hemmungslos ausgelebt hatte wie er? War das ihre von ihm verinnerlichte Rache an ihm? Zum guten Schluss ist jeder sich selbst der Nächste.

Da war sie wieder, die Lücke. Das Vakuum. Stärker denn je.

Allgemein hieß es, das Projekt sei ihm über den Kopf gewachsen, zumal für einen Anfänger viel zu groß gewesen. Fürs erste ruhten die Dreharbeiten. Isabelle Adjani reiste ab, nicht ohne mir mit viel Mitgefühl in der Stimme und Tränen in den Augen zu versichern, zur Stelle zu sein, sobald ich sie benötigte – natürlich unter Berücksichtigung ihrer eigenen weiteren Verpflichtungen. Doch all die Beteuerungen der Schauspieler und der Crew ließen mich unberührt. Am Morgen nach Gunthers Suizid war ich aufgewacht, und, noch unter dem Eindruck der roten Badewanne in dieser schrecklich weißen Wohnung, lag ich in meinem Zimmer im Haus Savoy und kramte in ungesundem Halbschlaf das Bild zweier junger Männer aus meiner Erinnerung hervor, wie sie dalagen in ihren weißen Vatermörderhemden und weißen Leinenhosen im roten Mohnfeld und sich gegenseitig zum Höhepunkt brachten. Und zum ersten Mal spürte ich, wie es ist, wenn ein Mensch erkennt, dass er Schuld auf sich geladen hat. Und mir wurde klar, dass ich diesen Film nicht fertig stellen würde, dass *In der Stille des Alls* auf ewig eine Filmruine bleiben würde, dass ich mich überhaupt – und obwohl ich seit frühester Kindheit, seit meinen exzessiven sonntäglichen Besuchen des Wormser Roxy-Kinos, Filme machen wollte – auf ein Parkett begeben hatte, das zu rutschig für mich war; nicht, weil es makellos auf Hochglanz poliert gewesen wäre, sondern ganz im Gegenteil schleimig und schlittrig von Auswurf und Exkrementen der dort tagenden und sich in ungeheuren Eitelkeiten suhlenden Gesellschaft.

Ángel, wo bist du? Wo warst du zu jener Zeit, als ich mich ganz in dir verkriechen wollte, dich spüren wollte, deinen Körper, deine Wärme, deine Sehnsucht, deine Liebe? Als ich dir alles geben wollte, meinen Körper, meine Wärme, mein Verlangen. Das Unendliche meiner Liebe. Ich habe dich verloren, in den sumpfigen Tiefen meines Unterbewusstseins, und spüre nur noch ein leises Vibrieren, ein Zittern an den Flimmerhärchen meiner Erinnerung, eine Wölbung in der Leere.

An jenem Sonntagnachmittag in der Villa Stuck aber war das Vakuum belüftet, die Lücke aufgefüllt. Thomas Hold. Was für ein schöner Name. Und welch schöner Mann. Keiner dieser 08/15-Schönlinge, nicht eines dieser geglätteten Retuschegesichter mit leerem Blick. Nein, Thomas Holds Schönheit war eine unauffällige, ein inneres Leuchten, das erst beim genaueren Betrachten die äußere, leicht anämisch, leicht kränklich wirkende Erscheinung zu überlagern begann oder, besser gesagt, sie mit ungeahntem Leben erfüllte und den feinen Gesichtszügen, den verträumten Augen, der geraden Nase mit dem schon angegrauten Schnauzer darunter, der hohen Stirn mit dem kahlen Haupt, das von lichtem weißen, stark eingekürzten Haarkranz umrahmt war, eine noble Würde verlieh. Und trotz dieser dem Alter zugeschriebenen Attribute wirkte Thomas Hold, dieses Abbild eines englischen Adligen, seinen einundvierzig Jahren entsprechend jugendlich. Womöglich waren es genau diese sich widersprechenden und zugleich ergänzenden Attribute, welche den Kern seiner Schönheit bildeten und deren verwirrendes Zusammenspiel zuerst auch meinen Blick für ihn trübten und ihn als einen vergeistigten und kränkelnden Zeitgenossen wahrnehmen ließen. Doch dann, als wir am Nachmittag im Stadtcafé – ja, wieder einmal das Stadtcafé! – nach einem ausgedehnten Spaziergang durch den Englischen Garten, wo an diesem frühlingshaften Aprilsonntag die Drachen im stahlblauen Himmel tanzten, und vor unserem Kinobesuch, der den gemeinsam verbrachten Tag abrunden sollte, bei Café au lait und Tomate-Mozarella-Sandwiches zusammensaßen, berührte mein Knie zufällig und nur kurz das seine. Von jener Sekunde an war ich elektrisiert.

Wir werden einem Menschen vorgestellt, und mit diesem ersten Blick, dem ersten Händedruck, dem ersten Hallo wissen wir bereits alles über ihn, wir haben diesen Menschen sozusagen total durchschaut und völlig in uns aufgenommen. Doch so, wie der Engel des Vergessens bei unserer Geburt den

Finger auf unsere Lippen legt und damit alles Wissen der Welt aus unserem Gedächtnis bannt, so wird dieses Erkennen des Anderen im Augenblick seines Entstehens wieder aus unserem Bewusstsein gelöscht. Was wir wissen sollen, das wissen wir jetzt. Mehr nicht. Es genügt, dass wir wissen, dieser Mensch erfüllt die Aufgabe, die wir uns mit ihm für uns und für ihn gestellt haben. Und selbst das wollen wir nicht unbedingt wissen. Am Tag ihrer Hochzeit, noch in der St. Katharinenkirche vor dem Traualtar stehend, kurz, bevor sie ihr Jawort zu geben hatte, da dachte mein Mutter *Ich sterbe vor ihm.* Und das, obwohl der Mann, mit dem sie ihr Leben zu teilen gedachte, fünfzehn Jahre älter war als sie und obwohl, nicht nur statistisch gesehen, Frauen älter als Männer werden. Doch dieser Gedanke blitzte in ihr auf, und sie starb ja tatsächlich vor ihm. Vier Monate vor ihm.

In Mainz verabschiede ich mich von dem netten Holländer aus Bocholt. Ich muss in eine Regiobahn umsteigen, denn nur die wenigsten Intercitys – falls überhaupt einer – halten in der "Nibelungenstadt Worms". Unverrichteter Dinge hatte ich meinen Laptop wieder eingepackt, denn meine von Reue und Auflehnung und Wut und wieder Reue befangenen Gedanken machten mir das Schreiben schlichtweg unmöglich. So hatte ich mich von der Fahrt durchs Rheintal und den am Fenster vorbeiziehenden Bildern treiben lassen. Kurz hinter Bingen verlässt der Zug den Lauf des Rheins und schlägt sich querfeldein über Gau-Algesheim Richtung Mainz durch die rheinhessische Landschaft durch. Jetzt bietet sich dem Reisenden, sofern er an der linksseitigen Fensterfront sitzt, die beste und grandiose Aussicht auf die rechtsrheinisch gelegenen Südhänge des Rheingaus, wo sich, inmitten der Weinberge, weithin sichtbar, die Abtei St. Hildegard erhebt. Dort hatten wir einmal gesessen, auf einer der vielen Natursteinmauern, vor vielen Jahren, kurz nachdem ich München den Rücken gekehrt und zu Thomas nach Hochheim gezogen war. Es war ein lauer Sommerabend, wir waren dem Trubel des Hochheimer Weinfestes und insbesondere dem Affenstall, zu dem an jenen Abenden der Hof des elterlichen Weinguts geriet, entflohen und die wenig mehr als dreißig Kilometer über Eltville und Geisenheim nach Rüdesheim und den Klosterweg hinauf zur Abtei gefahren. Schweigend, Arm in Arm, bewegten wir uns durch ein Meer aus Blattgrün, zogen endlos unsere Bahn entlang den Zeilen der Weinberge und unsere weißen Sommerhemden blähten sich in der lauen Brise zwischen den saftig grünen Wogen der Weinstöcke, in denen wir versanken und auftauchten und wieder versanken. Später dann, als wir auf der Mauer saßen, durchflutete uns noch einmal die Hitze des Tages, die sich den ganzen Nachmittag über in das Gedächtnis der Steine eingebrannt hatte. Da saßen wir, mit Blick auf Bingen, den Rhein und weiter nach Mainz und in die Weite der Oberrheinischen Tiefebene hinein, die sich in der niederkommenden Dämmerung blau verfärbte. *Mit dir möchte ich alt werden*, waren damals meine Worte, die ersten an jenem Abend gesprochenen. Und die Steine bewahrten sie in ihrem Innersten. Bewahrten sie für die Ewigkeit. Thomas sah mich an, und in seinem Blick las ich die vollkommene Übereinstimmung.

Neun Jahre war es mittlerweile her, dass wir beide unseren Freund Hans aus München, der uns ja zusammengebracht hatte, zuletzt bei uns in Düsseldorf zu Besuch hatten. Es war ein Samstag, an dem ich ihn gegen dreizehn Uhr am Hauptbahnhof abholen sollte. Ein nasskalter, verregneter Märztag. Ich war früher als nötig losgegangen, da ich meine Fahrt an der Heinrich-Heine-Allee unterbrechen und am Heinemann-Stand im Kaufhof an der Kö noch deren famoses Teegebäck Spezial besorgen wollte. Die Aussicht auf einen gemütlichen Nachmittag bei Tee und Gebäck in Thomas' filigranem Jugendstil-Wintergarten ließ mich innerlich jubeln. Vermutlich habe ich es Hans so noch nie gesagt, aber ich muss es ihn doch unbedingt wissen lassen, wie froh ich bin und dankbar, dachte ich – während mir beim Hinaustreten auf den Kaiser-Wilhelm-Ring ein unangenehmer Sprühregen ins Gesicht schlug – dass er es mir damals ermöglicht hat, Thomas kennenzulernen, dass er im Grunde der Ehestifter ist, er hat uns zusammengebracht. Und das vor fast genau siebzehn Jahren. Ja, siebzehn Jahren. Siebzehn Jahre schon! Und noch immer ist mir dieser Sonntag im April von damals in lebhafter Erinnerung, ganz und gar präsent. Unser Spaziergang durch den Englischen Garten, der Moment im Stadtcafé, als mein Knie Thomas' Knie berührte, die ungeheure Anspannung von Hans nach dem Kinobesuch, weil ihn *Das Schweigen der Lämmer*, wie uns alle im Übrigen, völlig mitgenommen hatte, nur dass ich mit diesem Frontalanschlag auf die Nerven des Zuschauers absolut anders umgegangen war und ihn mit meiner süffisant erzählten Geschichte vom Märchen *Fitschers Vogel*, das mir als Kind so lange vorenthalten wurde, bis ich schließlich selbst lesen konnte und es mir in einem unbewachten Augenblick vornahm, denn seine Ingredienzien waren ein Hexenmeister, der Jungfrauen entführte, ein verbotenes Zimmer, das ein Blutbecken enthielt und einen Hackklotz, auf dem er die Jungfrauen zerstückelte – *Bist du gegen meinen Willen in dieses Zimmer, so musst du nun gegen deinen Willen wieder hinein!* – und so weiter, mit dieser Geschichte also hatte ich Hans derart in Rage gebracht, dass er mich kurzerhand zur Villa Stuck, wo mein Wagen parkte, zurückfuhr und den Abend mit Thomas ohne mich ausklingen ließ. Ich erinnere mich noch sehr genau an dieses Gefühl, elektrisiert, wie ich von Thomas war, nun dieser Gedanke, werde ich ihn je wiedersehen? In den Tagen danach, sobald ich mit Hans telefonierte, ließ ich ihn von mir grüßen – jedes Telefonat endete mit: Und wenn du mit Thomas telefonierst, dann grüße ihn bitte von mir – hatte aber nie den Mut, mir seine Telefonnummer geben zu lassen, einfach so, ohne dass ich einen konkreten Anlass vorschieben konnte. Der ergab sich jedoch schneller, als ich erhofft hatte.

All dies tauchte noch einmal vor meinem inneren Auge auf, während dieser nadelige Nieselregen mir den Weg zum

Luegplatz vergällte. Cornelius Hampel hatte mich zu seinem fünfzigsten Geburtstag, den er bei seinem ehemaligen Schulfreund und dessen Frau in Frankfurt feiern wollte, eingeladen, und plötzlich kam mir die Erleuchtung: Frankfurt, Hochheim am Main, das muss doch einen Katzensprung voneinander entfernt sein. Neun Tage nach der für mich so denkwürdigen Begegnung mit Thomas hatte ich endlich meinen Anlass, meinen gewichtigen Grund gefunden, mir von Hans die Telefonnummer des Thomas Hold geben zu lassen. Der Rest ist schnell erzählt. Veni, vidi, vici. Oder, etwas weniger selbstgefällig: Sofort rief ich in Thomas` Büro an, hatte jedoch nur einen Mitarbeiter an der Strippe. Thomas sei bei einer Bauherrin in Wiesbaden und erst am späten Nachmittag wieder erreichbar. Ich hinterließ meine Nummer. Dass ich ihn besuchen wollte, überraschte ihn dann doch sehr, zumal er zum 1. Mai schon Besuch aus Frankfurt erwarte. Er werde sich in zehn Minuten noch mal melden. Während ich seinem Rückruf entgegenfieberte, baute sich eine seltsame Spannung in mir auf. Schien er überhaupt an einer nochmaligen Begegnung interessiert? Hatte ich womöglich viel geringeren, und wenn überhaupt, den denkbar schlechtesten Eindruck hinterlassen, als Hans mich nach dem *Schweigen der Lämmer* so unsanft abserviert und quasi aus seinem Wagen geworfen hatte? Und überhaupt, was könnte ein einigermaßen erfolgreicher Gartenarchitekt von einem in jeder Hinsicht gescheiterten Filmemacher, der nicht viel mehr als seine Studentenbude im Haus Savoy aufzuweisen hat, wollen? Was überhaupt? Thomas meldete sich nach drei Minuten. Er hatte mir den Vorzug gegeben.

Cornelius' Einladung war für den 3. Mai vorgesehen – er feierte diesen fünfzigsten Geburtstag, von der Kunstmesse aus Maastricht kommend sozusagen auf halber Strecke, und wollte mich dann mit zurück nach München nehmen. So fuhr ich am 1. Mai nach Hochheim am Main. Thomas holte mich am Bahnhof ab. Merkwürdig genug, wie mich die Fahrt durch den alten Ortskern berührte, doch als sein Wagen schließlich das Sandstein-Portal passierte, wir gemächlich über das Kopfsteinpflaster des weiten Hofs rollten und weiter hinten das von den drei mächtigen Kastanienbäumen gekrönte Herrenhaus auftauchte, lösten Zeit und Raum sich vollständig auf und rissen mich mit sich fort. Die Räder von Papas Admiral polterten über das Pflaster und mein kleiner, schweißiger, in der kurzen, dunkelblauen Bleyle-Hose vor Sommerhitze brodelnder Popo hüpfte auf dem hellblauen Plastikpolster des Beifahrersitzes auf und ab, während weiter hinten, und durch die rüttelnde Fahrt für mich kleinen Steppke nur vibrierend unscharf erkennbar, das von drei mächtigen Kastanienbäumen gekrönte Herrenhaus auftauchte. Der Strudel aus Zeit und Raum riss mich weiter fort, tiefer und tiefer in ein undurchschaubares Gefühlskonglomerat. Kein Zweifel, hier war ich schon einmal. Vor dreißig Jahren oder mehr vielleicht, doch, ich täusche mich nicht! Dies muss das Weingut in Hochheim am Main gewesen sein, mit dem mein Vater geschäftlich verbunden war und wohin er mich auf seinen damaligen Fahrten mitgenommen hatte! Ohnmächtig war ich dem Sog dieses Zeit- und Gefühlsstrudels erlegen, Organe, Muskeln, Knochen, alles schien sich völlig aufzulösen und gleich würde ich im Auge dieses Cyklons nach unten abfließen.

Was hast du denn? Ist dir nicht gut?

Thomas' warmherzige Stimme holte mich aus einem Zustand zurück, der, wenn auch nur Sekunden, so doch lange genug angedauert haben musste, dass er ihn bemerkte.

Nein, ich finde es nur überwältigend schön hier, sagte ich und lächelte ihn an.

Am Luegplatz angekommen, fuhr gerade eine U 75 ein. Trotz des fiesen Wetters zögerte ich tatsächlich einen Augenblick und überlegte mir, ob ich nicht auf die U 76 aus Krefeld warten sollte. Genügend Zeit hatte ich ja. Ohne dass wir uns selbst gegenüber groß Rechenschaft ablegen, wieso und weshalb, hegen wir eine plötzliche Aversion gegen dieses und jenes. Mir ging es so mit der U 75, die Neuss auf der unseren Rheinseite und Eller auf der Düsseldorfer rechtsrheinischen Seite im Zehn-Minuten-Takt miteinander verbindet, wohingegen die U 76 oder K-Bahn, wie sie seit Jahrzehnten liebevoll genannt wird, auf der Rheinstraße in Krefeld startet und am Düsseldorfer Hauptbahnhof endet und umgekehrt. Ohne es begründen zu können, nahm ich, so oft ich konnte, die 76 und mied die 75. Die Menschen aus Neuss und die Menschen aus Eller und alle, die nach Neuss oder nach Eller wollten, waren mir irgendwie unsympathisch, zu vulgär, zu proletenhaft. Keine armen, ehrbaren *Proletarier*, wie es sie in den zwanziger Jahren zuhauf gegeben haben soll; Menschen, die ungebildet und ausgenutzt, doch angeblich von feiner Seele waren und es einem leicht machten, sich mit ihnen zu verbrüdern. Nein, die U 75-Komparserie schien sich mir von der ersten Sekunde an, da wir nach Düsseldorf gezogen waren, hauptsächlich aus Fastfood verschlingenden und RTL-verdummten Gerichts- und Nachmittags-Talkshow-glotzenden Allesfressern zu rekrutieren. Menschen, die nur auf sich und ihr vermeintliches Zukurzkommen blicken und am liebsten bis ins Grab an Mamas Brust hängen würden. So dachte ich und schämte mich zugleich dafür. Also stieg ich ein und hoffte, die zwei Stationen trotz meines Dünkels zu überleben.

Ich hatte es ihm tatsächlich nicht verraten, sondern sollte ihm mein kleines Geheimnis erst im zweiten Jahr unserer Beziehung preisgeben. Wieso hatte ich es für mich behalten? Ihm zu erklären, dass und weshalb ich schon einmal in seinem Elternhaus gewesen war, dass es eine geschäftliche Verbindung zwischen unseren Vätern gegeben hatte und wir uns womöglich sogar als Kinder – er muss damals elf gewesen sein, ich fünf – begegnet waren... Ich weiß nicht. warum, aber es hätte meinen Besuch nicht, wie ich für gewöhnlich in solchen Fällen denke, schicksalhaft erscheinen lassen, sondern unserer Begegnung allen Zauber geraubt. Den Zauber des Fremden, den Zauber des Unbekannten, den Zauber des Anderen. Thomas wäre Teil meiner, und noch schlimmer, ich

Teil seiner Kindheit geworden, wir wären zu Konstanten eines bereits gelebten Lebens mutiert, an dem wir nicht teilhatten und doch als Erinnerungsbeteiligte wie abgelegte Gewänder im Wandschrank der Seele des jeweils anderen hingen. Das wollte ich uns an jenem sonnigen 1. Mai im Rheingau, auf den jahrhundertealten Kopfsteinen im weiten Hof des Hold'schen Weinguts ersparen. Ich konnte nur hoffen, dass seine Mutter nicht irgendwann bei der Erwähnung des Namens Felix Barden aufhorchen würde, doch sehr schnell stellte sich heraus, dass ich diesbezüglich nichts zu befürchten hatte: Frau Hold war nach dem Tod ihres Gatten zur Reisetante geworden und so gut wie nie auf dem Familiensitz anzutreffen. Thomas' Schwester Annette hatte Archäologie studiert – ein Lieblingsspruch von ihr war: "Agatha Christie sagte immer: Mein Mann ist Archäologe; je älter ich werde, umso interessanter werde ich für ihn." – dann aber einen ortsansässigen Winzer geheiratet und führte nun mit ihm das elterliche Weingut weiter. Glücklicherweise wurde ich in den Tagen unseres beiderseitigen Kennenlernens auch von diesem Teil der Familie verschont.

Und Thomas selbst? Thomas war erfolgreicher als ich vermutet hatte. Wer etwas auf sich hielt im gesamten Rhein-Main-Gebiet, ließ sich von Thomas Hold den Garten entwerfen oder umgestalten. Für seine Klientel aus Mainz, Wiesbaden oder Frankfurt und Umgebung bot sich Hochheim als die ideale zentrale Wirkstätte geradezu an. Sein exklusives Büro, in dem er drei Mitarbeiter beschäftigte, hatte er in einem der noch aus der Barockzeit stammenden Nebengebäude untergebracht und gleich darüber eine dem Bauwerk angemessen stilvolle Wohnung für sich ausgebaut. Ich verbrachte zwei intensive, erfüllende Tage mit Thomas – Tage der behutsamen Annäherung, des Abtastens, des Entdeckens und Erkundens – fuhr am 3. Mai wieder mit der S-Bahn nach Frankfurt, wo wir in kleinem, ja, sehr kleinem Kreis Cornelius' Geburtstag feierten – außer mir waren da nur noch sein Schulfreund Werner, der Orthopäde, und dessen Frau Irene – und am nächsten Tag dann, nein, nicht mit Cornelius zurück nach München, sondern wieder nach Hochheim, zu Thomas, bei dem ich weitere anderthalb Wochen blieb. In diesen Tagen des Sich-Liebens und sexuellen Auslotens kam die schiere, hemmungslose Lust zu ihrem Recht – schließlich hatte ich seit Ángel, und das heißt volle sechs Jahre, so gut wie zölibatär gelebt – doch weit mehr als das wurde spürbar, dass Thomas, der in dieser Hinsicht noch nie hatte etwas anbrennen lassen, wie man so schön sagt, und dessen sexuelle Erfahrungen wesentlich weitreichender waren als die meinen, kein Vergleich!, dass Thomas also und ich, dass wir beide in unserem seelischen Empfinden der Liebe wie Abguss und Matrize, wie konkav und konvex und nicht einfach deckungsgleich waren, sondern ein Ganzes ergaben und unser Liebesempfinden füreinander wie in einem Spiegel vom Gegenüber reflektiert wurde und sogar auf andere ausstrahlte, die uns sehr schnell als das ideale Paar bezeichneten. Die Art, wie er mir in seinem Schlafzimmer einen Schreibplatz einrichtete und ihn wie beiläufig mit einem kleinen Strauß Wildblumen vollendete, oder wie ich ihn mit Crêpes Suzette überraschte, wie er mir seine Gartenentwürfe und ich ihm das Medium Film erklärte, wie ich mir die botanischen Namen merkte und bald ebenso firm darin war wie er selbst und wie er einen Film analysierte und mich mit seinen Schlussfolgerungen in Erstaunen versetzte, all das zeugte von einer Zuwendung und Liebe, die ich nicht mehr für möglich gehalten hatte. Ein dreiviertel Jahr später packte ich meinen Kram im Haus Savoy zusammen, verpasste den Wänden den im Mietvertrag geforderten frischen Anstrich und zog zu Thomas nach Hochheim am Main, wo er in einem 1837 erbauten Haus in der Rathausstraße, also gleich um die Ecke, eine in ihrer ursprünglichen Substanz erhaltene Wohnung für mich gefunden hatte.

Ich hatte mich umentschieden und war erst an der Haltestelle Steinstraße/Königsallee ausgestiegen, denn ganz plötzlich hatte ich noch Lust bekommen, unsere Teestunde im Wintergarten um Heinemanns Champagner-Trüffel-Torte zu erweitern, und die gab es nur in deren Café im Kö-Center und nicht an ihrem Stand im Kaufhof. Auf meinem Weg zurück zur U-Bahnstation stellte ich mit Erschrecken fest, wie viel Zeit ich mit meinem Einkauf in diesem Genusstempel gerade verplempert hatte. Natürlich war es nicht bei Teegebäck Spezial und den drei Stück Champagner-Trüffel-Torte geblieben; am Ende waren noch Petit Fours hinzugekommen und ein Früchtezopf (der sich laut Verpackungsaufschrift gut zum Einfrieren eignete) und das von mir bevorzugte Toastbrot fürs sonntägliche Frühstück. So bepackt stand ich nun abgehetzt auf dem Bahnsteig, der neun Meter tief unter der Königsallee lag und wartete, nachdem die U 79 mir vor der Nase weggefahren war, voller Ungeduld auf eine Bahn, die mich schleunigst zum Hauptbahnhof bringen sollte. Doch es wollte einfach keine kommen. Schließlich dann die Durchsage. Wegen einer *Störung des Betriebsablaufs* müsse Richtung Hauptbahnhof, Holthausen und Eller mit Verspätungen von bis zu zwanzig Minuten gerechnet werden. So sehr ich es hasse, wenn andere mich mit ihrem Zuspätkommen warten lassen und damit meine Geduld auf eine harte Probe stellen, weitaus unangenehmer ist es mir, selbst unpünktlich zu sein. In zwei Minuten würde Hans aus seinem ICE auf den Bahnsteig 18 hinaustreten, und ich lungere hier noch immer an der Haltestelle Steinstraße/Königsallee herum, wo ich doch mit einer dreiviertel Stunde Luft aufgebrochen war! Ich kramte mein Handy heraus und wählte ihn an. Die Mailbox! Ich sprach ihm drauf. Malheur mit der U-Bahn, ich komme so schnell es geht, warte bitte unten am Aufgang zum Bahnsteig auf mich. Ich hoffe, du hörst es ab. Bis gleich.

Die Begrüßung fiel herzlich, aber kühler aus, als ich mir vorgestellt hatte. Immer wieder vergesse ich, dass ich nicht von mir auf andere schließen sollte, dass mein Erleben einer Verbindung zu einem Menschen tiefer empfunden sein kann, als dessen Erleben dieser Verbindung von ihm empfunden wird, ohne dass dies gegen mich gerichtet sein müsste, ohne dass es überhaupt etwas mit meiner Person zu tun haben müsste. Außerdem habe ich von jeher diese gewisse Kühle und Distanz, die Hans ausstrahlt, auf seine ersten Wochen Erdenleben im Brutkasten zurückgeführt. Hans begrüßte mich eben so herzlich, wie er nur konnte. Ganz natürlich ergab es sich dann, auf der Rolltreppe zum U-Bahngeschoss, als er mich fragte, wie es denn uns beiden ginge, dass ich mein Vorhaben wahrmachte und ihm überschwänglich dankte.

Wie geht es uns... Du, manchmal halten wir uns in den Armen, blicken uns in die Augen und sind so erfüllt von unserer Liebe, dass wir weinen vor Glück.

Ach ja, das ist ja schön... Wer ist denn das, den kenn ich doch aus München!?

Offensichtlich hört er mir schon gar nicht mehr richtig zu; das war ja ein Schuss in den Ofen! Ist ihm das Ganze jetzt peinlich und versucht er, die Sache mit einem plumpen Ablenkungsmanöver zu übergehen?

Ja, ich weiß, das klingt ziemlich kitschig, aber es ist tatsächlich so, schiebe ich noch hinterher und frage dann:

Wo?

Da vorne, murmelt er vor sich hin, und ich bin mir immer noch nicht sicher, ob seine merkwürdige Reaktion auf meinen Dank tatsächlich auf einem realen Hintergrund basiert. Ich spüre nur, wie seine Bemerkung zwischen uns mehr und mehr Raum einnimmt und ich auf dem Bahnsteig stehe und mich suchend umschaue. Immer wieder wandern meine Augen forschend in die Richtung, die Hans angedeutet hatte, ohne dass ich jemanden Bekanntes entdecken würde. Und Hans selbst scheint das Interesse an diesem Menschen längst wieder verloren zu haben. Doch dann sehe ich, wie, bis eben noch meinem Blick durch eine Säule entzogen, ein Mann aus ihrem Schatten hervortritt. Jetzt erkenne ich ihn, der zu mir hersieht, und unsere Blicke haften aneinander. Und während er mit zögerlichen Schritten auf uns zukommt, nehme ich im Dunstkreis meiner betäubten Sinne wahr, wie auf den InfoScreens entlang der Bahnsteige das Bild einer mohnübersäten Frühsommerwiese aufleuchtet und in furiosen Überblendungen und Schnitten den gesamten U-Bahnhof in leuchtendes Mohnrot taucht, ja, ihn tatsächlich in ein unermesslich weites Mohnfeld verwandelt, in dem ich ganz allmählich versinke und zu ersticken drohe. Ich kenne ihn, aber ich habe seinen Namen vergessen. Er ist es. Er, an den ich – nicht häufig, doch immer mal wieder in all den Jahren – denken musste, ach, was heißt, denken musste! Besitz ergriffen hatte er von meinem Denken in jenen Momenten, von meinem Fühlen, meinem Bewusstsein. Jedes Mal. Nur kurze Momente, hauchdünne Folien, die im Strom des Vergehens den Stein des Bewusstseins flüchtig streifen, so, wie ein Herbstblatt, das, auf den quirligen Wellen eines Waldbaches tanzend, sich an einem Zweig verfängt, um sogleich sich wieder zu lösen und davongetragen zu werden. Nur kurze Momente, doch immer mal wieder. Und jetzt, in diesem Augenblick, will mir partout sein Name nicht einfallen! Der Name, der für mich zum Synonym geworden war für Begehren, Lieben, Verschmelzen.

Hallo, Felix.

Er lächelt mich an. Das Gesicht von damals lächelt mich an, und plötzlich sind sie alle wieder da, die Zeichen und Linien aus dem Haus Savoy, die uns umspinnen, umgarnen, vereinen, fesseln und – trennen.

Grüß dich, was machst du denn hier? – eine blödere Frage hätte mir nicht einfallen können, viel passender wäre doch ein Satz wie *Du lebst noch?* gewesen – Entschuldige, das hier ist Hans, ein guter Freund aus München, ich hab ihn gerade vom Zug abgeholt.

Ja, wir kennen uns, vom Sehen zumindest. Warst du nicht auch bei der Aids-Hilfe?

Ich habe den Umbau der Räume damals geplant.

Ach ja?

Was machst du denn hier? warf ich erneut ein, diesmal mit etwas mehr Nachdruck, um jegliche weitere Vorstellungsformalitäten und mein damit verbundenes Namensblackout zu überspielen. Ich sah ihn an und blickte in das mir immer noch so vertraute Gesicht. Bis auf das schwarze Haar, das nicht mehr ganz so dicht fiel und an den Schläfen von silbrigen Fäden durchwirkt war, und die nicht mehr ganz so vollen Lippen, die verrieten, dass das Leben seit unseren gemeinsamen Münchner Tagen härter mit ihm umgesprungen war, als er es sich damals noch erhofft hatte, schien er mir völlig unverändert.

Er lebte seit einem halben Jahr in Düsseldorf. Irgendwann nach dem Intermezzo mit mir hatte er den Gedanken an eine Schauspielerkarriere aufgegeben und Kunstgeschichte studiert. Über verschiedene Jobs bei Werbeagenturen war er bei einer Agentur, die Lifestyle-Printmedien vermarktete, gelandet und dort zum Sales Manager avanciert. Vor knapp sieben Monaten dann der Sprung zur New York Times und ihrer Weltausgabe International Herald Tribune, wo er als Managing Director Germany für Anzeigen und deren Auftraggeber im Luxussegment verantwortlich war, und damit verbunden der Umzug von München nach Düsseldorf. All die Jahre hatte er also noch in München gelebt. Vor meinen Augen tauchte kurz mein Zimmer im Haus Savoy auf und er, mit seinem wachen, wissbegierigen Blick, der durch und durch auf Kunst, Kultur und Schauspielerei gerichtet war und voller Erwartung dem Plan kreativen Schaffens im Film und auf der Bühne, dem Plan eines Lebens in der Bohème zu folgen schien. Nicht in seinen kühnsten Träumen hätte er sich damals vorstellen können, dereinst in Maßanzug und Business Class zwischen Frankfurt, Paris und New York zu pendeln, um Anzeigen von Gucci, Hermès oder L'Oréal zu verwalten. Und doch war es jetzt so. Sein Büro im neunzehnten Stock des GAP 15 bot ihm Aussicht über die Oberkasseler Rheinschleife hinüber zu Kaiser-Wilhelm-Ring und Salierstraße, wo Thomas und ich wohnten, und weit darüber hinaus in die niederrheinische Landschaft hinein. Das GAP 15 – der Name war eine für schick befundene Abkürzung der Adresse, Graf-Adolf-Platz

15, und sollte dem Image eines neuen Wahrzeichens von Düsseldorf förderlich sein – war ein Büroturm aus Glas, dessen Architektur sich mehr oder weniger offensichtlich an Helmut Hentrichs Drei-Scheiben-Haus orientierte, mithin dem Elegantesten, was moderne deutsche Nachkriegsarchitektur Ende der Fünfzigerjahre zu bieten hatte. Sich daran messen zu wollen, gar dagegen konkurrieren zu wollen, erschien mir mehr als lächerlich, zumal jeder erneute Blick von Thomas' Salon aus auf Rhein und Panorama der Stadt, und sei es auch der tausendste, einem geradezu augenfällig den städtebaulichen Fauxpas, ja, eigentlich das ganze städtebauliche Desaster, das mit der Errichtung des GAP 15 irreparabel verbunden war, vorführt. Nun ja, was soll's. Im GAP 15 also hatte er sein Büro. Im neunzehnten Stockwerk. Dem Stockwerk, von dem am Abend des 20. Januar 2005 sich ein Glaselement gelöst hatte, nach unten gekracht war und damit eine fünf Tage andauernde Sperrung des Graf-Adolf-Platzes sowie umliegender Straßen verursacht hatte. In diesem Stockwerk also. Im GAP 15. Und ich muss zugeben, trotz alledem beeindruckte es mich. Zeichen und Linien?

Seine Wohnung lag nur wenige Schritte um die Ecke in der Poststraße, wie er sagte, mit Blick auf den Spee'schen Graben. Und normalerweise würde er nie die U-Bahn benutzen, auch keine Straßenbahn, er würde immer zu Fuß gehen, alles zu Fuß erledigen, was es für ihn in dieser Stadt zu erledigen gab. Nur eben heute. Heute habe er die Bahn genommen, weil er ein Einschreiben an der Hauptpost abholen musste und, durch einen Anruf abgehalten, schon viel zu spät dran gewesen sei. Hätte er gewusst, dass es sich bei dem Einschreiben um einen bereits verfallenen spanischen Briefwahlschein gehandelt hatte, nie im Leben hätte er die Mühe dieses nutzlosen Weges auf sich genommen. Es sei also der pure Zufall, dass wir uns begegnet seien. Ich erzählte ihm das Wenige, das meine Vita der letzten zwanzig Jahre hergab, dass ich in der Filmredaktion des ZDF arbeite und die deutsche Synchronfassung der angekauften Spielfilme betreute. Es schien ihn zu beeindrucken, was mich wunderte und dann auch wieder nicht wunderte, denn schließlich waren ja Film und Theater, die Schauspielerei, Kunst und Kultur, das kreative Schaffen schlechthin genau das, was seine Augen von jeher zum Leuchten gebracht hatte. Seine wachen, wissbegierigen und von dichten, schwarzen Wimpern gesäumten Augen, die nun eine dezente, rahmenlose Managerbrille schmückte.

Im Bahnhof Heinrich-Heine-Allee musste er aussteigen. Wir versprachen, uns anzurufen, umarmten uns kurz. Wir umarmten uns kurz. Umarmten uns. Wir umarmten uns, meine Lippen berührten seinen Hals, seine Lippen berührten meinen Hals, wir umarmten uns fester, und jeder drückte dem anderen einen Kuss auf die warme, dünne Haut unterhalb des Ohres. Es war dieser Moment des Kusses, der mir den Boden unter den Füßen wegzog. Der Zeit und Raum endgültig ins Wanken geraten ließ. Der allem und jedem, den Ereignissen und Begegnungen der vergangenen dreiundzwanzig Jahre ihre Daseinsberechtigung entzog. Trotzdem, noch wusste ich nicht, dass ich verloren war. Und wie verloren ich wirklich war.

Tschüs, Felix, sagte er.

Tschüs, Lopez, sagte ich und glaubte wahrhaftig, damit sei mir gerade noch rechtzeitig sein Name wieder eingefallen. Erst zu Hause, als wir, Thomas und ich, zusammen mit Hans in Thomas' Wintergarten bei Champagner-Trüffel-Torte, Petit Fours und Teegebäck Spezial die letzten vorfrühlingshaften Strahlen der untergehenden Sonne genossen, denn zum Nachmittag hin hatte es sich aufgeklart, wurde mir bewusst, dass ich Vorname und Familienname verwechselt hatte und dass der Name, der in all den Jahren immer mal wieder in mein Bewusstsein gedrungen war und ein leichtes inneres Beben, eine unstillbare Sehnsucht ausgelöst, mir die Lücke von einst in Erinnerung gebracht hatte, dass dieser Name nicht Lopez war, sondern Ángel. Ángel, dessen Abschiedskuss genügt hatte, um mich völlig aus der Bahn zu werfen.

Die Fahrt im Regionalexpress von Mainz nach Worms, entlang des Rheins, vorbei an den von Weinbergen überzogenen Hängen des rheinhessischen Hügellandes, löst immer wieder zwiespältige Gefühle in mir aus, denn anders als das Rheintal zwischen Koblenz und Bingen, das ich einfach als nur schön und imposant empfinde, ist diese Gegend direkt mit allem Wirken meiner Kindheit verknüpft, dem die Orte mit ihren Namen, aufgereiht wie Perlen auf einer Schnur, jeweils eine besondere Bedeutung verliehen haben. Da ist Laubenheim, heute Mainz-Laubenheim, wohin meine Schwester vor vielen

Jahren meine Mutter und mich chauffierte – es muss ihre erste längere Autofahrt gewesen sein – hin zu meiner Lehrerin Fräulein Anderhub. Es war ein Osterbesuch am Gründonnerstag und wir überreichten Fräulein Anderhub ein großes Schokoladenosterei von unserem Café Lott, das mit Pralinés gefüllt war. Ich besuchte damals die zweite Grundschulklasse und hatte das Gefühl, Fräulein Anderhub solle mit diesem riesigen Schokoladenosterei bestochen werden. Uns Kindern gegenüber hatte meine Mutter verlauten lassen, es gehöre sich gar nicht anders, als dass Eltern, zumindest Eltern, die etwas auf sich hielten, den Klassenlehrern und –lehrerinnen eine kleine Aufmerksamkeit zukommen lassen müssten, sei es zu Weihnachten, sei es zu Ostern, und am besten gleich zu beiden Anlässen, aus reiner Dankbarkeit, dass diese ihren Kindern etwas beibringen würden. Ich wusste es besser: Es war Bestechung. Ich hatte unzählige Male in der Schule gefehlt, denn in jenen Jahren durchlief die Fehde zwischen meinen Eltern, die Trunk- und Randaliersucht meines Vaters im Haus und die damit zusammenhängenden hysterischen Anfälle meiner Mutter ihren schier endlosen Höhepunkt. Wir Kinder mussten oft bis spät in die Nacht unserer Mutter Beistand und Gesellschaft leisten, wenn wieder Ruhe eingekehrt war und sie eventuell so gegen zweiundzwanzig Uhr anfing, das Geschirr vom Tage zu spülen. Ich saß dann auf meinem niedrigen Kinderstuhl, hatte auf der Sitzfläche eines Küchenstuhls ein Tempotaschentuch ausgebreitet, meinen Kopf darauf gelegt und war eingeschlafen. Es war Bestechung für meine versäumten Schulstunden, und es gefiel mir, denn Fräulein Anderhub, diese dunkle Schönheit, wollte ich eines Tages heiraten. All diese Erinnerungen mit ihrem Bodensatz an Emotionen werden, sobald ich Laubenheim passiere, regelmäßig aufgewühlt. Und nicht anders ergeht es mir mit den restlichen Ortschaften ... Nierstein, die zweite Heimstatt meiner Kindheit, zumindest bis zur Einschulung, wo Großmutter und Tante und die drei Cousins wohnten, meine liebsten Spielgefährten in jenen Jahren; Nierstein, Synonym auch für das Zerwürfnis der beiden Schwestern Mathilde und Lydia, unter dem wir Kinder – mein Bruder und ich wie auch unsere Cousins – des öfteren zu leiden hatten; dieses Nierstein, in dem die Geschichte vom Unfalltod meines Großonkels Johann, das heißt, meines eigentlichen Großvaters, eine für mich nicht unwesentliche Rolle gespielt hatte und dumpfe Ahnungen in mir keimen ließ; schließlich und endlich Nierstein, wohin mich mein Vater so oft mitnahm, wenn er geschäftlich dort zu tun hatte. So, wie das Weingut Hold in Hochheim am Main, existiert auch heute noch das Weingut Louis Guntrum in Nierstein, jenes Weingut aus meinen Kindertagen, dessen Name einen so ominösen Klang für mich hatte, und sobald die Regiobahn an der langen, beschrifteten Gebäudefront vorbeirauscht, taucht dieses denkwürdige Erlebnis von damals vor meinem inneren Auge auf, als ich an der Hand meines Vaters ebendieses Trottoir entlang ging und mir an der Kante zum Mauerwerk ein loser Brocken Asphalts auffiel, der in meiner kindlichen Phantasie nichts anderes als einen geheimen Spalt verdeckte. Ein Geheimnis, eine geheime Botschaft, nicht für mich bestimmt, doch deren Inhalt ich nur allzu gerne entschlüsselt hätte, und die meinem Vater verborgen bleiben musste. Und so zog er mich unwiederbringlich fort von dieser Stelle, an der mein Blick haftete und die meinen Schritt zwingenderweise verlangsamte. Immer wieder drehte ich mich um, und schließlich wurde meine Vermutung bestätigt: Ein Mann blieb dort stehen, beugte sich herunter, hob den Asphaltbrocken hoch und zog etwas aus dem Spalt. Für diesen Fremden also war die Nachricht bestimmt, er durfte das Geheimnis lüften, erfuhr, was er zu erfahren hatte, war eingeweiht in die Geheimnisse dieser Welt und bekam dadurch etwas ungeheuer Anziehendes, etwas – auch wenn ich mit meinen vielleicht fünf Jahren dieses Wort nicht kannte – ungeheuer Erotisches für mich. Und so ist es noch heute. Selbst wenn dieser Fremde nicht existiert, nie existiert hatte, womöglich nur eine pure Ausgeburt meiner kindlichen Phantasie war. Denn dieser Fremde damals war kein anderer, als ich selbst es dereinst sein würde.

Waldmeistergeschmack. Das künstliche Grün und das künstliche Aroma von Waldmeistereis gehörte zu den Ingredienzen, die Oppenheim zur kulinarischen Wallfahrtsstätte meiner Kindheit erhoben. Neben dem Sauerbraten mit Kartoffelklößen im Weinhaus Köth, wohin wir an manchen Sonntagen, wenn Waffenstillstand zwischen unseren Eltern herrschte, zum Essen ausfuhren und an dessen großem Fischbassin unterhalb der Theke, das vornehmlich Karpfen und Forellen zur Auswahl für die Gäste bereithielt, ich mir regelmäßig die Nase plattdrückte, stand der Name Oppenheim weiterhin für die Nuss-Sahne-Torte des Café Loi am Marktplatz, die definitiv die beste Nuss-Sahne-Torte meines Lebens war. Etwas weiter oben dann die St. Katharinenkirche, in der meine Eltern geheiratet hatten und in deren Beinhaus in der Michaeliskapelle die Knochen und Schädel von Tausenden von Oppenheimern gestapelt lagen, die der kalkhaltige Boden des Kirchhofs über die Jahrhunderte hinweg konserviert hatte. Nuss-Sahne-Torte und die Totenköpfe der im Halbdunkel lagernden menschlichen Überreste mit ihrem feuchtkalten Modergeruch, sie bildeten mein kindliches Stadtwappen, die unbemerkten Insignien von Oppenheim. Und während die Regiobahn sich wieder in Bewegung setzt, den Oppenheimer Bahnhof verlässt, neben dem ehemals ein Bahnübergang bestand, in dessen unmittelbarer Nähe im Sommer der große italienische Eiswagen aufgebaut war, bei dem mein Vater mir das Waldmeistereis gekauft hatte, und während allmählich weiter oben am Hang die Katharinenkirche ins Blickfeld gerät und über allem thront, und während wir schließlich Oppenheim hinter uns lassen und gen Guntersblum brausen, denke ich an Thomas, der zu Hause krank im Bett liegt, statt mit Mutter, Schwester und deren Familie Weihnachten feiern zu können, und den ich verlassen habe, um zu Corinne zu fahren und bei ihr am Roman zu arbeiten. Und natürlich denke ich an Ángel und die unauslöschbaren Folgen unserer

Begegnung, über die ich doch eigentlich berichten wollte. Doch jetzt habe ich mich hier in Kindheitserinnerungen festgebissen und ganz plötzlich wird mir klar, dass Ángel an jenem Mittag im März im Hauptbahnhof Düsseldorf nicht nur den Felix Barden des Jahres 2008 getroffen hatte, der seit siebzehn Jahren in einer glücklichen Beziehung lebte und Vasallendienst beim ZDF leistete, sondern dass dieser Felix Barden Laubenheim, Nierstein, Oppenheim, Guntersblum, Alsheim, Mettenheim, Osthofen und Worms am Hals hängen hatte und all die dazugehörigen Jahre, und ich frage mich, was Ángel alles am Hals hängen hatte, wovon ich nichts wusste. Einiges habe ich mittlerweile von ihm erfahren. Einiges davon hat mich bestätigt, anderes hat mich überrascht. Und vieles hat mich erschüttert.

Juan José Desiderio Lopez entstammte einer alteingesessenen Schustersfamilie aus der Nähe von Alicante. Doch schon sein Vater Desiderio wollte höher hinaus. Als dieser sah, dass er es nicht viel weiter bringen würde als sein eigener Vater, bei dem fast kaum jemand noch tatsächlich einen Maßschuh anfertigen ließ und die Leute nur ab und zu einen billigen Fabrikschuh zur Reparatur vorbeibrachten, nahm er Frau Exaltacion und Sohn Juan José und ging nach Madrid, um dort in einer Fabrik selbst diese billigen Konfektionsschuhe herzustellen. Immerhin konnte er dann Schuhe herstellen, anstatt sie reparieren zu müssen. Reparieren war nicht seine Stärke, das Reparieren lag ihm nicht. Aber er war ein fleißiger Mann, und noch im selben Jahr, 1947 nämlich, konnte Desiderio mit Frau und Sohn in eine, wie er fand, sehr komfortable und schicke Drei-Zimmer-Wohnung ziehen. Im Jahr darauf gebar ihm seine Frau ein Töchterchen, Azalea, und so hatte Juan José mit seinen zehn Jahren plötzlich noch ein kleines Geschwisterchen bekommen, das er übrigens – einerseits schon ganz Kavalier, andererseits für einen Jungen seines Alters doch recht merkwürdig – immerzu beschützen wollte. Natürlich führte auch Juan José die Familientradition fort und lernte ebenfalls das Handwerk der Schuhmacherei, obwohl er doch zu weit mehr fähig gewesen wäre und seine Intelligenz ihm während des Ciclo Formativo zweifellos den Abschluss als Técnico Superior erlaubt und damit den Weg zu einem Hochschulstudium eröffnet hätte. Doch sein Vater wie auch er selbst verschwendeten keinen Gedanken an eine solche, durchaus denkbare Alternative, denn fing man erst einmal damit an, gewisse, von der Tradition vorgegebene und ihr verpflichtete Muster und Entscheidungen und die daraus folgenden Handlungen zu hinterfragen, konnte das böse enden, und das wollte schließlich keiner. Man hielt sich einfach lieber an dem fest, was einem Halt versprach und nicht nur Halt versprach, sondern was einem ja auch tatsächlich Halt gab. Und so blieb das, was Juan José Desiderio hätte zur Entfaltung, zum Erblühen bringen können, vollständig verborgen und trat nur zuweilen für Sekundenbruchteile in Erscheinung, und das zu seinem eigenen großen Erschrecken. Ein Erschrecken, als würde er von einem Schwertransporter, den er im Rückspiegel seiner Vespa übersehen hatte, im nächsten Augenblick überrollt und zu Matsche gewalzt. Und wie jeder Schrecken, jeder plötzliche Adrenalinstoß abreagiert werden will, so suchten sich auch die nicht ausgelebten geistigen Fähigkeiten von Ángels Vater in dessen jungen Jahren ein Ventil und fanden schließlich in einer gesteigerten Abenteuerlust, einer Neugierde auf alles Fremde ihren Ausdruck.

Seine Vespa war es auch, die ihn mit seiner späteren Frau Carmen Mendoza, Ángels Mutter, zusammenbringen sollte. Man täte Juan José allerdings erhebliches Unrecht, wollte man behaupten, Carmen habe sich mit ihm seiner Vespa wegen eingelassen. Das Gegenteil war der Fall. Juan José Desiderio Lopez sah einfach ungeheuer gut aus. Ein zweiter Tyrone Power. Dass er nur eine Vespa fuhr, fand Carmen sehr bedauerlich, doch bot es ihr die Gelegenheit, sich ohne größere Verletzungsgefahr vor selbige zu werfen, um diesen jungen Hecht auf sich aufmerksam zu machen. Aus solchem Holz war Carmen, deren Schönheit die der jungen Sophia Loren bei weitem übertraf, geschnitzt. Natürlich könnte ich noch eine ganze Menge über die ersten Jahre des Zusammenseins von Ángels Eltern erzählen; da ihre Geschichte jedoch für die meine nur am Rande von Bedeutung ist, nämlich insoweit sie zum Verständnis für Ángels Werdegang beitragen kann und den atmosphärischen Hintergrund dazu bildet, sei nur noch so viel erwähnt: Juan José ließ sich nicht beirren. Sein Freund Esteban, Kumpel aus der gemeinsam auf Mallorca verbrachten Militärzeit, erzählte von einer Deutschen, die bei ihm Spanischunterricht nahm. Angeblich war eine Fabrik für Messgeräte im Besitz ihrer Familie. Sie habe ihn nach Deutschland eingeladen. Ob er wohl Lust habe mitzukommen? Klar, hatte er Lust! Das Angebot entsprach ja so ganz seinem Drang nach Fremde und Abenteuer. Noch konnte er nicht wissen, dass er einzig zum Heiraten noch einmal nach Spanien zurückkehren würde, um dann seine Frau Carmen mit nach Deutschland zu nehmen und dort mit ihr dreiundvierzig Jahre seines Lebens zu verbringen. Das war es, was sie ihm, dem seine Arbeit in der Madrider Schuhfabrik ein gutes Auskommen beschert hätte, nie im Leben würde verzeihen können – dass er ohne Not ein angenehmes Leben in der Heimat gegen endlose und stupide Plackerei in der Fremde eingetauscht hatte. Man schrieb das Jahr 1960. Drei Jahre später, in einer erbärmlichen Zwei-Zimmer-Wohnung in Amorbach, gebar sie ihm das erste Kind. Ángel.

Doch kehren wir zur Chronologie der Ereignisse zurück: Ostern verbrachten wir wie jedes Jahr in Hochheim, zusammen mit Thomas' Mutter und der Familie seiner Schwester. Noch gleich am Tag unserer Begegnung hatte ich Thomas von Ángel erzählt, die Wirkung dieser Begegnung auf mich jedoch völlig heruntergespielt. Auch dass wir uns irgendwann einmal treffen wollten, hatte ich dabei erwähnt, so beiläufig, wie es eben nur ging. Es war dies keine Strategie, um Thomas hinters

Licht zu führen, vielmehr ein Versuch, wenn auch ein kläglicher, mir selbst den Wind, ja, den Sturm, den Ángels Lippen auf meinem Hals und die meinen auf dem seinen ausgelöst hatten, aus den Segeln zu nehmen, mich, so gut es ging, im Zaum zu halten.

Anders als Weihnachten verläuft das Osterfest in Hochheim am Main naturgemäß sehr viel entspannter. Statt rund um die Uhr in den Stuben aufeinanderzuhocken, sich vom Frühstück zum Mittagessen, vom Mittagessen zum Nachmittagstee und vom Nachmittagstee zum Abendessen zu schleppen, wie es im Hause Hold an Weihnachten bis zum Exzess praktiziert wird, bietet einem die vorfrühlingshafte, wenn nicht gar frühlingshafte Wetterlage im Rheingau oftmals Gelegenheit zu Ausflügen oder Spaziergängen. Hinzukommen ein eventueller Opern- oder Museumsbesuch in Frankfurt oder einmal mehr eine Einladung nach Mainz, zum alljährlichen Ostermontagsbrunch bei Esther Habich, einer ZDF-Redakteurin, mit der ich seit Jahren befreundet bin. Doch all diese Vorhaben ließen mich völlig kalt. Das heißt, ich erlebte sämtliche Möglichkeiten und Angebote wie durch einen Filter, wie in Trance, gleichsam als ein Unbeteiligter, dessen Augenmerk einzig darauf gerichtet ist, dass er funktioniert. Dass er lacht, wenn die anderen lachen, dass er höflich antwortet, wenn Thomas‘ Schwager eine Frage an ihn richtet, dass er Guten Appetit sagt und Lecker!, wenn Mama Hold ihre vorzüglichen Rindsrouladen aufgetischt hat, dass er sich bei Thomas‘ Nichte interessiert nach dem Fortschritt ihres

Studiums erkundigt, dass er Thomas zulächelt und ihm ein Ich-liebe-dich ins Ohr haucht. Dass er funktioniert. Die Tage wurden mir dabei zur Qual, und mein einziger Trost war, zu wissen, dass Ángel über Ostern eine Woche bei seinen Eltern in Spanien verbrachte, dass ich ihn also sowieso nicht hätte telefonisch erreichen können. Und selbst wenn! Das hätte ich mir verkniffen, und zwar gewaltig! Was wusste ich schon darüber, wie Ángel jetzt lebt, ob in einer Beziehung oder alleine – auf mich machte er eher den Eindruck eines Single – und ob er überhaupt nur das Geringste noch für mich empfindet. Es war höchste Zeit, wieder runterzukommen und die Sache realistisch zu betrachten. Abzuwarten, ob ein Treffen möglich wäre und falls ja, zu sehen, was es uns beiden tatsächlich bringen würde.

Was hat Sie nur zu uns geführt? Ich hätt in unserm stillen Kreise die Sehnsucht niemals so verspürt, vielleicht nur manchmal, nur ganz leise; ich hätt nach altgewohnter Weise mich dann mit einem Freund vermählt und wär ihm gut und treu gewesen; wir hätten musiziert, gelesen und unsern Kindern was erzählt. Der Zusammenbruch kam plötzlich. Am Ostersonntagabend. Thomas hatte seine Mutter und mich mit Karten für die Oper überrascht, und so saßen wir nun erster Rang Mitte, erste Reihe und lauschten gebannt Tatjana, wie sie ihren Brief an Eugen Onegin verfasst. Im Nachhinein beschämt es mich, gestehen zu müssen, dass ich die Oper zuvor noch nie gesehen hatte und auch nicht Puschkins Versepos kannte. So saß ich also frontal mittig zur Bühne, bereits völlig übermannt von Tschaikowskis Musik, und verfolgte gebannt die deutsche Übersetzung des Gesungenen in den Übertiteln. *Mein ganzes Leben war ein einziges Pfand für diese unabwendbare Begegnung; das weiß ich: Gott hat dich mir gesandt, du bist mein Hüter bis zum Grab!* So sehr ich auch an mich hielt, schon liefen mir erste Tränen verräterisch über die Wangen. Wie konnte es nur sein, dass Thomas mich hierher führt und mit dieser Geschichte konfrontiert, die mir wie auf den Leib geschrieben schien? Einer Geschichte, die meine eigene sein könnte – auch wenn ich noch nicht wusste, wie sie enden würde. Aber Thomas wusste es. Er hatte *Eugen Onegin* ein paar Monate zuvor im Fernsehen gesehen, in einer Live-Übertragung aus der New Yorker Met. Wollte er mir instinktiv meine Situation vor Augen führen? Mir *das Richtige* zeigen? Hatte Thomas etwa geahnt, wie es in mir aussah und mich deshalb in diese Oper eingeladen? Allein der erste Akt nahm mich dermaßen mit, dass ich in der Pause auf die Toilette flüchtete und hemmungslos drauflosheulte, während ich verzweifelt die Spülung gedrückt hielt, um mein Weinen zu übertönen. Das gleiche Weinen, das mich damals auf Gunthers Dachterrasse so unvermittelt gepackt und geschüttelt hatte, kurz vor dieser grauenvollen Entdeckung seiner Leiche in der Badewanne. Wollte Thomas mir sagen, sieh doch, alles nur halb so wild, schließlich verlässt Tatjana auch nicht ihren Mann, nur weil plötzlich wieder eine Liebe von früher aufgetaucht ist. Als ob ich daran denken würde, Thomas zu verlassen! Thomas, der die Liebe meines Lebens ist!

Trotzdem: War es nicht so, dass der Mensch, der uns, also Thomas und mich, vor vielen Jahren zusammengebracht, sozusagen unsere Beziehung gestiftet hat, unser Freund Hans aus München, dass dieser Mensch vor genau zwei Wochen Ángel und mich wieder zusammengebracht hat? Und das sollte nicht Schicksal sein? Unabhängig davon, wie Ángel unsere Begegnung auffassen musste, ich empfand sie als zutiefst schicksalhaft, und genau das war es, was mich schon jetzt aus der Bahn geworfen hatte und einer zweiten Begegnung, einem verabredeten Treffen, einem Rendezvous mit ihm besinnungslos entgegenfiebern ließ.

Im Grunde unterschied sich mein Wohnbüro in der Salierstraße kaum von meinem Münchner Appartement im Haus Savoy. Beide waren im Dachgeschoss gelegen, und wenn dem Besucher auch jetzt in der Salierstraße kein altersschwacher Flohr-Otis-Aufzug zur Verfügung stand, so führte doch, da es sich um ein großbürgerliches Haus handelte, ein roter Sisalläufer auf der mit einem Handlauf aus Messing versehenen Treppe bis hinauf zu mir unters Dach – natürlich nicht so hotelhaft monumental wie ehedem im Haus Savoy, dafür aber in seiner Wirkung gediegener, nicht so halbseiden. War man oben angekommen, betrat man einen großen, mit hellem Ahornparkett ausgelegten, nach oben hin lichten Raum, in dem Kochzeile, Bad und Bett durch die geschickte architektonische Verwendung von Glasbausteinwänden integriert und zugleich abgetrennt waren. Entgegen der Erwartung, die Fassade und Treppenhaus geweckt hatten, stand man somit unversehens in einem hochmodernen Wohnloft, das einen völlig vergessen ließ, dass man sich in einem Haus aus dem Jahre 1913 befand. Ángel ist nur wenige Meter in den Raum getreten, dann stehen geblieben und sieht sich jetzt staunend um. Ursprünglich gedachte ich ihn am Luegplatz abzuholen, doch wie immer wollte er laufen und war also von der Poststraße über Rheinkniebrücke und Kaiser-Wilhelm-Ring zu Fuß zu mir gekommen. Die beiden letzten Stufen hatte er auf einmal genommen und dabei gesagt: „Fast wie im Savoy, nur der Aufzug fehlt.“ Wir nahmen uns in den Arm, drückten uns gegenseitig sanft einen Kuss auf den Hals. Schon wieder. Dann trat er ein.

Es war der Sonntag nach Ostern. Thomas war noch für weitere anderthalb Wochen in Hochheim geblieben, wie er es mal mehr, mal weniger oft im Jahr tun musste, denn trotz seines schon seit Jahren erfolgreich etablierten Düsseldorfer Büros lief ja auch sein Büro in Hochheim weiter. Und eben deshalb, weil er nicht da war, hatte ich Ángel für diesen Sonntag eingeladen. War das verwerflich? Ich wollte doch nur dem, was wir uns zu sagen hätten, genügend Spielraum geben, ohne Gefahr zu laufen, von Thomas in irgendeiner Form gestört zu werden. Wäre er dagewesen, hätte er womöglich kurz durchklingeln lassen, uns zum Tee eingeladen oder bei mir vorbeischauen wollen, um diesen Freund von früher, diesen ominösen Ángel kennenzulernen. Allein schon die

Aussicht auf eine solche Situation hätte das Aufkeimen jeglicher Intimität, jeglichen Moments des Vertrauens zunichte gemacht, und am Ende wäre ein belangloser Nachmittag mit belanglosen Gesprächen zustande gekommen. Das durfte nicht geschehen, und so hatte ich mich gleich Dienstagabend, als ich, mit einem Packen Filme und den dazugehörenden Dialog- und Synchronbüchern vom ZDF beladen, wieder zurück war, mit Ángel verabredet.

Noch immer steht er da und sieht sich um, wobei – von sich umsehen kann keine Rede sein, denn ich habe dieses Loft seinem Anspruch gemäß nur spärlich möbliert, es bietet dem Auge hauptsächlich kahle Flächen – nein, er sieht sich nicht um, seine Augen ruhen sich in der Leere aus; das ist es, was ich empfinde, wenn ich mir Ángel in dieser, meiner gegenwärtigen Umgebung betrachte: Seine Augen ruhen sich aus. Und wieder einmal mehr erliege ich dem Sog dieses Zeit- und Gefühlsstrudels, der alles in mir verwirbelt, und meine Salierstraße wird zum Haus Savoy und Ángel von heute wird zu Ángel von vor dreiundzwanzig Jahren und das Haus Savoy wird zur Salierstraße, in der mein Ángel von vor dreiundzwanzig Jahren steht und seine Augen in der Leere ausruhen lässt, und zum ersten Mal seit unzähligen Jahren verschluckt mich wieder das unauffüllbare Vakuum, das Loch in mir, die Lücke, die verlangt, jetzt endlich aufgefüllt zu werden.

Beinah wäre ich nicht gekommen, sagt er dann.

Mein Herz schlägt mir bis zum Hals, als ich diesen Satz so

unvermittelt von ihm höre. Also so wenig bedeutet ihm meine Einladung, das Zusammensein mit mir? Und meine Frage stelle ich mit angehaltenem Atem.

Wieso? Was hätte dich daran hindern sollen?

Ich weiß nicht, ich hatte gedacht, vielleicht ist es besser, nicht zu dir zu gehen.

Hattest du etwa Angst vor mir?

Nein, vermutlich eher vor mir selbst.

Ángel, ich muss dir etwas sagen... Als wir uns verabschiedet haben, in der U-Bahn, und wir uns zum Abschied geküsst haben, da hat es mir, ehrlich gesagt, den Boden unter den Füßen weggezogen.

Ja, Felix, mir ging es genauso. Und noch dazu hast du nach meinem Lieblingsduft gerochen: nach *Pour un homme de Caron*. Und auch heute wieder!

Seine Bemerkung überraschte und irritierte mich zugleich. Einerseits war ich verblüfft, dass er sich offensichtlich ganz und gar sattelfest durch die Welt der Düfte bewegte, denn mit meiner Frage, wieso er einen Duft aus den Dreißigerjahren, der doch gar nicht mehr aktuell sei, kenne, trat ich gewissermaßen eine Lawine los, in der mir Jahreszahlen, Namen und Essenzen nur so um die Ohren flogen. Andererseits war Pour un homme ein Duft, den ich Thomas zu verdanken hatte. Er entdeckte während der Marokkoreise, die er mir zum Fünfzigsten geschenkt hatte, die Flasche von Caron im Schaufenster einer Parfümerie in Agadir und drängte mich direkt, hineinzugehen und diesen Duft zu probieren und hatte damit ins Schwarze getroffen. *Pour un homme de Caron* schien wie für mich gemacht. In diesem Duft, der mich von da an fast täglich begleitet hatte, und der auch jetzt mit der Haut an meinem Hals eine anscheinend verführerische Vermählung eingegangen war, trafen sich, für mich völlig unerwartet, Thomas und Ángel als Rivalen und buhlten um meine Gunst. Und ebenso wie Thomas, der aus allem, wofür er sich interessierte, eine kleine Dissertation machte, die er aus dem Stegreif referieren konnte, schien auch Ángel sein Wissen über die ihn faszinierenden Dinge obsessiv zu vertiefen und tatsächlich auch zur passenden Gelegenheit präsent zu haben. Insgeheim beneidete ich beide um ihre Gelehrtheit und vor allem um ihr Gedächtnis, das bei mir noch nie sonderlich gut funktioniert hat, doch war damit auf meiner Haut auch ein Widerstreit entbrannt zwischen Thomas und Ángel, zwischen Lavendel und Cumarin, mit meiner Liebe, mit Labdanum, dem Harz der Zistrosen, als Fixativ.

Ich hatte ein Abendessen vorbereitet, aber sehr schnell bemerkte ich, dass Ángel keine große Lust am Essen empfand, nicht wirklich mit Lust aß, ein leckeres Gericht für ihn offenbar keinen erhöhten Genuss darstellte, überhaupt nicht existent zu sein schien. Dafür sprach er umso mehr und sehr ernsthaft über seine Arbeit, seine fünf Mitarbeiter, für die er, seinen eigenen Worten zufolge, ein anspruchsvoller, aber gerechter Chef war, sein tägliches Training bei Holmes Place um die Ecke auf der Kö und seinen restriktiven Tagesablauf generell, den er durch und durch planen musste. Seinen

Körper, den er fit halten wolle, und nicht nur fit, sondern in Form, *in shape* halten wolle, dessen unaufdringliche und perfekte Modellierung, die er sich über viele Jahre und mit viel Disziplin erarbeitet hatte, er sich erhalten wolle. Innerlich musste ich schmunzeln, denn unwillkürlich war mir dabei die Geschichte einer ehemaligen jungen ZDF-Kollegin in den Sinn gekommen, die, wenn ich mich recht erinnere, einen Filmessay über Fitness realisiert hatte und dabei, wie sie mir damals gestand, *dem perfekten Körper verfallen war*, urplötzlich, ohne es zu wollen, und daran beinahe psychisch zerbrochen wäre. Eine ganz und gar nicht komische Geschichte, die uns alle, die wir näher mit ihr zu tun hatten, betroffen gemacht hatte; ich jedoch musste jetzt hier, als ich Ángel, meinem so lange vermissten Ángel gegenübersaß und in seine so opulent von Wimpern umsäumten, dunklen Augen blickte, schmunzeln, weil ich dachte, nie hätte ich gedacht, dass mir Ähnliches passieren würde, wie es damals meiner Kollegin Eva passiert war, und jetzt sitze ich hier meinem so lange vermissten Ángel gegenüber, der seinen perfekten Körper züchtet und züchtigt, und bin tatsächlich auf dem besten Weg, ihm zu verfallen.

Unversehens waren wir in der Vergangenheit angekommen. Ángel hatte nach dem kurzen Intermezzo mit mir seiner Beziehung zu Gernot wohl noch einige Monate zugebilligt, doch schließlich war das Unabwendbare eingetreten und sie trennten sich. Danach verbrachte er knappe zwei Jahre mehr oder weniger für sich alleine, unterbrochen von kurzen Affären und gewürzt mit einigen wenigen One-Night-Stands. War es zu jener Zeit, dass er Gefallen an der Lehre des Buddhismus fand oder war es später, als er schon mit Ansgar zusammen war? Ich weiß es nicht mehr. Auf alle Fälle verspürte er während dieser Zeit, also irgendwann zwischen seinem dreiundzwanzigsten und sechsundzwanzigsten Lebensjahr, einen starken Drang nach geistiger Erneuerung, nach Spiritualität. Und er fühlte sich einsam. Sehr einsam. Doch eines Morgens wachte er auf und dachte: „Heute lerne ich den Mann meines Lebens kennen." Aber der Tag verstrich, ohne dass auch nur im Entferntesten seiner sehnsuchtsvollen Wachsamkeit jener Mensch präsentiert worden wäre, den er noch am Morgen sich zu erhoffen gewagt hatte. Und am Abend, als Freunde ihn zu einem Fest mitnehmen wollten, hatte er schließlich vergessen, worauf er während des ganzen Tages gewartet hatte. Dann sah er ihn, wie er da stand. Oder besser gesagt, wie er über ihm thronte. Denn es war im Treppenhaus der Aidshilfe, bei der das Fest stattfand, wo er Ansgar sah und sofort wusste, das ist der Mann meines Lebens. Er unten, Ansgar oben, über ihm thronend, am Geländer der Galerie, wo er sich mit einem hübschen jungen Mann unterhielt. Zielstrebig erklomm Ángel Stufe um Stufe, und keine Sekunde wich sein Blick vom Antlitz des Mannes, den er für sich auserkoren hielt. Die Augen einzig auf ihn fixiert, kämpfte er sich durch die Menge, zwängte sich zwischen den dampfenden Körpern hindurch, hinauf, dem Objekt seiner von Einsamkeit diktierten

Sehnsüchte entgegen, bis er schließlich vor ihm stand und ihm den bedeutungsschweren Satz *Wir zwei gehören zusammen* ohne Vorwarnung ins Gesicht schleuderte. Ansgar sieht ihn lächelnd an und sagt, wie kommst du denn darauf? Siehst du nicht, dass ich mit Markus hier zusammen bin? Doch Ángel lässt sich nicht ablenken, nicht täuschen, nicht beirren. Nein, das bist du nicht, und wenn, ist es auch nicht schlimm, füreinander bestimmt sind wir beide, ich weiß es. Und irgendwie schafft er es – und das ist bei Ángel ja auch kein Wunder – dass Ansgar ihn statt Markus mit zu sich nach Hause nimmt und dass er schließlich bei Ansgar einziehen kann und dass sie beide ein Paar sind.

Es war mittlerweile dunkel geworden, und wir hatten uns von dem Gateleg, an dem wir gegessen hatten, quer durchs Loft hinüberbegeben zu meinem Eileen-Gray-Sofa, das, nur mit einem kleinen tunesischen Tablettisch daneben, wie ein Solitär in der Leere der linken Raumhälfte stand und auf das man sich so richtig fläzen konnte. Drei, vier Meter entfernt davon, an der Wand, das Plasma-TV, auf dem ich Ángel gerade *Mnemosyne* gezeigt hatte, meinen vor nunmehr über zwei Jahrzehnten mit einem Oscar preisgekrönten Kurzfilm. Ich muss zugeben, so sehr mir die grenzenlosen Eitelkeiten der in der Filmbranche Tätigen von jeher ein Greuel waren, war ich selbst doch auch nicht frei davon – und ich dachte, ein Beispiel mehr dafür, dass wir an anderen das am meisten verabscheuen, was wir bei uns selbst erst gar nicht wahrnehmen wollen, obwohl es doch da ist. Es stimmt, ich wollte ihn beeindrucken, ihm imponieren, damit strunzen, wie man so schön sagt – schau her, das hab ich damals gemacht, und du hättest daran teilhaben können, und ich hätte noch viel mehr gemacht, mit dir zusammen, wenn du dich nur eindeutig für mich entschieden hättest! Ich wollte ihm endlich das zeigen, was er damals nur vom Hörensagen kannte, und mir war sehr an seiner Meinung gelegen.

Er war beeindruckt. Wie um alles in der Welt ich mein Talent nur dermaßen hätte verschenken können, das sei ja direkt sträflich. Anstatt irgendwelche blöden Spielfilme fürs ZDF zu bearbeiten oder deren Bearbeitung zu kontrollieren oder was auch immer, sollte ich doch meine Fähigkeiten nicht so brachliegen lassen und unbedingt wieder selbst Filme machen. Ich erwiderte ihm, dass ich, Felix Barden, als Filmemacher für die deutsche Filmförderung und die deutschen Fernsehsender eine Persona non grata sei, dass ich mich damit abgefunden hätte, schon seit langer Zeit, dass ich mich zudem schon direkt nach Gunthers Selbstmord vom Filmemachen verabschiedet und mich vor nicht allzu langer Zeit aufs Romanschreiben verlegt hätte. Dann musst du unbedingt über mich schreiben, rief er enthusiastisch aus, mein Leben ist ein einziger Roman! Sein Blick wurde nachdenklich, sinnierend.

Wir haben doch damals miteinander geschlafen, oder?

Nein, haben wir nicht. Du wusstest dich immer zu entziehen.

Komisch, ich dachte, wir hätten miteinander geschlafen.

Wir waren erst wenige Stunden zusammen, doch herrschte bereits ein Gleichklang und eine Übereinkunft zwischen uns, als wäre seit unserer gemeinsamen Zeit im Haus Savoy kein einziger Tag vergangen. Immer wieder musste ich mir in Erinnerung rufen, dass Ángel mittlerweile ein Mann von fünfundvierzig Jahren war – ich selbst war ja schon zweiundfünfzig! – mit einem verantwortungsvollen Posten im mittleren Management, und kein Schauspielschüler mehr, der erst einundzwanzig ist; denn seine ganze Art, sich zu geben, entsprach immer noch dem, was mich damals an ihm so fasziniert hatte: seine Wissbegier, sein Enthusiasmus, sein übersteigertes Lachen, kurzum, seine ungebremste Jugendlichkeit.

Angeregt durch unser Gespräch über Filme, hatte ich den Soundtrack von *Moulin Rouge* eingeschoben, und so saßen wir nun ins weiche Polster gekuschelt und hörten uns die Filmversion des ehemaligen Hits *Voulez-vous coucher avec moi* an, und mit einem Mal beugt Ángel sich über mich, sieht mir zärtlich in die Augen, seine Lippen berühren die meinen, und ich versinke im Taumel. Sei auf der Hut, schreit es in mir, nicht dieses Spiel von damals, und gleichzeitig berauschen sich Sehnsucht und Wollust in mir an dem Gefühl *Es ist wie früher!* Unsere Lippen, die, sich streichelnd, aneinander nippen. Die tasten und fragen und necken, die locken und sich versagen. Unsere Zungen, die versprechen, die tanzen und sich umarmen. Die eine Sehnsucht der Gefühle und eine Gier des

Körpers in mir wecken, so stark, dass es mich noch in den Wahnsinn treibt. Will ich es so weit kommen lassen? Aber was kann ich denn dagegen tun? Hat Ángel nicht selbst gesagt, *Ja, Felix, mir ging es genauso*, und hat Hans, der Beziehungsstifter, uns nicht zusammengeführt und damit den wahren Charakter unserer Begegnung offenbart, nämlich den als einer absolut schicksalhaften? Soll ich es nicht einfach geschehen lassen und sehen, wie weit es gehen kann? Was möglich ist?

Ich geh dann mal, sagt Ángel, nachdem er sich von mir gelöst hat. Morgen muss ich wieder früh raus.

Du kannst auch bleiben… Bleib doch!

Nein, so was mach ich nicht, das hab ich noch nie gemacht, gleich die erste Nacht mit jemandem zu schlafen.

Als ob wir uns gerade erst kennengelernt hätten! Doch ich schwieg, denn ich spürte nur allzu deutlich, dass Ángel nicht nur von einer Aura tiefster Einsamkeit umgeben war, sondern dass er noch etwas anderes, ebenso Radikales ausstrahlte: Dass man sich sehr davor hüten sollte, irgendwelche imaginären Grenzen bei ihm zu überschreiten. Grenzen, die nicht deutlich waren, wabernde Gebilde, die sich ständig veränderten. Die unstet waren. Ein Produkt seiner Willkür. Doch das sollte ich erst viel später erfahren.

Außerdem hast du einen Freund.

Das stimmte, Ángel musste mich gar nicht daran erinnern, der Gedanke an Thomas war mein ständiger Begleiter. Ángel hatte sein Foto auf meinem Schreibtisch gesehen und wie er sagte, fand er Thomas auf Anhieb sympathisch. Was ich von dieser Aussage zu halten hatte, war mir allerdings nicht ganz klar. Schließlich hätte ich mich freuen können, dass mein Lebensgefährte Gnade in seinen Augen findet. Gleichzeitig jedoch bestand damit Anlass zu der Befürchtung, Ángel werde meine Beziehung mit Thomas über Gebühr strapazieren und sie – wie damals seine Beziehung mit Gernot – als Vorwand nutzen, sich nicht wirklich auf mich einzulassen, nicht wirklich erforschen zu wollen, was möglich wäre. Andererseits schien diese Befürchtung alles andere als gerechtfertigt, denn Ángel hatte sich ja über mich gebeugt, mir zärtlich in die Augen gesehen, seine Lippen hatten die meinen berührt, und ich war im Taumel versunken.

Wie im Taumel erlebe ich, dass Ángel geht. Dass er mir einen schnellen Kuss auf den Mund drückt, sich aus dem Sofa schält… Ich folge ihm, bringe ihn zur Tür, begleite ihn die Treppe hinunter, hinaus auf die Salierstraße, ein überraschend milder Märzabend, doch die leichte Brise, die mir ins Gesicht schlägt, ernüchtert mich… Ich entschließe mich, mit ihm bis zur Rheinkniebrücke zu gehen, wir wandeln unter den doppelreihigen geschnittenen Platanen, an der letzten Platane verabschiede ich ihn, ich blicke ihm nach… Dann breite ich meine Schwingen aus und erhebe mich. Ich hebe ab und folge ihm, sehr schnell an Höhe gewinnend. Das muss ich auch, denn gleich in der Biegung zur Brücke stehen hohe Hybrid-Pappeln, über denen ich jetzt schwebe, eingehüllt von einer

Wolke Blütenstaub, die eine aufkommende Böe aus den männlichen Kätzchen geblasen hat. Ich nutze die Böe und lasse mich vom Aufwind hochtragen zur Spitze des linken der beiden Pylone, welche die Rheinkniebrücke halten. Ungeachtet dessen, dass mir schon schwindlig wird, wenn ich nur auf einem Tisch stehe, fühle ich mich hier oben in meinem Element und vollkommen sicher. Mit meinen Zehen und den enorm kräftigen Krallen daran sitze ich fest auf der vielleicht fünfzehn Zentimeter breiten Kante der stählernen Pylonenwand. Direkt unter mir erspähe ich Ángel, wie er mit schnellen Schritten dem anderen Rheinufer und seiner Poststraße entgegeneilt. Ich lasse mich vornüberkippen und stürze mit ausgebreiteten Schwingen senkrecht nach unten. Schon ist er etwa zehn Meter weiter und so fange ich meinen Sturz elegant in einer Kurve ab, rase auf Ángels Rücken zu, schlage meine Krallen in seine Schultern, aber so, dass ich nur den Stoff seines Mantels und der Strickjacke darunter erwische, und noch ehe er sichs versieht, hat er keinen Boden mehr unter den Füßen, wird er hochgerissen und über das Brückengeländer hinweg von mir fortgetragen. Ich muss nun kräftig mit meinen Schwingen arbeiten, um an Höhe zu gewinnen. In einer weiten Linkskurve fliege ich mit dem um Hilfe schreienden Ángel über den Rhein zurück, hinüber zu meinem Horst in der Salierstraße, wo ich ihn über dem großen Oberlicht freigeben und direkt in mein Eileen-Gray-Sofa fallen lassen werde.

Solcherart ist mein Taumel, als ich das Geschirr vom

Gateleg nehme, Ángels Essensreste von seinem Teller in den Abfalleimer schiebe und diesen in meine extraschmale Miele einräume, die ich mir erst vor kurzem gekauft und in die Küchenzeile habe einbauen lassen. So plötzlich, wie er heute Nachmittag vor mir stand, ist Ángel vor wenigen Minuten wieder verschwunden. Im Taumel habe ich ihm noch nachgeschaut, wie er die Treppe hinunterstürmte, so, als sei es seine Befreiung. Im Taumel habe ich die Moulin-Rouge-CD erneut gestartet, *Voulez-vous coucher avec moi*, und mich ans Aufräumen begeben. Im Taumel habe ich mich in einen Steinadler verwandelt, der sich den scheidenden Ángel zurückholt, den flüchtenden Ángel, der offenbar erleichtert ist, noch einmal davongekommen zu sein, und der doch die Hoffnung nährt, ein anderer geworden zu sein, nicht mehr der, der mit der Hoffnung des anderen nur spielt. Jetzt, da ich vor dem Gateleg stehe, vor dem nur halb abgegessenen Teller, erlischt so ganz allmählich das Gefühl des Taumels, und die Realität holt mich ein.

Der Gateleg ist wie das andere wenige in diesem Loft untrennbar mit Thomas‘ Person verbunden, von meiner Liebe zu ihm vollständig durchsetzt. Ich hatte ihn während eines unserer Bretagne-Urlaube auf dem Trödelmarkt von Dinan entdeckt, völlig eingeschwärzt und verdreckt stand er zwischen angerosteten Gartenstühlen und Körben mit alten, zerschlissenen bretonischen Leinenlaken. Seine korkenzieherförmig gedrechselten Beine und die in aufgeklapptem Zustand ovale Tischform, an der vier Personen gut, zur Not auch sechs Platz finden würden, hatten mich sofort für ihn eingenommen, und Thomas hatte mich beim Verhandeln über den Preis grandios unterstützt, indem er die Rolle des Miesmachers übernahm, den Händler so ganz en passant auf eines der Tischbeine hinwies, das völlig wurmstichig war, und mir demonstrativ von dem Kauf abriet. Ist es nicht immer so, dass mit den Dingen, die uns umgeben, Geschichten und Emotionen verknüpft sind, die Spuren hinterlassen, in uns und in den Dingen selbst? Hatte Ángel, als er an diesem Tisch und so lustlos vor seinem Teller saß, diese unendliche Liebe zwischen Thomas und mir gespürt, obwohl sie doch bei mir selbst seit unserer Begegnung in der U-Bahn mehr und mehr in den Hintergrund geraten war?

Erst ganz allmählich erfasste ich die Wirkung von Ángels Worten – *Ja, Felix, mir ging es genauso* – und wurde mir bewusst, was passieren könnte, würde man den Sachverhalt konsequent zu Ende denken und danach handeln. Es würde Schreckliches passieren. Doch ebenso schrecklich wäre es, das zu Ende Gedachte zu ignorieren. Meine und Ángels Worte zu ignorieren. Und während ich weiter den Tisch abräume und klar Schiff mache, spüre ich ein leichtes Vibrieren des Bodens, der Wände, der Küchenzeile, ein Beben und Stampfen wie von tausend Maschinen, das mich bis ins Mark erschüttert, und langsam beginne ich zu begreifen, was da los ist. Ich sitze im ICE und rase auf einen Abgrund zu. Und nirgendwo eine Notbremse.

Es ist fast Mitternacht, als ich mich noch einmal in die Kissen meines Sofas sinken lasse und meinen VAIO starte. Venus im Steinbock, hatte er gesagt. Deshalb tu ich mich so schwer mit der Liebe, weil ich die Venus im Steinbock habe. Entweder läuft die Beziehung total neurotisch ab, ein ständiges Hin und Her, aber dafür extrem sexuell, oder es ist alles bestens, aber dann verliere ich schnell das erotische Interesse. Mit Ansgar war das auch so; sehr bald hatte ich keine Lust mehr, mit ihm zu schlafen…

Venus im Steinbock gebe ich bei Google ein und stoße dabei auf eine Website, die mir neben den vielen anderen einen eher seriösen, vertrauenerweckenden Eindruck macht. Da lese ich etwas ganz anderes als das, was Ángel mir als Folge dieser Konstellation auf sein Leben und Erleben erläutert hatte. Dass nämlich die weitverbreitete Meinung, der Venus-im-Steinbock-Mensch sei hart zu sich selbst, ungesellig und spartanisch, und Lebenslust und Erotik fehle ihm gänzlich, so nicht zuträfe, sondern dass er sich vielmehr der Verantwortung des Genusses bewusst sei. Deshalb mache er auch nicht jeden Flirt mit, sondern suche eine treue Verbindung. Dann entpuppe er sich als sehr sinnlich. Als wahrhaft sinnlich entpuppt hatte Ángel sich bei mir schon vor dreiundzwanzig Jahren und gerade vorhin auch wieder! Doch kam er mir auch hart zu sich selbst vor. *Erlebst du das Leben nicht auch als einen einzigen Kampf?* hatte er mich gefragt.

Ich finde es sehr mühsam, nichts bekommt man geschenkt, um alles muss man kämpfen und sich permanent sorgen. Ein ständiger Kampf.

Ich muss gestehen, seine Worte lösten bei mir wenn schon nicht Unverständnis, so doch ein gewisses Erstaunen darüber aus, dass ein Mensch wie Ángel, bei dem die Natur ihre ganze Fülle in die Waagschale geworfen hatte, ja, sich offensichtlich damit fast verausgabt hatte, dass ein solcher Mensch das Leben als eine derartige Bürde empfinden konnte. Es hatte mich traurig gemacht und mich Ángels große Einsamkeit noch schmerzlicher verspüren lassen. Und mich damit noch mehr zu ihm hingezogen. Es hatte das Hämmern seines Satzes in meinem Kopf verstärkt – *Ja, Felix, mir ging es genauso* – und die Geschwindigkeit des ICE, in dem ich wie gelähmt saß, erhöht. Doch machen wir uns nichts vor! Weder war ich gelähmt, noch raste ich im ICE auf einen Abgrund zu. Ich handelte bei vollem Bewusstsein und rannte, wie mir schien, sehenden Auges in mein Verderben. Aber konnte ich denn anders? Wie oft denn noch muss ich betonen, dass mir das Wiedersehen mit Ángel mehr als schicksalhaft erschien? Eine Macht, stärker als alle Liebe, stärker als meine Liebe zu Thomas und seine Liebe zu mir zusammen, hatte mich ihrem Diktat unterworfen, eine Liebe über der Liebe hatte mich als williges Opfer erkannt und gepackt, mich in die weichen Kissen meines Sofas gedrückt und mir eingeflüstert, auf der Stelle astrologische Ursachenforschung zu betreiben, um dem Schicksal auf die Schliche zu kommen. Dabei wollte ich mich ganz und gar auf meine Intuition verlassen. Meine Intuition, die mich zu dieser Website geführt hatte und über den dortigen Link zu einem Astrologen, der in allem, was er auf seiner Homepage vorstellte und äußerte, eine durch und durch ernsthafte und ernstzunehmende Figur abgab. Noch dazu praktizierte er in Köln, also geradezu vor meiner Haustür! Hubertus Kolk hieß der Mann, der sich astro-psychologische Beratung auf die Fahne geschrieben hatte, und an dessen Wissen ich mich wie an einen Strohhalm klammern wollte. Noch in jener Nacht nahm ich per eMail Kontakt zu ihm auf.

Jeden Morgen fährt Juan José Desiderio Lopez mit seiner Vespa die elf Kilometer von Amorbach nach Miltenberg, um in der dortigen Fabrik Manometer zusammenzubauen. Die Fabrik, von der Esteban ihm berichtet hatte, existierte also ebenso wie Hannelore, die Tochter des Hauses, deren Einladung nach Deutschland sein Freund – und mit diesem er selbst – gefolgt waren. *Mi chicos españoles* hatte Hannelore die beiden genannt, als sie nach fast einwöchiger Reise auf ihren Motorrollern im Werkshof vorfuhren und mit einer Herzlichkeit begrüßt wurden, die Juan José direkt aus dem Sattel hob. Erst später, als man die beiden bei vier Gastarbeitern aus Italien in einer Werkswohnung untergebracht hatte, dämmerte ihm, dass diese Herzlichkeit nicht unbedingt ihm als Person galt, obwohl er sie doch gerne als eine solche empfunden hätte, sondern eher fiebernder Ausdruck der allgemeinen Aufbruchsstimmung sein musste, die wohl in diesem Lande und speziell bei der Firma Kiefer in Miltenberg herrschte, von der er ja aber auch selbst erfasst war, denn er hatte sie schon aus seiner Heimat mitgebracht. Jedenfalls behagte es ihm überhaupt nicht, eine Wohnung, gar ein Zimmer mit anderen teilen zu müssen, es sei denn, es wären seine Eltern gewesen oder seine Schwester. Oder eben Carmen. Derentwegen ihm manchmal unheimlich war; eine Feuergöttin, die nach ihm züngelte, ein schwarzes Loch, das ihn zu verschlingen drohte, ein Weibsbild, um das ihn jeder *muy macho* beneidete. Wollte er ihr die Welt zu Füßen legen oder war er auf der Flucht vor ihr? Ganz sicher wollte er hier nicht wie ein Tagelöhner wohnen und vom guten Willen irgendwelcher ausländischen Fabrikbesitzer abhängig sein. Er hatte für diese Reise genügend gespart, um sich ein eigenes Zimmer leisten zu können und bezog am nächsten Tag ein solches im Gasthof „Riesen" in der Altstadt. Von da aus machte er auf seiner Vespa Ausflüge, seine Erkundungen der Gegend, seine Orientierungsrunden. Nach Aschaffenburg im Norden, nach Wertheim im Osten, nach Michelstadt im Westen und zu guter Letzt nach Buchen im Süden. Auf dieser Fahrt, auf der Fahrt nach Buchen war es, dass er durch Amorbach kam, auf der Hinfahrt wie auch auf der Rückfahrt knatterte das Echo seiner Vespa durch die Gassen dieser kleinen Stadt, die mit ihren barocken Kirchen und Gebäuden in einem Talkessel liegt, auf dem Kreuzpunkt zweier Täler und damit zweier uralter Wegeverbindungen liegt, umgeben von lieblichen Rundungen, bewaldeten Erhebungen eines Mittelgebirges, dessen Name ihm ebenso wie der des Städtchens selbst bald geläufig werden sollte: Odenwald. An jenem Sonntag, dem 7. August 1960, war er dem Charme des Ortes verfallen und hatte sich entschieden. Hierher wollte er seine Carmen holen. Hier wollte er die kommenden Jahre mit ihr verbringen, hier wollte er sie verwöhnen, ihr Kinder machen, eine Familie mit ihr haben. Die wahren Gründe seiner Entscheidung blieben ihm allerdings verborgen. Hier, in dieser süßen Fremde, war die Gefahr gebannt, dass ihm ein *muy macho* seine Carmen ausspannte, hier war sie ganz und gar auf ihn angewiesen. Eingepfercht und umfächelt von den laubgrünen Wällen der Wälder, würde ihr hitziges Temperament vielleicht etwas abgekühlt, weit weg von den Menschen, die ihr nahestanden und die sie durch diese Nähe stärkten, würde die hiesige Abgeschiedenheit sie aller überschüssigen Kraft berauben und sie schwächen und sie mit Haut und Haar von ihm abhängig machen und es ihm endlich ermöglichen, dieses wilde Weib zu bändigen, diese Raubkatze zu zähmen und zu domestizieren. Doch all das traute er sich in der Tat nicht zu denken. Er beließ es dabei, es einfach ideal und schön zu finden, wenn er, Juan José Desiderio Lopez, sich im deutschen Amorbach im Odenwald eine Existenz aufbauen würde. Eine Existenz für sich und seine Carmen Mendoza. Ihm war klar, dass er weniger verdienen würde als zu Hause in Madrid, aber dafür waren, wie er von Esteban, der kurzerhand beim Bau des neuen Kiefer-Werks mitarbeitete, erfahren hatte, der Samstag frei und die Sozialleistungen hier um einiges besser. Da seine Intelligenz ja über jeden Zweifel erhaben und er zudem handwerklich geschickt war, stellte man ihn bei

Kiefer in der Manometerproduktion mit Kusshand ein. Und so war binnen weniger Stunden, am Montag nach dem Sonntag in Amorbach, aus dem zweiundzwanzigjährigen abenteuerlustigen Weltenbummler Juan José der spanische Gastarbeiter Lopez geworden. Das Zimmer im „Riesen" tauschte er jetzt gegen eine weit günstigere Unterkunft ein, bei einer älteren Dame, die während der knapp vier Wochen, die Juan José schon hier war, jede Begegnung in der Stadt genutzt hatte, den schönen Südländer, diesen jungen Tyrone-Power-Verschnitt, mit einem überaus freundlichen Lächeln zu grüßen. Und Juan José hatte natürlich wie die strahlende Sonne daselbst den Gruß erwidert. Da er äußerst willig war, Frau Herbert viele Besorgungen abnahm und die kleineren Reparaturen im Hause für sie erledigte, wohnte er bald so gut wie kostenlos bei ihr, und sie, die lebenslustige Witwe, empfand die pure Anwesenheit des jungen Spaniers bald als ausreichende Entlohnung für Kost und Logis, die sie ihm bot, und verbrachte ganze Abende damit, sein in der Fabrik aufgeschnapptes Deutsch zu korrigieren, zu komplettieren und in die richtigen Bahnen zu lenken. Es waren zweifellos mehr als nur mütterliche Gefühle, die sie zu solch eifrigem Engagement veranlassten. Als sie dann nach zehn Wochen erfuhr, dass Juan José im November nach Madrid wollte, um zu heiraten und dass er aus diesem Grunde für sich und seine Zukünftige eine Wohnung in Amorbach suchte, war die Enttäuschung groß. Aber der Lächerlichkeit wollte sie sich nun doch nicht preisgeben, zuallerletzt vor sich selbst, und da vieles, was zwischen ihnen passiert war, hauptsächlich in ihrer Phantasie passiert war, konnte sie das, was passiert war, sich und Juan José verzeihen. Und so unterstützte sie ihn schließlich in allem, was notwendig war, um eine günstige Wohnung in Amorbach und eine preiswerte Busreise nach Madrid zu finden.

Der erste Schnee war bereits gefallen und hatte Amorbach und den umgebenden Hügeln jegliche Farbe genommen, als Juan José Desiderio und Carmen Lopez am späten Abend des 2. Dezember in ihrem neuen Zuhause ankamen. Esteban hatte einen Arbeitskollegen, einen dreißigjährigen Deutschen, mit dem ihn nach anfänglichen Versuchen der zaghaften Annäherung so etwas wie eine stillschweigende Übereinkunft verband, darum gebeten, das junge Ehepaar mit dem Wenigen, was es aus Spanien mitgebracht hatte, am Busbahnhof in Frankfurt abzuholen. Zudem hatte Frau Herbert die kleine Wohnung im Ökonomiehof mit allem ausgestattet, was ihr in ihrem eigenen Haus schon von jeher als überflüssig erschienen war: ein Esstisch, Nussbaum, aus den Dreißigerjahren, vier Stühle, Gründerzeit, Chaiselongue und Schreibtisch als Überbleibsel eines Herrenzimmers, ebenfalls Dreißigerjahre, ein Neff-Elektroherd, der – obwohl noch funktionstüchtig – bald nach Kriegsende in den Keller gewandert war, und schließlich ein Eheschlafzimmer in Mahagoni-Optik, das ihr Mann 1954 gekauft hatte, dessen Lieferung er allerdings nicht mehr erleben durfte und das seither noch originalverpackt ebenfalls sein Dasein im Keller fristen musste, da ihr schon der Kauf damals nicht behagt hatte. Das dunkel gebeizte Furnier von Doppelbett, Nachttischen, Kleiderschrank und Frisierkommode nahm einem bereits beim Öffnen der Tür zu dem winzigen Zimmer, in dem es von Esteban und seinem deutschen Freund aufgebaut worden war, den Atem, und die Massivität der Möbel ließ kaum noch Platz, um einen Fuß neben den anderen zu setzen. Stand man jedoch erst einmal vor jenem Monstrum von Kleiderschrank und fasste sich ein Herz, um eine dieser finsteren Türen aufzumachen, strahlte einem aus seinem Inneren das strahlend hellste Ahornfurnier entgegen, das man sich nur vorstellen konnte. Dieser innere Widerspruch, das atemberaubende Erlebnis von Hell und Dunkel zog Ángel schon als Kleinkind in seinen Bann und als er vier war, begann er, Gefallen daran zu finden, seine zwei Jahre jüngere Schwester Penelope in diesen Schrank einzusperren. Penelope schrie natürlich wie am Spieß.

Ángel glaubt, dass hier die Geschichte mit den Schlägen seiner Mutter begonnen hat. Hier, vor diesem Schrank, mit der von Carmen in Raserei geöffneten Tür und der kleinen, heulenden Penelope daneben, verabreichte sie ihm eine derartige Tracht Prügel, dass er zwei Tage lang nicht sitzen konnte. Nicht viel später, als Carmen sich mit eisernem Willen gegen Juan Josés Vorstellung von Ehe und Familie durchsetzt und eine Arbeit in der ortsansässigen Keramikfabrik annimmt – denn ihr war klar geworden, dass sie mit nur seinem Gehalt auf keinen grünen Zweig kommen würden – wird sie es sich zur Gewohnheit machen, dem kleinen Mann in blinder, unbegreiflicher Wut den Hintern zu versohlen, sobald sie vom Fließband, auf dem sie täglich im Akkord Fliesen zweiter Wahl und natürlich den Ausschuss aussortieren muss, heimgekehrt ist. Fassungslos höre ich mir Ángels Erzählung an, wie seine Mutter nach Hause kommt, ihre Nerven liegen blank, und es bedarf nur des geringsten Anlasses, dass sich an ihm vergreift, ihn windelweich schlägt, ihn grün und blau schlägt, sich regelrecht an ihm vergeht. Das Kind weiß nicht, wie ihm geschieht, wenn ihm links und rechts eine geknallt wird, wenn ihn die feurigen Augen seiner geliebten Mama ansprühen, sie ihn grob am Ärmchen packt, ihn hin und her schüttelt und dabei anschreit, dass er sie noch zugrunde richten wird mit seinem Ungehorsam, seinen Flausen, seinen Schlechtigkeiten. Es weiß nicht, wie ihm geschieht, wenn sie, heißgeredet, wie sie ist, sich einfach nach hinten auf die Bettkante fallen lässt, ihn in sich steigernder Aufgebrachtheit brutal unter den Achseln ergreift, zu sich an die Brust reißt, seinen schmächtigen Körper mit Wucht auf ihre Knie stößt, in fahrigen Bewegungen die selbstgenähte Spielhose mitsamt Unterhose herunterzerrt, so dass Knöpfe in weitem Bogen vom Hosenbund wegspringen und unters Bett kullern und damit ihrer unbändigen Wut neue Nahrung liefern, und ihm schließlich mit der Glut ihrer flachen Hand derart brennende Schläge auf seinen nackten, unschuldigen Kinderpopo gibt, Schläge, die wie ein Trommelfeuer auf die sich zunehmend rötende Haut niederprasseln, Schläge, die nicht enden wollen, ein Klatschen, Brennen und Stechen, bis das Kind endlich schreit und schreit wie tausend Fliesen, die zerspringen, eine nach der anderen, tausend Fliesen, die stündlich an ihren aufgeregten Augen vorbeiziehen und die sie mit ihren aufgeregten Augen erfassen muss, Fliesen, die in endlosem Fließen an ihr vorüberfließen und ihrem hektischen Blick nicht entgehen dürfen und die sie alle, eine nach der anderen, klirrend auf die Erde schmeißen möchte, und sie sieht, wie ihre Hand eine nach der anderen nimmt und zerschmettert und wie ihre Hand hinabfährt auf das tiefrot violett schimmernde Hinterteil des Kindes über ihren Knien, ihres Kindes, auf ihr eigen Fleisch und Blut, das ein Mann ist, ihr Mann ist, Juan José, der sie hier hergebracht hat, hierher entführt hat, in dieses Land, in dieses Loch, an dieses Fließband, und wie sie eine Fliese nach der anderen darauf zerschmettert, mit einer Wucht, dass es nur noch so klirrt und kreischt in nicht enden wollender Auflösung und Ekstase.

Doch davon ist natürlich keine Rede, kann keine Rede sein, als Ángel mir die Geschichte von den Schlägen seiner Mutter erzählt. Im Gegenteil. Er sitzt da und redet wie einer, der eine lustige Anekdote zum Besten gibt. Wir hatten uns im Woyton in der Bolkerstraße getroffen, um kurz, während Ángels Mittagspause, ein paar spanische Interviewteile im Making Of von *Savage Grace* zu besprechen. Falls du mal ein spanisches Dialogbuch hast, helf ich dir gerne und übersetze es dir, hatte er mir wenige Tage zuvor, an jenem denkwürdigen Abend in meinem Loft in der Salierstraße gesagt. Dass sich mir aber so unversehens schnell die Gelegenheit bieten würde, Ángels verlockendes Angebot in Anspruch nehmen zu können, eigentlich: ihn wiedersehen zu können, ihn unter einem unverfänglichen Vorwand treffen und seine Nähe auskosten zu können – wie genial! – damit hatte ich im Traum nicht gerechnet. Seit seinem überstürzten Aufbruch von meinem Sofa, fort aus meinen Armen und davon, ein unstillbares Dürsten auf meinen Lippen hinterlassend, fieberte ich der nächsten Begegnung mit ihm entgegen. Und jetzt saßen wir hier, hinter der großen Schaufensterscheibe mit Blick auf Gosch/Sylt und Elefantenapotheke gegenüber und sahen uns auf meinem VAIO die Interviews mit der Schauspielerin Belén Rueda und ihrem Kollegen Unax Ugalde an, und Ángel übersetzte mir das Gesagte. Und ich hörte nicht mal zu. Ich verstand gar nicht, was er sagte. Immerzu sah ich ihn nur an, sah, wie er redete, sah in seine lachenden, noch immer von dichten Wimpern umrahmten Augen, auf seine sich öffnenden und schließenden Lippen, die nicht mehr ganz so vollen, die, wie man so schön sagt (und wie mir ja gleich bei unserer ersten Begegnung in der U-Bahn auch aufgefallen war), *vom Leben gezeichnet* waren – die mir aber doch voll genug erschienen, um sie zu begehren, und deren Anblick allein schon genügte, um dies unfassbare Begehren von damals wiederzuerwecken und mit der in meiner Erinnerung noch so lebhaft verankerten Frische unserer jugendlichen Körper zu verschmelzen. Ich sah ihn an, und ich nickte eilfertig, sobald ich den Eindruck hatte, es müsste wieder einmal genickt werden, ich müsste ihm kundtun, dass ich zuhörte, dass ich das, weswegen ich hier mit ihm im Woyton saß und wofür ich seine kostbare Zeit, seine knapp bemessene Mittagspause in Anspruch nahm und was mich naturgemäß dringend beruflich zu interessieren hätte und doch so gar nicht interessierte, verstanden hätte, dass ich also das von Belén Rueda Gesagte tatsächlich begriffen hätte. Und ich hatte es ja auch begriffen, schlussendlich hatte ich verstanden, was Ángel mir da übersetzt hatte an bedeutungsschwangeren Belanglosigkeiten, die Unax Ugalde und Konsorten von sich gaben, diese ewigen Loblieder auf Regisseur, Kollegen und Team, die einen Film schmackhaft machen sollen, bestenfalls dessen eventuell vorhandenen philosophischen Hintergrund erläutern sollen und die doch – zumindest bei mir – damit nichts anderes erreichen, als dass sie einen in meinen Augen vielleicht außergewöhnlichen und hervorragenden Film inklusive seiner Beteiligten ins Bodenlose hinabziehen und alles wie eine billige, hirnlose Soap wirken lassen. Dabei hielt ich *Savage Grace* in der Tat für einen hervorragenden und außergewöhnlichen Film, der es beileibe nicht nötig hatte, von einem lieblos und bedenkenlos heruntergehudelten Making Of sozusagen repräsentiert, vielmehr aber banalisiert zu werden.

Der Film basiert auf einer wahren Begebenheit und erzählt die Geschichte der Familie Baekeland, Erben des Erfinders des Bakelit in der zweiten Generation, genauer gesagt, die Geschichte der Barbara Daly Baekeland und ihres Sohnes

Antony, der sie am 17. November 1972 in der gemeinsamen Wohnung am Cadogan Square in London mit einem Küchenmesser erstochen hatte. In groben Zügen umriss ich für Ángel Handlung und Personen, damit er wusste, wovon Schauspieler und Produzenten sprachen. Die unerbittliche Zwangsläufigkeit und hypnotische Kälte, mit der die Handlung über ein Vierteljahrhundert hinweg geradewegs auf das Ende mit Inzest und Muttermord zusteuerte, war atemstockend, und die äußere Ödnis und innere Leere von Menschen, die sinnlos in ihrem Reichtum dahinvegetieren, war ähnlich grandios gezeichnet wie in Barbet Schroeders unübertroffenem *Reversal of Fortune*. Subtil inszeniert waren auch die Verachtung, die Brooks Baekeland der Homosexualität seines Sohnes gegenüber empfand, diese von eigenen Ängsten geschürte ablehnende Haltung des Vaters, der dafür aber seine Frau sodomiert, und ebenso die Ignoranz, mit der Barbara auf Tonys schwule Tendenzen reagierte, das sich ins Krankhafte steigernde Missionarische der Mutter, das – zumindest im Film – darin gipfelt, dass sie den eigenhändig zur Erektion gebrachten Penis ihres Sohnes in ihre Vagina einführt. Dies alles – und das ist das eigentlich Schockierende weil völlig Mechanische und Lieblose in dieser Szene – geschieht wie beiläufig, auf dem Sofa im Salon, sie im Chanel-Kostüm, er im neuesten Anzug von Londons Nobelschneider Anderson.

Gefällt mir sehr, dieses Material... dieser Stoff. Wie heißt er gleich?

Kammgarn, nehme ich an.

Viel schöner als dein anderer.

Naja, das ist Anderson.

Ihre Hand fährt über sein Hosenbein hoch, endet auf dem Hosenschlitz, drückt sich in seinen Schritt.

Das ist ja interessant.

Barbara... nicht.

Es scheint dir recht zu sein... einem Teil von dir.

Ich hab wohl nichts dagegen.

Möglich, es gefällt dir sogar.

Möglich.

Da sind ja Knöpfe... Wie viele?

Fünf. Sie machen fünf dran.

Fünf... vier... drei... Bleib so einen Moment.

Sie steht auf, geht weg, kommt nach kurzer Zeit wieder, währenddessen Antony reglos auf dem Sofa sitzt und der Dinge harrt.

Deine Boxershorts gefallen mir.

Die hab ich selbst ausgesucht.

Wie fühlt sich das an?

Das weißt du doch.

Bist du gekommen?

Nein.

Explizit sexuell hat sich Ángels Mutter nie an ihm vergangen und doch haben ihre zwanghaften Prügel, die sie ihrem Sohn, diesem kleinen, wehrlosen Kind, verabreicht, einen stark sexuellen Beigeschmack, gerade weil sie alles

Sexuelle abwehren, indem sie unbewusst und insgeheim ihrem Mann gelten, dachte ich. Und während Barbara Baekeland sich auf dem Schoß ihres Sohnes niederlässt und sein Geschlecht in das ihre aufnimmt, um ihn zu bekehren, erwirkt sie das Gegenteil dessen, wonach sie vordergründig so unablässig strebt: Sie verdirbt es, macht es unbrauchbar für andere Frauen. Und mehr noch, sie nimmt Rache an ihrem Mann, an Brooks, der sie verlassen hat, und sucht dennoch über das erigierte Glied ihres gemeinsamen Sohnes die sexuelle Vereinigung mit ihm.

All diese Gedankenbilder und Assoziationen kreisten in meinem Kopf, als Ángel im Plauderton und vermutlich durch die Filmgeschichte ausgelöst von den Schlägen seiner Mutter sprach, und verwirrten mir die sowieso schon verwirrten Sinne bis aufs Äußerste. Bei den Schultern hätte ich ihn packen mögen, ihn schütteln mögen, hör auf, so zu reden!, so zu tun, als sei das witzig!, als hätte es keine Spuren hinterlassen, wenn der Mensch, der dir am nächsten ist, der, dem dein Leben anvertraut ist, dessen Liebe du bedarfst und dem du all deine Liebe entgegenbringst, der, dem du mit Leib und Leben ausgeliefert bist und von dem du ganz und gar vorbehaltlos geliebt werden willst, dass dieser Mensch dich unerwartet und für dich völlig unberechenbar schuldig spricht, aus heiterem Himmel von sich stößt und aufs brutalste misshandelt! Und das Tag für Tag und immer wieder! Und während ich so empfand, hätte ich seinen Kopf in meine Hände nehmen, an seinen Lippen saugen, ihn entkleiden, zärtlich streicheln, gänzlich von seinem Körper Besitz ergreifen und mich mit ihm vereinigen mögen, und ich schämte mich dafür, dass mein sexuelles Begehren hier im Woyton derart massiv Besitz von meiner Empathie für ihn ergriffen hatte, mit ihr verschmolzen war zu einem einzigen überwältigenden *Ich will dich jetzt und hier!*

Von alledem ließ ich mir natürlich nichts anmerken und Ángel bemerkte wohl auch nichts, wiewohl ich mir bis zum heutigen Tag nicht darüber im Klaren bin, ob ich ihn nicht zumindest mit den Augen förmlich verschlungen habe und ob ihm meine hungrigen Blicke tatsächlich so entgangen waren, wie er die ganze Zeit über tat. Die Nähe zu ihm, seine physische Nähe zu spüren, ihn zu riechen, zufällig seine Hand zu streifen, sein Knie zu berühren, verlangten nach noch mehr, noch größerer Nähe, als sie bereits von der innigen Umarmung und dem zarten Begrüßungskuss auf den Hals verheißen worden war. Bei jedem weiteren Wort seiner schrecklichen Erzählung dachte ich, noch ein Wort mehr, und ich falle über ihn her. Ich stellte mir vor, wie ich ihm die Kleider vom Leib riss – sein Business-Anzug von Ermenegildo Zegna ging dabei in Fetzen, wie ich ihn übers Knie legte und ihm hinter dieser riesigen Schaufensterscheibe seinen strammen, knackigen Arsch hemmungslos versohlte, bevor ich endgültig über ihn herfiel und brutal in ihn eindrang. Und wie es ihm gefiel. Und wie die Passanten auf der Bolkerstraße stehen blieben und, gleich dem Schlussbild in *A Clockwork Orange*, uns, in Bewunderung zuschauend, applaudierten. Es machte mich fertig.

Thomas hatte für jenen Donnerstag seine Rückkehr aus Hochheim am Main angekündigt, und ich wollte ihn nach dem Treffen mit Ángel am Bahnhof abholen. Noch während ich neben Ángel saß und mich innerlich nach ihm verzehrte, sah ich mich auch auf dem Bahnsteig stehen und Ausschau nach meinem langjährigen Liebsten halten, nach meinem Lebenspartner, mit dem ich einmal alt werden wollte, sah ihn mit all den anderen aussteigen, sah, wie er mich entdeckt und sich sein Blick erhellt, wie er mir strahlend entgegenkommt, so, wie er es immer tut, wenn wir uns – und sei es nach nur einem Tag – wiedersehen. Diese Szene, dieses Bild war nur für eine Sekunde, den Bruchteil einer Sekunde vor mir aufgeblitzt, doch es genügte, jenes ungeheure Beben, Stampfen und Vibrieren in mir auszulösen, das ich zum ersten Mal vor vier Tagen vernommen hatte, eine halbe Stunde, nachdem Ángel aus meiner Wohnung sozusagen geflüchtet war, das Weite gesucht hatte, und ich, seinen Küssen auf meiner Couch nachgierend, die Spülmaschine einräumte. Es bestand kein Zweifel: Der ICE raste mit unverminderter Geschwindigkeit auf den Abgrund zu. Nein! Er beschleunigte noch seine rasante Fahrt, und mir wurde jetzt klar, dass er dies bei jedem weiteren Zusammensein mit Ángel tun würde. Und noch immer war keine Notbremse in Sicht. Aber – suchte ich denn? Wollte ich überhaupt eine finden?

Übermannt von einer unaufgelösten Sehnsucht, die anscheinend weit mehr als zwanzig Jahre in mir geschlummert hatte und bestärkt in dem Glauben, dass eine solche Begegnung wie die zwischen Ángel und mir eben nur eine schicksalhafte sein konnte, blieb ich still sitzen und sah zu, wie die Landschaft da draußen an mir vorüberflog, wie sich der Horizont allmählich verflüchtigte, wie sich *Wälder, Wiesen und Fluren* aufzulösen begannen, schließlich sogar der Bahndamm verschwand und ich nur noch Herzschlag, Atem und Rasen war und jede Frage, die seine zum Teil fragwürdigen Bemerkungen an diesem Mittag in mir aufwarfen, sofort im Keim erstickte, weil ich unbewusst spürte, ich würde damit gefährliches Terrain betreten, ein Terrain, das vielleicht früher, als mir lieb war, eine automatische Notbremsung auslösen könnte.

Warum nur schätzt er seinen Vater so wenig, war eine dieser Fragen. Von seiner Mutter spricht Ángel mit Anerkennung, ihr hat er scheinbar alles, was sie ihm angetan hatte, vergeben. Nur, hat er das wirklich? Ist seine geringe Meinung über den Vater nicht eher Ausdruck seiner Enttäuschung und seines Zorns darüber, dass dieser ihn so schmählich im Stich gelassen, ihn an seine Mutter verraten hatte? Das Opfer verbündet sich mit dem Täter gegen den Beschützer, der zu schwach war, es zu retten. So dachte ich für einen kurzen Moment, seine Haltung messerscharf analysierend; denn trotz allem, trotz meiner Verzauberung, die seine Nähe bei mir bewirkte, konnte ich meinen analytischen Verstand doch nicht abschalten, wollte ihn auch nicht abschalten, ich wollte ihn ja erkennen, wollte Ángel in seiner

Gefühlswelt, in seiner Ganzheit als Mensch erfassen und ihm, wo es möglich wäre, die Augen für sich selbst öffnen, ihm auf die Sprünge helfen.

Im Grunde bin ich nicht anders als Gunther, dachte ich und erschrak über diesen Gedankenblitz, hatte Gunthers analytisches Streben in meinen Augen doch den Ruch von Macht und Manipulation gehabt. Aber nein! Ich bin Ángel aus Liebe ein so kritischer Zuhörer! Und letztendlich war Gunther dies mir gegenüber natürlich auch gewesen. Ein kritischer Zuhörer aus Liebe. Seit über zwanzig Jahren liegt er nun unter der Erde, und sein Körper ist schon lange verrottet – fast so lange, wie meine Liebe zu Ángel im Dornröschenschlaf versunken war...

Das Opfer verbündet sich mit dem Täter gegen den Beschützer, der zu schwach war, es zu retten. So schoss es mir durch den Kopf und *Ist eine solche Reaktion dem wahrhaft Liebenden nicht fremd?* dachte ich weiter und verwarf den Gedanken sofort wieder, als ich mir den kleinen Jungen vorstellte, der für mich so unfassbar den Launen seiner Mutter ausgesetzt war. Was aber hatte sein Vater getan? Wo war Juan José, als Carmens Schläge auf seinen Sohn herniederprasselten?

Die Schläge endeten mit dem Tod von Frau Herbert. Abrupt. Von einem Tag auf den anderen. Da war Ángel sieben. Es war das einzige Mal, dass er seine Mutter weinen sah. Genauer gesagt, ihr Weinen weckte ihn. Es war sehr früh am Morgen. Zu früh um aufzustehen und zur Schule zu gehen. Er rieb sich seine verschlafenen Augen und wankte, noch ganz traumtrunken, in die Wohnküche, wo er seine Mutter am Tisch sitzend vorfand, den hochroten Kopf zwischen ihren Händen, gerade so, als wolle sie ihn mit aller Gewalt zerdrücken, die Augen blutunterlaufen vom Weinen, das Weinen ein zorniger Eklat aus schweflig vergifteten Tränen, diese Augen, die sonst das wutentbrannte Feuer Kastiliens versprühten und die nun wie der trostlose Schmelzkern eines von Jahrhundertfluten überspülten und allmählich verlöschenden, elend verglimmenden Vulkans wirkten. Sein Vater saß am Kopfende des Tisches, noch im Unterhemd, und starrte hilflos zu ihr hin, dann wieder gedankenverloren vor sich ins Leere. Ganz plötzlich entdeckt er Ángel, seinen Sohn, seinen Stammhalter, auf den er so stolz ist, wie dieser im Türrahmen steht und sich die Augen reibt, die er kaum offen halten kann. Augenblicklich empfindet er eine tiefe Zärtlichkeit und dieses Gefühl der Zärtlichkeit erweicht seine verhärteten Züge. Flugs steht er auf, eilt auf sein Kind zu, nimmt es liebevoll auf den Arm und küsst es auf die pausbackigen Wangen. *Komm, mein kleiner Ángel, das ist noch viel zu früh für dich*, haucht er ihm ins Ohr und bringt ihn zurück in das Zimmer, in dem sein Schwesterchen noch im tiefen Schlummer liegt, in sein Bett, das noch vom ungesunden Traum zerwühlte, und während ihn die starken Arme seines Vaters sanft in die wohlige Wärme seines Federbetts sinken lassen und sich sein Kopf von Papas nackter Schulter löst und vorbeistreift an dessen dicht behaarter Achsel, umhüllt ihn der scharfe Geruch von Männerschweiß, und eine seltsame Erregung erfasst das Kind und prägt sich als tiefes, unentzifferbares Brandzeichen in das Gedächtnis seiner Sinne ein.

Bald wirst du ein eigenes Zimmer haben, flüstert Juan José ihm ins Ohr, als er ihn zudeckt und auf die Stirn küsst. Ein unvermittelt heftiger Kuss, der ewig anzudauern scheint, in den er versunken zu sein scheint, ehe er endlich seine Lippen von Ángels Stirn wieder löst.

Bald wirst du dein eigenes Zimmer haben, bald werden wir alle viel mehr Platz haben, in einem eigenen Haus.

Das Kind weiß mit diesen Worten seines Vaters nichts anzufangen, doch nur wenig später hört es erneut von nebenan das Weinen seiner Mutter, die beschwichtigende Stimme seines Vaters und dann wiederum das vorwurfsvolle Staccato ihrer unverständlichen Vorhaltungen.

Ángels offener Blick traf mich unvermittelt. Ein Abgrund aus Einsamkeit klaffte mir aus seinen Augen entgegen, den Augen eines mittlerweile 45-jährigen Mannes.

Als ich zwei Stunden später Thomas reinen Wein über mein Gefühlsleben einschenke, ist er zunächst sprachlos. Ich hatte ihn, wie versprochen, am Hauptbahnhof abgeholt und jetzt waren wir auf dem Weg vom Luegplatz nach Hause. Nach Hause, sage ich, wo es doch nur mehr Thomas‘ Zuhause war.

Ich sagte ihm, er wisse ja von meiner Begegnung mit

Ángel vor vier oder fünf Wochen – jedenfalls damals, als ich Hans am Bahnhof abgeholt hatte – diesem Wiedersehen nach 23 Jahren, das ich für mehr als einen Zufall hielte, das ich irgendwie unglaublich fände, diese Koinzidenz, dass ausgerechnet Hans, der uns beide zusammengebracht hatte, nun auch Ángel und mich wieder zusammengebracht hätte... nein, ich glaube, so unverblümt und letzten Endes schonungslos und brutal habe ich Thomas nicht mit den für mich so offensichtlichen Tatsachen konfrontiert. Diesen Verweis auf irgendwelche Parallelen zwischen dem Zustandekommen unserer langjährigen Liebesbeziehung und dem Erlebnis mit Ángel auf dem U-Bahnsteig im Hauptbahnhof habe ich nur bei mir selbst gedacht, immer und immer wieder, denn schließlich lieferte er mir ja die Begründung, das Wiedersehen mit Ángel als ein ganz und gar schicksalhaftes zu sehen. Jedoch sagte ich ihm, dass mich dieses Wiedersehen schon irgendwie aus den Angeln gehoben und umgehauen habe, und dass Ángel letzten Sonntag bei mir in der Salierstraße gewesen sei. Thomas hängte seine Jacke an die Garderobe und verschwand wortlos in der Gästetoilette nebenan. Ich ging in die Küche, setzte Teewasser auf und deckte im Wintergarten den Tisch mit unseren Lieblingstassen von Gien, "Pierre Frey": Phlox, Tagetes und Allium auf der einen, Nelke, Paeonie und Hyazinthe auf der anderen Tasse. In der Mitte der Untertasse und auf dem Tassenboden die Abbildung eines gefiederten Tagetesblattes. Wie immer stelle ich die Tassen so auf die Untertassen, dass diese gefiederten

Blätter deckungsgleich sind. Mein Blick schweift über den Tisch, die Arne-Jakobsen-Stühle und die floral-filigranen Metallrahmen des Wintergartens hinaus auf den kleinen, von einer meterhohen Mauer umgebenen Stadtgarten, in dem Thomas trotz aller Beengtheit mit strengen Hecken zwei unterschiedliche Gartenräume geschaffen hatte, die das Grundstück sehr viel größer wirken ließen, als es tatsächlich war. Plötzlich fühlte ich mich sehr allein. Wir waren schon zu lange zusammen, als dass es möglich gewesen wäre, gegenüber dem anderen die eigene Gemütsverfassung zu verbergen. Thomas konnte unmöglich entgangen sein, was ich tatsächlich von dieser Begegnung mit Ángel hielt, wie sehr sie mich gefangengenommen hatte und wie sehr ich darauf bedacht war, es ihn nicht allzu sehr spüren zu lassen. Noch war ja nichts passiert, noch hatte sich alles nur in meinem Kopf abgespielt und spielte sich weiterhin dort ab. Ich hatte die silberne Queen-Anne-Kanne aufs Stövchen gestellt, mich vor meine Tagetes-Tasse gesetzt und starrte hinaus in den Garten. Immer und immer wieder schoss Carmens flache Hand hernieder und klatschte mit lautem Knall auf das rotblauviolett-geschlagene Gesäß des Kindes, während ich vor aller Augen Ángels knackig prallen mediterranen Hintern hemmungslos versohlte. In meinem Innern wiederholte sich das tausendfache Echo der wilden Bilderfolge, die mir – und es war noch keine drei Stunden her! – schon im Woyton fast den Verstand geraubt hatte.

Habe ich denn etwas zu befürchten?

Thomas‘ so vorsichtig gestellte Frage riss mich aus meinen haarsträubend düsteren und verlangenden Phantasien heraus. Er stand in der weit geöffneten Flügeltür und sah mich an. Abwartend, ambivalent, ja, fast hilflos wirkte er.

Aber nein, mein Schatz!

Ich sprang auf, lief zu ihm hin, nahm ihn in meine Arme und küsste ihn.

Ich liebe dich doch, hauchte ich ihm ins Ohr, wollte ich ihm ins Ohr hauchen, hätte ich ihm so gerne ins Ohr gehaucht, tat es aber nicht, konnte es nicht, denn ich war nicht aufgesprungen und zu ihm hingelaufen, ich hatte ihn nicht in den Arm genommen, wiewohl ich es so gerne getan hätte. Ach, wie gerne hätte ich *Aber nein, mein Schatz!* gerufen, doch rührte ich mich nicht. Ich blieb am Tisch sitzen, wie gelähmt, schüttelte nur zaghaft den Kopf und brachte ein halbherziges *Nein, weshalb denn?* wie aus trockener Kehle heraus. Thomas lächelte gequält, kam zu mir herüber, setzte sich und goss uns Tee ein.

Ich kann sowieso nichts machen, das liegt alles in deiner Hand, sagte er.

Das Frappierende war, dass ich Thomas wirklich liebte und nie im Leben damit gerechnet hätte, dass ausgerechnet mir so etwas passiert. Schließlich war ich ja nicht auf der Suche nach einer neuen Liebschaft gewesen, nach einer anderen Beziehung, ganz im Gegenteil! Lag es also wirklich in meiner Hand? Hätte ich einfach die Notbremse ziehen sollen? Hätte ich sie denn überhaupt ziehen können? Jederzeit? Nein, ich spüre, wie ich bereits in diesem Augenblick, da wir im Wintergarten sitzen und feinsten *Earl Grey Imperial* aus unseren Lieblingstassen trinken und unser Blick auf Dressur und Wildheit des Gartens ruht, gerahmt vom Schattenriss des Wintergartens, der sich als Jugendstilfolie vor das Draußen schiebt, auf gezügeltem Ornament und unberechenbarem natürlichem Wuchs; wie ich bereits in diesem Augenblick, da alles so schön und so glücklich und harmonisch, so liebevoll und unendlich verbunden sein könnte zwischen Thomas und mir, zwischen uns und der Welt; wie ich in diesem Augenblick wie ja auch schon die ganze Zeit zuvor, letztlich seit Ángels Besuch in der Salierstraße vor vier Tagen – vor vier Tagen erst! – wie ich vollkommen und völlig außer mir bin, neben mir stehe und mich endlos wundere und hoffe, es möge nur ein Traum sein und doch kein Traum sein, aber sich doch auf irgendeine geheimnisvolle Weise auflösen, ohne dass jemand dabei zu Schaden kommt. Und wie ich wieder in mich zurückkehre und es wissen will, dieses große Verlangen spüre, dieses Begehren nach dem altbekannten Neuen, nach dem Unerlösten, das doch endlich erlöst werden will, denn warum sonst sollte es geschehen sein, warum sonst hätten sich unsere Wege noch einmal gekreuzt? Nach dreiundzwanzig Jahren! Es ist nicht alles bloß banale Sexualität, profane geschlechtliche Gier. Auch wenn an jenem Tag die Phantasie von Ángels perfekten Arschbacken, die im Woyton und coram publico zum Applaus der Menge rhythmisch gegen meine Leisten klatschten, mich absolut im Griff hatte und nicht mehr losließ.

Als ich vor dem Haus stand, schlug mir das Herz bis zum Hals. Für den Bruchteil einer Sekunde hatte der Gedanke an Thomas von mir Besitz ergriffen: *Das liegt alles in deiner Hand.* Dann drückte ich den Klingelknopf. Das Geschnatter einer Ente hallte vom Spee'schen Graben herüber. Ich dachte an meinen Termin bei Hubertus Kolk und daran, dass es noch fast eine Woche dauern würde, bis ich endlich auch astrologischen Aufschluss über die Begegnung mit Ángel erhalten würde, ja, gar über eine eventuelle Beziehung mit ihm. Und ehrlichkeitshalber sollte ich hinzufügen, letzten Endes in der Hoffnung, eine Beziehung mit Ángel astrologisch abgesegnet zu bekommen. In der Hoffnung und wider alle Mahnungen meiner Wormser Freundin Corinne, mit der ich fast täglich telefonischen Austausch über mein Gefühlsleben hielt und die mir permanent Dinge sagte, die ich nicht hören wollte und dementsprechend mit tausend Argumenten meines Erlebens abschmetterte. *Gefühle sind Illusion, deine Gefühle sind Illusion; du projizierst etwas in diese Begegnung und in diesen Ángel hinein, das nichts mit der Realität zu tun hat; sei doch so ehrlich zu dir selbst und gesteh' es dir ein, dass dein Verlangen ein rein sexuelles ist; vor wenigen Wochen hast du noch zu mir gesagt, dass ihr beide, Thomas und du, manchmal zusammensitzt und weint, weil ihr so glücklich miteinander seid – und das, obwohl ihr seit vielen Jahren keinen Sex mehr miteinander habt; das kann doch nicht alles weg sein, nur weil da plötzlich jemand auftaucht, auf den du scharf bist wie Nachbars Lumpi!* Natürlich war nicht alles weg. Nichts war weg! Alles, was Thomas und mich jemals verbunden hatte, es war immer noch da. Und trotzdem, und gerade das war ja das Erschütternde: Seit seiner Rückkehr aus Hochheim kam Thomas mir vor wie *zweite Wahl*. Nichts war weg, nichts hatte sich verändert, nur ich nahm Thomas plötzlich anders wahr, und er wurde zur zweiten Wahl. Nur weil meine unerlöste Liebe von vor dreiundzwanzig Jahren wieder in mein Leben getreten war, nahm ich den Menschen, den ich liebte und mit dem ich von jeher alt zu werden gedachte, anders wahr und schätzte das Zusammensein mit ihm geringer als noch einen Monat zuvor. Nur weil Ángel aus dem Nichts aufgetaucht war und diesen flüchtigen und flüchtenden Ángel der Duft der jugendlichen Verliebtheit umwehte, das Aroma meines längst verblichenen Begehrens, das den Mischgeruch von Eugenol und ChKM der Savoy'schen Zahnarztpraxis in sich bewahrt hatte, und das Bild der beiden jungen Männer in ihren weißgestärkten Vatermörderhemden und hellen Leinenhosen, wie sie da auf der mohnbetupften Wiese lagen, Erfüllung suchte, ausbrechen wollte aus seiner biedermeierlichen Verharmlosung, um in der Lust der Vereinigung zweier nackter junger Körper zu gipfeln, erschien mir das Beieinandersein mit Thomas plötzlich fade? Alles, was unsere Liebe ausgemacht hatte – das Geben und Nehmen, das Sich-hingeben, das Den-Weg-gehen, Seite an Seite, das Teilen,

Sich-mitteilen, Verstehen – war plötzlich wertlos geworden?

Ich hatte den gleichen Weg genommen, den Ángel fünf Tage zuvor gegangen war – den Kaiser-Wilhelm-Ring bis zu seinem Ende, dann über die Rheinkniebrücke zum Abgang am Apollo Varieté, quer über den Platz zur Haroldstraße Richtung Graf-Adolf-Platz und schließlich nach links in die Poststraße hinein, wo mich die zu dieser Jahreszeit noch zu erwartende ungemütliche Kälte des Spee'schen Grabens umfing. Das zweite Haus hinter der Südstraße, hatte Ángel gesagt und natürlich auch die Hausnummer genannt, die mir vor Aufregung wieder entfallen war. Aber das machte nichts, ich hätte das Haus vermutlich auch ohne seinen praktischen Hinweis gefunden. Natürlich entsprach es genau meiner Vorstellung von jenem Haus, das Ángel Lopez als Managing Director Germany hier in Düsseldorf bewohnen würde. Oder sollte ich besser sagen: Merkwürdigerweise entsprach es dieser Vorstellung? Es handelte sich um durchweg solide Architektur aus den Neunzigerjahren. Klare symmetrische Aufteilung der bodentiefen Glasfronten, die ab dem ersten Stock – als Referenz an das Nachbargebäude aus den frühen Dreißigerjahren – ebenfalls mittig einen großen Erker bildeten, der sich bis zum Dachgeschoss hochzog. Diesem Erker war in Leichtbauweise eine Art Austritt aus verzinktem Metall – Balkon wäre hier zu viel gesagt – vorgehängt, der mit seiner sanften Wölbung nach außen dem Ganzen einen Anstrich von Schiffsheck verpasste. Diese Assoziation wurde oben, unterhalb der Traufe, durch je ein Bullaugenfenster links und rechts noch verstärkt. Der Rest der Fassade war mit hellgrauen Granitplatten verkleidet und atmete zusammen mit den dunklen, schweren Metallrahmen der großen Fenster den für jedermann sichtbaren Anspruch luxuriösen Wohnens in der Stadt. Dementsprechend beherbergten Teile des fünfgeschossigen Gebäudes eine Anwaltskanzlei, einen Steuerberater sowie eine Werbeagentur.

Wie in Trance war ich hier angekommen, hatte den Klingelknopf gedrückt und wartete nun benebelt und zugleich aufgeputscht vor der Glastür. Ich musste Ángel wiedersehen, und ich werde ihn wiedersehen. Gleich. Trotz aller Mahnungen von Corinnes Seite, trotz der so unvermittelt offenbarten Zerbrechlichkeit meiner Liebe zu Thomas. Vom Spee'schen Graben her hallte das Geschnatter einer Ente herüber. Ich spürte, wie kalt der Türgriff in meiner Hand lag. Edelstahl, gebürstet. Wieso öffnet er nicht? Wir waren doch verabredet, eindeutig! Komm morgen zu mir, dann übersetz ich dir den Rest (den Rest des Unax-Ugalde-Interviews), ab zwanzig Uhr bin ich bestimmt zu Hause, hatte er gesagt. *Beinah wär ich nicht gekommen* – diese Worte, vor fünf Tagen ausgesprochen, von ihm, kurz nachdem er mein Loft betreten hatte, klangen mir noch im Ohr. Lässt er mich jetzt einfach hier stehen, zeigt er mir die Kehrseite dessen, was sich so zaghaft als Ambivalenz artikuliert hatte? Versetzt er mich tatsächlich? Die Erinnerungen, die geweckt werden, sind schmerzhafte – aber nein! ihm ging es doch genauso wie mir, unser Wiedersehen hatte ihm den Boden unter den Füßen weggezogen, wir haben beide dreiundzwanzig Jahre mehr an Erfahrung, Lebenserfahrung, unmöglich, dass sich die alten Spielchen wiederholen! Ich will ein zweites Mal läuten, da ertönt der Summer und die Tür weicht meinem Druck.

Die Tür zu Ángels Wohnung im zweiten Stock ist weit geöffnet, und ich trete mit einem lauten Hallo! ein.

Komm rein, ich bin noch im Bad, ruft es von irgendwo her, während meine Augen noch Orientierungspunkte suchen. Geradeaus führt aus dem großzügigen Entrée ein deckenhoher Durchgang zur Garderobe und danach eine Tür vermutlich zur Gästetoilette. Nach links öffnet sich das Entrée hin zu einem lichtdurchfluteten Wohnraum, es ist die Fensterfront zur Poststraße und damit zum Spee'schen Graben hin, die mir schon vor dem Betreten des Hauses aufgefallen war. Irritierend finde ich jedoch – zumindest von meinem momentanen Standpunkt aus – die Leere dieser Wohnung, die auf mich wirkt, als sei sie unbewohnt. Ich trete nun endgültig ein und schließe die Tür zum Hausflur hinter mir. Mein Blick fällt auf den Fußboden: weißer Marmor, durchgehend. Direkt neben mir stehen, aufgereiht an der Wand, mehrere Paar Schuhe, klassische Halbschuhe aus schwarzem Leder, die sogenannten Businessschuhe, und drei Paar Joggingschuhe. Das Ganze wirkt wie eine Aufforderung, hier ebenfalls die eigenen Schuhe abzustellen. Vielleicht werden sie ja dann von einem chinesischen Butler geputzt, dessen Existenz mir Ángel bisher verschwiegen hat.

Sei so lieb und zieh deine Schuhe aus!

Fast fühle ich mich in meinen Gedanken ertappt, gehe mechanisch in die Knie und löse die Knoten meiner rotbraunen Handmacher. Ángel also auch! Auch Ángel steht also auf hochwertige und schöne Schuhe! Ich blicke zurück, in die Gegenrichtung, von wo die Stimme herkam und sehe mich selbst, hockend vor den aufgereihten Schuhen, hinter mir der sich öffnende Wohnraum mit dem Panoramablick auf den Spee'schen Graben und die Leere davor. Ich blicke in einen Spiegel. Genauer gesagt, eine Spiegelwand mit eingebauter Spiegeltür, die wohl den privateren Teil der Wohnung vom Eingangsbereich abtrennt. Diese Verspiegelung zieht sich weiter, hinein in die Garderobe, in der sich der weiße Einbauschrank von der Gegenseite spiegelt. Ich spiegele mich, hockend vor den aufgereihten Schuhen, zweimal. Genauer gesagt, spiegele ich mich in Spiegelwand und Spiegeltür, denn diese ist leicht geöffnet. Von daher muss wohl auch Ángels Stimme gekommen sein. Ich stelle meine Schuhe fein säuberlich in die zweite Reihe, wende mich der Spiegeltür zu und trete pochenden Herzens ein.

In meinen Gedanken lächelt er mich mit seinen lieben Augen an, drückt mir einen Kuss auf die Wange und trottet weiter, die Tengstraße hinunter, überquert die Elisabethstraße Richtung Hohenzollernstraße und entschwindet irgendwann in die Dunkelheit der Stadt. Ich erinnere mich, lange, sehr lange stand ich unter dem Vordach des Savoy und schaute ihm nach. Wie einem Phantom. Und jetzt stehe ich im Gemach dieses einstigen Phantoms und erblicke einen Mann, der mir seinen perfekten, wohlproportionierten Körper darbietet. Nackt. Gerade eben war er, ein weißes Frotteehandtuch knapp um die Hüfte geschlungen, mit einem Lächeln auf den Lippen aus dem Bad in sein Schlafzimmer getreten, an den weißen Wandschrank getreten, hatte eine der Türen geöffnet, eine Schublade herausgezogen, dieser eine weiße Baumwollunterhose entnommen, die Schublade zurückgeschoben, die Schranktür geschlossen, das Handtuch von seinen Lenden gelöst und damit den Blick freigegeben auf seinen strammen, prallen Hintern, auf dem sich die dunklen Ausläufer seiner Schenkelbehaarung sanft verloren – und automatisch, einem irritierenden Reflex der Scham folgend, wende ich mich ab. Ich wende mich ab, wie man sich abwendet, wenn man um Diskretion bemüht ist, wenn man vermeiden möchte, den anderen in eine peinliche Situation zu bringen, doch die empfundene Scham sitzt tiefer. Beschämt mich mein Hunger nach Ángels verlockenden Körperfrüchten so sehr, dass ich befürchten muss, mein gieriger Blick auf seine Blöße könnte ihn abstoßen, und dass ich mich deshalb abwende? Oder stehe ich unbewusst etwa noch immer unter dem Einfluss meiner Kindheitstage, in denen der Geist der Prüderie der endenden Fünfziger- und beginnenden Sechzigerjahre verzweifelt hochkochte und in der Verdammung einer Rosemarie Nitribitt ebenso seinen Ausdruck fand wie sechs Jahre später in dem vergeblichen Bemühen, einen Film wie *DAS SCHWEIGEN* zum

Verstummen zu bringen? Die Heuchelei der wahrhaft Verruchten, die sich die Ermordung einer Frankfurter Edelnutte genussvoll auf der Zunge zergehen ließen und Frankfurt selbst zum Sündenbabel hochstilisierten, jedoch nicht, weil hier im Mordjahr 1957 Deutsche Bank und Dresdner Bank gegründet wurden und dieser Stadt "ihre Bedeutung als Finanzplatz von Welt, den sie ja von jeher hatte," zurückgaben, nein, nicht, weil die Macht des Geldes und das Geld der Mächtigen, ausgehend von dieser Stadt, sich über alle Moral hinwegsetzen würde, wie sie es ja von jeher getan hatten. Nein, Frankfurt war ein Sündenbabel, weil es hier Menschen gab, die eine Dienstleistung erbrachten und dafür bezahlt werden wollten. Eine sexuelle freilich. Männer wollten ficken und mussten dafür blechen. Das war das Unmoralische. Und dieses Unmoralische wiederum haftete nur jenen an, welche diese Dienstleistung erbrachten. Nicht denen, die sie in Anspruch nahmen. Rosemarie Nitribitt jedoch hatte nicht nur unmoralisch gehandelt, sie hatte die Unmoral gar zur Tugend erklärt, indem sie sich öffentlich auf eine Stufe mit ihren offensichtlich wohlhabenden Kunden gestellt und käuflichem Sex die Identität von Weltgewandtheit und Luxus verschafft hatte. Dafür hatte sie nun ihre gerechte Strafe erhalten. (Dass man damals ihrer Leiche zu Lehrzwecken für das Kriminalmuseum den Kopf abgetrennt und nur den kopflosen Körper auf dem Nordfriedhof in Düsseldorf, der Stadt, in der sie vermutlich geboren worden war, beerdigt hatte, mit diesem Sachverhalt wurde ich erst einen Monat vor meiner schicksalhaften Begegnung mit Ángel konfrontiert, als man ihren mittlerweile von der Frankfurter Staatsanwaltschaft freigegebenen Kopf ebenfalls im Düsseldorfer Grab beisetzte.)

In ein solches Klima war ich hineingeboren und wuchs darin auf und nährte mich von der Heuchelei der Verruchten, schlich mich später, mit dreizehn, vierzehn, ins Europa, das zwielichtige Kino mit den zwielichtigen Filmen am Anfang der Wilhelm-Leuschner-Straße, wo der erwachsene Cousin eines Klassenkameraden Filmvorführer war, Filmvorführer wenn nicht gar Filmverführer, und uns nachmittags heimlich Einlass verschaffte zu Filmen wie *In Frankfurt sind die Nächte heiß* oder *Das gelbe Haus am Pinnasberg*, und wo beim Verlassen des Kinos stets mein Blick auf das Lutherdenkmal fiel, das schräg gegenüber zwischen altem Baumbestand als stummes Menetekel thronte. "Hier stehe ich, ich kann nicht anders. Gott helfe mir." Trotz allem muss ich mich fragen, ob dies Grund genug dafür liefert, dass mich die Nacktheit eines Menschen in bestimmten Situationen zumindest in Verlegenheit bringt, manchmal gar Scham in mir auslöst oder ob die eigentliche Ursache nicht in der Nacktheit des anderen, sondern in meinem Begehren dieser Nacktheit zu finden ist.

So sehr also beschämte mich mein Begehren, dass ich meinen Blick abwandte, als Ángel mir so natürlich und für mein Empfinden doch so wohlkalkuliert seinen strammen Arsch darbot, diesen griffigen, prallen Arsch, den ich noch gestern so ekstatisch...

Nach dem Öffnen der Schublade und dem Überstreifen der frischgewaschenen, blütenweißen Unterhose war etwas Erstaunliches geschehen. Sobald die noch keusche Baumwollfaser in Kontakt mit Ángels feuchtwarmer, vom Sauberschrubben erhitzter, bloßer Haut geriet, war's, als öffneten sich tausend Duftkapseln aus den Labors einer Aromafabrik und eine überbordende Fülle exotischster Blüten strömte ins Zimmer. Sie eroberten es, nahmen es ein, umspielten uns, bedrängten mich und besetzten jeden weiteren Gedanken an Ángel und seinen durchtrainierten, muskulösen, perfekt definierten Körper auf ewig. Sie eliminierten ein für alle Mal Juan Josés, des Vaters beißenden Schweißgeruch, der seinen stark behaarten Achseln entströmt war, als er den kleinen Ángel in jenen frühen Morgenstunden wieder zu Bett brachte, und der Ángel auf für das Kind so unergründliche Weise so unerhört erregt hatte in jenen frühen Morgenstunden, als das Schicksal es mit der Gastarbeiterfamilie Lopez gut gemeint hatte und doch nicht wiedergutmachen konnte, was sich diese Menschen bereits angetan hatten und noch antun würden.

Der Skandal beschäftigte eine Kleinstadt, wie Miltenberg es war, in beträchtlichem Maße. So sehr und so lange, wie selbst die unmittelbar Betroffenen, Juan José also und seine Carmen, es nicht für möglich gehalten hätten. Und nicht nur, dass Carmen den lauernden und missgünstigen bis verächtlichen Blicken der gesamten Nachbarschaft sowie deren Anverwandten, Freunden und Bekannten ausgesetzt war und diesen standhalten musste, nein, seit jenem Abend, an dem sie die eine, das Leben ihrer aller von Grund auf verändernde Nachricht aus dem Munde Juan Josés erfahren hatte und eine Welt in ihr zusammengebrochen war, ihr Glaube an etwas, das man – wie auch immer man dazu stand und es für sich selbst, für seine eigene kleine Welt gedeutet hatte – Liebe nannte, nicht nur erschüttert, sondern zunichte gemacht war, so dass sie die halbe Nacht am Küchentisch gesessen und sich die Augen aus dem Kopf geheult hatte, seit diesem Abend musste sie zudem das Gefühl einer zutiefst an ihr nagenden Eifersucht mit sich herumschleppen, einer Eifersucht, so wenig fassbar, wie dieses vergiftete Geschenk, das sie so unerwartet ausgelöst hatte.

Freilich, auch Juan José war gezwungen, die gehässigen Bemerkungen so manchen Neiders am Arbeitsplatz zu überhören, doch ihn entschädigte die Bewunderung der engsten, mit ihm befreundeten Kollegen, die ihn für einen tollen Hecht hielten und eben dafür bewunderten, dass er, der einfache, aber gut aussehende, junge Spanier es fertiggebracht hatte, eine vermögende ältere Dame, eine Dame der besseren Gesellschaft Miltenbergs, dermaßen zu *beglücken*, dass sie ihn zu ihrem alleinigen Erben auserkoren hatte. Nicht die Kirche und auch keine karitative Institution, nicht Freunde und nicht einmal auch noch so weit entfernte Verwandtschaft kamen in den Genuss einer beträchtlichen Summe Geldes in Form von Sparbuch, Pfandbriefen und Kommunalobligationen, zusammen mit einem großen Wohnhaus, einem stattlichen und innen sehr geräumigen, dreigeschossigen Putzbau direkt am Marktplatz, sondern ein Gastarbeiter aus Spanien, der seit zehn Jahren in der ortsansässigen Manometerfabrik beschäftigt war und bisher mit seiner Familie ganze zwei Zimmer plus Küche in Amorbach bewohnte. Und plötzlich, sobald dieser Erbfall Gesprächsthema geworden war und man sich auf der Straße ebenso wie in gehobenen Kreisen das Maul darüber zerriss, fiel es allen wieder ein: Nachbarn und Bekannte erinnerten sich dunkel an jenes Intermezzo, das Frau Herbert vor Jahren mit ihrem jungen spanischen Kavalier zur stillen Empörung vieler so ungeniert vor aller Augen aufgeführt hatte. Eine rüstige, lebenshungrige Witwe und ihr über dreißig Jahre jüngerer südländischer Liebhaber. Das war das Bild, welches man damals nur allzu gern von diesen beiden Menschen hatte malen wollen und das von dieser, in der Vorstellung der heuchlerisch Verruchten, so anstößigen Liaison tatsächlich übriggeblieben war. Warum sonst wohl war dieser *Poussierstängel*, dieser spanische *Vorstadt-Casanova* – denn Juan Josés äußerste Attraktivität gereichte ihm in diesem Fall zum Nachteil und durfte, wenn überhaupt, dann nur in einer sie herabwürdigenden Form, eben als Vorstadt-Casanova, Erwähnung finden – warum sonst also war er, nachdem er seine Frau ins Land geholt hatte, aus Frau Herberts Haus aus- und aus Miltenberg weg- und hin nach Amorbach gezogen? Und hatte man danach in all den Jahren nicht oft genug seine Vespa vor jenem Haus stehen sehen, des

Abends und auch am Wochenende? Wäre man den Anlässen zu solch frivolen Verdächtigungen auf den Grund gegangen, hätten sie sich als das erwiesen, was sie in Wirklichkeit waren: harmlos. Doch unsere Phantasie begibt sich nur allzu bereitwillig auf ein Terrain, das den Kern unseres Daseins als Getriebene ausmacht, als Wesen, die, zerrieben zwischen Geist und Materie, nach deren Überwindung streben oder ihr stumpf erliegen und deren Gedanken doch in beiden Fällen von ein und demselben besessen sind: dem weiten Land alles Geschlechtlichen, in dem sich die gesamte Menschheitsgeschichte widerspiegelt und das doch zugleich ihr Motor ist, von Anarchie bis hin zur Tyrannei, bevölkert von den mannigfaltigsten Gestalten, von den freudig kopulierenden Jünglingen griechischer Vasen über die in ihrer erregten Nacktheit auf Lust und Transzendenz konzentrierten Paare des Kamasutra bis hin zu den monströsen Foltergeschöpfen und sexuell verirrten Jammergestalten eines Hieronymus Bosch und faustfickenden Ledermännern in Internetpornos. Sie alle beseelen dieses weite Land, in dem wir leben, und leben in uns als Gier, Hass, Sehnsucht, Verteufelung, Angst, Tugend, Scheinheiligkeit und Moral, als Eltern und Kinder, Vater und Mutter, Bruder und Schwester, Onkel und Tante, als Mann und als Frau. Als wohlhabende Witwe und als verlockender junger Spanier. Und je reger und reicher wir im Geiste sind, desto reicher und schmutziger blüht auch unsere Phantasie. Denkt der einfache Mann noch *Ei, die hat sich von ihm ficken lassen* (und spricht dies in seiner vulgären Unbedarftheit auch aus), so nimmt dieser Vorgang in einem akademischen Kopf ganz andere, enorm elaborierte und ins immens Phantastische gesteigerte Formen an, die jener Denker oftmals vor sich selbst geheim halten muss, beschäftigt er sich vordergründig nun mal lieber mit den einschlägigen und harmlosen Themen seines Wissensgebiets.

Tatsächlich hatte Juan José in den zehn Wochen gemeinsamen Zusammenlebens nur ein einziges Mal mit seinem Samen Frau Herberts Busen benetzt. Es war an einem Freitagabend im Oktober, als der Zweiundzwanzigjährige nach der Arbeit entgegen aller Gewohnheit ein Vollbad genommen hatte, dies zudem in einer für ihn vollkommen ungewöhnlichen Anwandlung von Romantik, bei dem Licht einer einzigen Kerze, so dass das Badezimmer, in dessen Tür auf Kopfhöhe eine Eisblumenscheibe eingebaut war, im hell erleuchteten Flur dunkel wirkte. Juan José stand in der Badewanne und frottierte sich den Rücken, als die Tür geöffnet wurde und das Licht anging. Frau Herbert war eingetreten und sah erst, nachdem sie die Tür hinter sich verschlossen und sich umgedreht hatte, dass sie nicht allein war. Beide hielten inne und starrten sich gänzlich verdutzt an. So verdutzt, dass Juan José vergaß, mit dem Handtuch seine Scham zu bedecken und dass Frau Herbert die Bluse, die sie in der Hand hielt, zu Boden fiel. Eine peinliche und doch für beide spannende Pause entstand, in der Sekunden zu Minuten auswuchsen, denn in jedem der beiden Köpfe brannte ein wahres Feuerwerk an Gedanken, Assoziationen und Gefühlen ab. Juan José, der vor Frau Herbert mindestens ebenso viel Respekt wie vor seiner eigenen Mutter hatte und sie fast ein wenig als adäquaten Ersatz in der Fremde empfand, bemerkte zum ersten Mal die Welten, die beide Frauen trennten. Seine Mutter war eine von der Arbeit verzehrte und von der Sonne des Südens ausgetrocknete Sukkulente, ein verdorrter Mauerpfeffer, die zwanzig Jahre älter aussah, als sie war, und hier vor ihm, in greifbarer Nähe, befand sich eine leuchtend rote Hibiscusblüte, zwar kurz vor der Welke, doch noch in voller Pracht. Noch nie im Leben hatte er nackt vor einer Frau gestanden, nicht einmal vor seiner Carmen. Juan José spürte eine sonderbare Ruhe in sich aufkommen, gerade so, als sei es ihm recht, diese seine Nacktheit erstmalig vor einer im Grunde fremden, jedoch reifen Frau und nicht vor Carmen ausgebreitet zu haben. Hier konnte er, ohne Erwartungen erfüllen zu müssen, ohne auch nur irgendetwas, das seine Beziehung hätte gefährden können, seine Wirkung als Mann studieren. Frau Herbert war von Juan Josés Nacktheit weit weniger peinlich berührt, als dieser es vermutet hatte. Gemeinsam mit ihrem Mann hatte sie seit Ende der Vierzigerjahre der kleinen FKK-Anhängerschar angehört, die sich alljährlich in Kampen auf Sylt traf. Sie hatten es nie an die große Glocke gehängt – warum sollten sie das auch in einem Nest wie Miltenberg? – aber Nacktheit war für sie das Natürlichste auf der Welt. Nun fristete sie schon fast sechs lange Jahre ihr Dasein als Witwe; wer also konnte es ihr verdenken, dass beim Anblick dieses jungen, nackten Mannes nicht mehr nur die mütterlichen Gefühle, die sie übrigens von Anfang an für Juan José gehegt hatte, bei ihr überwogen? Sie löste sich aus ihrer Erstarrung, machte einen energischen Schritt auf ihn zu und nahm ihm das Badetuch aus der Hand.

Komm' Se, ich trockne Sie ab, mein Junge. Sie friern ja schon, sagte sie in dem treibhausheißen Raum und begann, ihn mit dem dunkelgrünen Frottee mehr abzutupfen, ja, zu liebkosen, denn tatsächlich trockenzureiben. Juan José ließ es geschehen. Mit jeder sanften Berührung, die diese Frau seinem Körper schenkte, gab er sich ihr mehr hin, versank er tiefer in einer Hingabe, die er so nie gekannt und später so nie mehr erleben will und wird. Frau Herbert spürte die erregte Aufgelöstheit ihres Schützlings, sein Sich-Gehen-Lassen. Es war der Augenblick, in dem sie es wagte, ihn mit ihrer Hand zu umschließen. Unmittelbar fühlte sie die Kraft, mit der er sich ausdehnte und wuchs, und so begann sie, ihre Hand zu bewegen, wie ihr Mann es ihr vor langen Jahren beigebracht hatte. Sie schloss die Augen und bewegte ihre Hand in immerfort gleichem Rhythmus. Innerlich war sie hin- und hergerissen und wusste selbst nicht, was sie von der ganzen Situation halten sollte. Einerseits konnte sie nicht umhin, es als einfachen Liebesdienst an einem erwachsenen Pflegesohn zu sehen, der doch naturgemäß unter sexuellem Notstand leiden musste, andererseits erregte sie ein überraschendes Gefühl von Macht und Kontrolle, die sie mit ihrer Hand ausübte und lenken und dosieren konnte, und in dieser Erregung sehnte sie sich danach, ihn in sich zu spüren. Juan

Josés schwerer Atem und die Wärme von etwas, das ihr gegen Hals und Dekolleté gespritzt war und nun zwischen ihren fülligen Brüsten hinab in den Büstenhalter rann, weckten sie aus ihrer Träumerei.

Bis zu diesem Moment hätte es tatsächlich so sein können, doch so, wie Frau Herbert ihrer besten Freundin den Vorfall geschildert hatte, war der ganzen Situation von vornherein auch nur jeglicher Verdacht auf ein erotisches Abenteuer genommen, denn nach ihrem eigenen Bekunden hatte sie, nachdem sie eingetreten war und ihren Irrtum bemerkt hatte, mit einem eifrig ausgesprochenen "Oh, Entschuldigung!" sofort wieder kehrt gemacht und das Badezimmer verlassen.

Dr. Mangolds Phantasie war weit darüber hinausgegangen. Er war der Ehemann besagter bester Freundin und hatte von ihr brühwarm, jedoch nicht explizit, sondern verklausuliert, in allerlei Andeutungen und Mutmaßungen schwelgend, erzählt bekommen, dass Frau Herbert ihren Mieter und Schützling nackt gesehen hatte und dass die Frage nun sei, inwieweit man Frau Herberts verharmlosender Darstellung überhaupt Glauben schenken konnte. Natürlich beschwichtigte Dr. Mangold seine Gattin, rief sie und ihre lebhafte Phantasie, wie man so schön sagt, zur Ordnung, denn schließlich war er Frau Herberts Hausarzt und hätte es als einen Mangel an Loyalität seiner Patientin gegenüber empfunden, wäre er nicht mit dem Machtwort des Hausherrn gegen derlei Beschmutzung vorgegangen. Seiner eigenen Phantasie aber konnte er nicht so leicht Einhalt gebieten wie der seiner Gattin. Die tropische

Hitze in Frau Herberts Badezimmer war ihm sozusagen zu Kopfe gestiegen und das Bild des nackten jungen Mannes, wie er sich in stummer Ekstase den erfahrenen Händen der drallen Mitfünfzigerin hingab, zur fixen Idee geworden. Mehr noch, der Gedanke, wie es vielleicht zwischen den beiden weitergegangen war – Phantasien und Bilder, die ich hier nicht weiter ausmalen will und bei denen es sich mit der Spanischen Krawatte noch um eines der harmloseren handelte – beschäftigte ihn immerzu und ganz allmählich kam er dahinter, warum er sich so schützend vor seine Patientin gestellt hatte, sobald er des Anrüchigen in der Erzählung seiner Frau gewahr geworden war: Nicht Frau Herbert wollte er schützen, sondern seine eigene Person jeglichen falschen Verdachts vor sich selbst entledigen. Des Verdachts, er identifiziere sich womöglich weniger mit dem jungen Juan José als vielmehr mit seiner Patientin. Des Verdachts, nicht Frau Herbert, sondern er selbst fände Gefallen an dem jungen Spanier. Des Verdachts, etwas stimme nicht mit ihm.

Irgendwann hatte Dr. Mangold den jungen Spanier vergessen, nicht jedoch seine Affinität dem männlichen Geschlecht gegenüber. Die plagte ihn unentwegt. Dabei, hatte er seit seiner Jugendzeit nicht alles unternommen, um ihr zu entgehen? Noch auf dem Gymnasium, stand da nicht das Lernen, seine Wissbegier an vorderster Stelle? (Auch wenn er mit all dem nationalsozialistischen Gedankengut, das zunehmend in den Unterricht eingeflossen war und das er, da er aus einem gebildeten Elternhaus kam, in dem zu seinen

Kindheitstagen noch die jüdische Intelligenz ein- und ausgegangen war, wie nur wenige in seiner Klasse als ein solches identifizieren und sich deshalb auch dagegen immunisieren konnte, dass er also mit diesem Gedankengut absolut nichts zu tun haben wollte.) Klar, bei seinem Einsatz an der Ostfront, zu dem er sich 1941 nach einem Notabitur gezwungen sah, da blitzte es so manches Mal auf, sein Begehren, doch nur für Sekunden, und er schrieb es der Unerträglichkeit dieser Ausnahmesituation zu und den auf so unnatürliche und ungesunde Weise gewachsenen *Männerfreundschaften.* Und stets blieb dieses Begehren ein stilles, im Verborgenen sprießendes und ihn piesackendes. Regelrecht gestürzt hatte er sich dann nach dem Krieg in sein Studium der Medizin. Um alles zu vergessen. Das Grauen, die Männerfreundschaften, das Begehren. Und das Grauen. Und die Männerfreundschaften. Und sein Begehren. Alles. Wenn er es recht bedachte, dann hatte er Medizin studiert, um Antworten zu bekommen. Antworten auch auf sein Begehren und ob alles mit ihm stimme – oder Antworten hauptsächlich darauf? Maya hatte er viel später kennengelernt, da wurde er gerade stolzer Inhaber einer Praxis für Allgemeinmedizin in Miltenberg und übernahm die äußerst versierte Sprechstundenhilfe seines Vorgängers. Das war Maya, die in der Tat versiert und unentbehrlich war, und sie war sieben Jahre älter als er. Im Grunde wusste er nicht, warum er sie geheiratet hatte, aber ein Hausarzt sollte verheiratet sein. Nicht verheiratet zu sein, schadete dem guten Ruf. Und damit der

Karriere.

Im Februar 1973 betrat Dr. Mangold anlässlich eines Krankenbesuchs zum ersten Mal seit langer Zeit wieder das Haus am Marktplatz. Auch er war von den Geschichten und Verunglimpfungen um diesen Erbfall nicht verschont geblieben, dafür hatte schon seine Frau gesorgt. Juan José, den jungen Spanier von damals und seine sexuell ausschweifenden Phantasien mit ihm als Protagonisten hatte er allerdings längst vergessen; was ihn in Spannung versetzte, war der Gedanke, in welchem Zustand er das Haus vorfinden würde, das er die Monate vor Frau Herberts Tod so oft frequentiert hatte und in dem nun eine spanische Gastarbeiterfamilie lebte. Zu seiner großen Verblüffung führte ihn die neue Hausherrin, eine stolze, resolute Frau, deren einziger Makel – will man denn hier von Makel sprechen – ihr äußerst gebrochenes Deutsch war, durch helle, freundliche Räume, die spartanisch, aber – mit den diesen Leuten zur Verfügung stehenden Mitteln – geschmackvoll modern eingerichtet waren. Dann betrat er das Krankenzimmer und sah ihn. Ángel, den er nie wieder aus dem Kopf kriegen würde. Der neunjährige Junge hatte eine Mandelentzündung und lag mit Fieber im Bett.

Na, wen haben wir denn da? Will sich da einer vor der Schule drücken? sagte Dr. Mangold, indem er Carmen zuzwinkerte, und setzte sich zu Ángel aufs Bett. Der Junge wirkte älter als neun auf ihn, eher wie zwölf.

Aber nein, ich gehe gerne zur Schule!

Ach ja, wirklich? Das höre ich nicht so häufig, sagt Dr.

Mangold und lächelt ihn an.

Welches Fach magst du denn am liebsten?

Theaterspiel!

Theaterspiel? fragt Dr. Mangold erstaunt.

Ja, wir proben gerade Dornröschen, und ich spiele den Prinzen!

Der aufgeweckte Blick des Jungen imponiert ihm. Er legt ihm die Hand auf die Stirn und tastet mit der anderen seinen Hals ab.

Ángel sieht ihn mit großen Augen an. Der fremde Mann wirkt so einnehmend und vertrauenerweckend. Trotzdem hatte er ihm nur die halbe Wahrheit gesagt, vielleicht auch deswegen, weil seine Mutter dabei ist und er sie schonen möchte. Es stimmt schon, Ángel geht gerne zur Schule, weil er etwas lernen möchte. Dass er aber gehänselt wird, weil er ein Gastarbeiterkind ist – wenn auch hier in der Volksschule weniger, als dies später auf dem Gymnasium geschehen wird – und dass er deshalb besonders gut lernt, eben um besser zu sein als alle anderen, um diesen Makel auszugleichen, das verschweigt er, vielleicht auch, weil ihm das alles noch gar nicht so klar ist. Doch schon jetzt, in diesen frühen Jahren, verspürt das Kind, was ihm später zur Devise wird und was er auch an jenem ersten Abend bei mir ausgesprochen hatte – dass er das Leben als einen einzigen Kampf empfindet.

Ángels Begeisterung für Parfums und Düfte und deren Ingredienzen war mir ja mittlerweile bekannt, aber es ist eine

Sache, ob einer nur davon schwärmt und auch gerne ein passendes Eau de Toilette, einen exklusiven Duft auf seiner Haut trägt oder ob derjenige eine Körperpflege betreibt, die keinerlei natürlichen Eigengeruch mehr zulässt und ihn so gut wie aseptisch steril wirken lässt. Noch klebte mir das Bukett von Ángels schrankfrischer Unterhose in der Nase, der aufdringliche Geruch des Waschmittels, das er benutzte, und dessen Allianz mit Ángel mir auf ewig präsent bleiben wird, als ich ihm zwangsläufig in das mit weißem und schwarzem Marmor geflieste Badezimmer folgen musste, denn er war mit seiner Körperpflege noch nicht am Ende und erzählte mir währenddessen, wie schrecklich dieser Tag war, wie wenig man sich auf andere, insbesondere wenn es sich um Kollegen auf gleicher Ebene handelte, von deren Funktionieren man abhängig war, aber zugleich null Einfluss darauf hatte, verlassen konnte.

Weißt du, diesen Pierre könnte ich auf den Mond schießen. Ich hab es ja so satt! Wenn man sich nicht selbst um alles kümmert, ist man verloren, sagte er und verteilte dabei seine Gesichtscreme über Stirn und Wangen. Der Advertising Sales Manager in Neuilly-sur-Seine hatte es trotz mehrmaliger Aufforderung versäumt, ihm wichtige Unterlagen zu mailen, weshalb Ángel sich fast den ganzen Nachmittag mit der Zentrale in New York herumschlagen musste. Und wieder erging es mir so wie am Tag zuvor im Woyton, dass ich nickte, von Zeit zu Zeit *Ach ja?* und *So, so...* sagte und eigentlich gar nicht richtig zuhörte, weil ich wieder einmal mehr von Sehnsucht und Begierde gepackt und verschlungen wurde und weil ich mich gleichzeitig fragen musste, was es eigentlich ist, das mich mit solcher Inbrunst zu diesem Mann hinzieht, einem Mann, der durch eine in meinen Augen völlig übertriebene Körperpflege anscheinend jegliche eigene, ihn identifizierbare Ausdünstung vermeiden will, der sich beruflich auf einem Feld bewegt, das ich von jeher abgelehnt, ja, verachtet habe und der mit vielem, was er sagt, nicht anders als oberflächlich klingt. Der also offensichtlich in einer völlig anderen Welt lebte als ich. Und doch war ich fasziniert von ihm und hätte ihm noch stundenlang bei der Verrichtung seiner Körperpflege zuschauen und dem Klagen über seinen Job zuhören können. Wollte ich denn genauso sein?

Als wir schließlich ins Wohnzimmer kamen, wurde mir klar, weshalb Ángels Zuhause so seltsam unbewohnt auf mich gewirkt hatte; weder hier, noch in seinem Schlafzimmer gab es wirkliche Möbel. Stattdessen lag im Schlafzimmer nur eine Matratze auf dem Boden und hier im Wohnzimmer waren es vier große quadratische Bodenkissen, die, mit in orientalischer Farbkombination kariertem Stoff bezogen und abgesteppt, auf dem weißen Marmor L-förmig arrangiert waren. Diese Sitzlandschaft wurde von zwei Rückenpolstern an ihrer Längsseite ergänzt sowie von lose darauf herumliegenden Kissen in farblich auf das Karo abgestimmtem, großblumigem Muster, und war das einzige Stoffelement in dem verloren großen, kahlen Raum. Kahl ist jedoch eigentlich übertrieben, denn die Wände waren, ebenso wie in Schlafzimmer und Flur, bestückt mit abstrakten Gemälden – sparsam zwar, aber es gab sie; alle in demselben Format, etwa ein auf ein Meter fünfundzwanzig, und alle in etwa gleichem Helligkeitswert, wenn auch in unterschiedlicher Farbgebung. Wenn ich kahl sage, so meine ich eigentlich kühl, denn diese Bilder waren kalt, angestrengt und herzlos und zugleich von einer spießigen Pedanterie, denn die durchwachsenen Farbflächen, denen jeglicher malerische Impetus fehlte, waren hilflos von irgendwelchen geometrischen Formen und Linien durchpflügt. Diesen Bildern mangelte es nicht etwa an malerischer Finesse, nein, sie wirkten einfach wie das misslungene Resultat eines Volkshochschulkurses. Es war das, was Ángel als Erbe aus seiner Beziehung mit Ansgar bewahrt hatte, das, was er von dem Mann seines Lebens nach dessen Tod für sich behalten hatte, und naturgemäß besaßen diese Bilder für ihn einen ganz anderen Wert als für mich, der ich sie dem schlichten Diktat der Kunstbetrachtung unterworfen hatte. Der Gedanke beschämte mich schon im Augenblick, da ich ihn dachte, und band mir Ángel noch fester ans Herz.

Ich bin als Kind missbraucht worden, da war ich zwölf. Eigentlich so zwischen meinem zwölften und fünfzehnten Lebensjahr.

Ángel sah mir fest in die Augen. Prüfend. So, als wolle er sehen, wie ich auf diese Enthüllung reagieren würde. Ich hielt seinem Blick stand, obwohl mir schwindelig wurde. Wie nach einem Schlag in die Magengrube. Dachte er vielleicht, ich würde ihm nicht glauben? Eine solche Ungeheuerlichkeit?

Und schon lächelt er wieder. Wie bei der Erzählung von den Schlägen. Als sei das alles nicht so ernst zu nehmen und spurlos an ihm abgeperlt. Einen Augenblick lang denke ich, da hat er mir etwas voraus; denn ich erinnerte mich, wie sehr ich schon als Kind, mit fünf, sechs Jahren wohl, mich nach hautnaher Tuchfühlung mit dem männlichen Geschlecht gesehnt hatte, mich danach gesehnt hatte, *missbraucht* zu werden, ohne dass mir damals dieses Wort, noch dessen Bedeutung gegenwärtig gewesen wäre. Missbraucht von Andreas, einem zwölf Jahre älteren Jungen aus der entfernteren Nachbarschaft, an den ich mich des Öfteren gehängt, mich ihm aufgedrängt hatte und den ich einmal in die verwilderte Umgebung des Wormser Stadions begleitet hatte, das unweit von der Lortzingstraße verlassen in der Mittagshitze lag. Wie sehr hatte ich mich damals danach gesehnt, von ihm berührt zu werden und ihn berühren zu dürfen, ohne dass es je dazu gekommen wäre. Und ich dachte, was für ein morbider Gedanke, und doch war es der Gedanke eines Fünfjährigen, der mich heiß überfiel und den ich so wenig einordnen konnte wie Ángels Mitteilung, er sei tatsächlich missbraucht worden. Timo Rinnelt, Klaus Lehnert und Jürgen Bartsch sind die Namen, die meine Kindheit begleiteten und damals eine diffuse Faszination in mir auslösten, und die jetzt, nach weit über vierzig Jahren und angesichts Ángels Enthüllung sich wieder in Erinnerung bringen und die Frage in mir aufwerfen, ob man möglicherweise als Kind um einer einschneidenden Erfahrung willen sich besonders opferbereit erklärt, denn ich fürchte, ich hätte mich Andreas damals hingegeben und dafür sogar den Tod in Kauf genommen. Doch Ángel war tatsächlich missbraucht worden, und nun lächelt er, lacht. Ich denke, wie dunkel muss es in der Seele eines Kindes sein, dass es sich so etwas wünscht? Dass es sich wünscht, etwas Unbekanntes, Sexuelles, Verlockendes kennenzulernen und dessen habhaft zu werden, selbst auf die Gefahr hin, dadurch sein Leben zu verlieren. So wie ich es mir wünschte. Andreas verschwand mit mir in der Wildnis hinter dem Stadion, zog mich immer weiter mit sich fort, bis er mich kurzerhand stehen ließ. Warte hier, sagte er und entfernte sich zwischen der wild wuchernden Goldraute, den Brennesseln und Birkensämlingen einige Meter. Was hatte er vor? Er wandte sich ab und nestelte an seiner Hose herum. Ich wusste, was er vorhatte, doch mir war unheimlich zumute und zugleich faszinierte mich die Vorstellung, er könne mich auf irgendeine mysteriöse Weise *ins Vertrauen ziehen* wollen. Doch er tat das, was ich erwartet hatte. Er pinkelte. Wie gerne hätte ich mich ihm genähert, doch blieb ich wie angewurzelt stehen. Ob ich deshalb noch am Leben bin? Hauchdünn ist die Membran, die eine Situation vor dem Einsturz bewahrt, vor dem Umkippen alles Unschuldigen ins bodenlos Böse, und einen gerade noch harmlosen, völlig normalen Menschen daran hindert, ins Nichts zu fallen. Ich denke, wäre ich die wenigen Schritte zu Andreas hingegangen, was hätte ich damals vielleicht ausgelöst, was hätte ich ihm damit angetan? Ich blieb stehen, und hier reißt meine Erinnerung ab. Ángel aber lacht. Nicht meinetwegen, sondern über sich und den wohlhabenden älteren Mann, der ihn missbraucht hat.

Womöglich begann alles damit, dass Dr. Mangold das Potential erkannt hatte, das in dem bildhübschen Neunjährigen steckte, der eher aussah wie zwölf und dessen Mandeln er gerade abtastete. Schon bei der ersten Berührung des zarten Halses tat sich der Schlund auf, den er glaubte nach seiner Rückkehr aus der Barbarei in ein kläglich zivilisiertes Deutschland und mit seiner Entscheidung zum Medizinstudium auf immer und ewig verschlossen und versiegelt zu haben. Pustekuchen, dachte er jetzt und murmelte es vor sich hin. Pustekuchen. Carmen kannte das Wort. Auch wenn es nie in ihrem aktiven Wortschatz Fuß gefasst hatte, so wunderte sie sich doch über die merkwürdige Ausdrucksweise des Arztes und schob es darauf, dass sie sich verhört habe, denn eigentlich fand sie diesen Mann sehr sympathisch. Und so wurde Dr. Mangold der Hausarzt der Familie Lopez an jenem Tag, an dem sich bei ihm der Wunsch zu Wort meldete, aus Ángel seinen geliebten Ziehsohn zu machen, dem er die Welt zeigen und erklären wollte, seinen kleinen Geliebten aus ihm zu machen, dem er in unschuldiger Liebe nahe sein konnte, den er in unschuldiger Liebe auf seinen Schoß setzen konnte, um – etwas später dann – gemeinsam mit dem frühreifen Jungen auf seinem Schoß in dem Schlund, der sich aufgetan hatte, zu versinken, und dem er als Belohnung für die sexuellen Freuden, die er sich mithilfe der unwissenden pubertierenden Erregtheit des jungen Fleisches regelmäßig verschaffte, die Welt tatsächlich zeigte, wie sie ist: Wie sie nur das eine kennt, den Handel der Gefühle mit der Kaufkraft der genitalen Währung. Doch darüber sprach Ángel natürlich nicht. Er erwähnte den Missbrauch in der Weise, wie ich ihn mir damals in meiner kindlichen Vorstellung von Andreas erträumt hatte; als eine Erfahrung, die seine sexuelle Reife bewies, als eine Wertschätzung seiner Person, als ein Vergolden seiner Kindheit.

Was bezweckte Ángel mit dieser Enthüllung, dieser Art von Konversation, die sich so vertrauensselig gab und die doch mit jedem Wort mehr, das er sprach und das sein Geheimnis preisgab, ein immer dichter werdendes Gespinst um ihn herum spann, bis er endlich, ganz umhüllt von seinem Wortkokon, ganz eingehüllt in seinen Geheimniskokon, seinen Missbrauchskokon, mir gegenüber saß und mich in seiner grenzenlosen Einsamkeit, unberührbar und unnahbar, wie er jetzt war, sein Verlangen nach innigster Nähe spüren ließ. Wie nur hätte ich seine Sehnsucht stillen können, ohne die Fäden zu zerreißen, das Gespinst, das kunstvolle Wirrwarr, in das er uns eingewoben hatte, zu zerstören? Wir saßen in dem auf mich geradezu eisig wirkenden Raum, Ángel vollkommen eingesponnen in das Gewebe seines Einsamkeitskokons, dessen Gewirk nicht nur mich gefangen hielt, sondern mittlerweile den gesamten Wohnraum mit seinen silbrig kristallinen Fäden ausfüllte, und jegliche Regung in mir war erstarrt, erfroren, zu kristalliner Form verfestigt. Schließlich stand er auf, und indem er sich von seinem Sitzpolster erhob, zerstob das eisige Gespinst, das uns eingefroren und mir jeglichen Mut zur Nähe geraubt hatte, in Millionen und Abermillionen kleinster Kristalle, die glitzern schwebend zu Boden sanken. Ángel lächelte mich an.

Ich hab uns ein Abendessen besorgt, ich hoffe, du magst Sushi. Kommst du mit in die Küche?

Ohne meine Antwort abzuwarten, ging er in die zum Wohnraum hin offene und von diesem nur durch eine aus hochglanzpolierten blutroten Fronten bestehende Theke abgetrennte und aus ebensolchen blutroten hochglanzpolierten Fronten bestehende und gleich der Theke mit Arbeitsflächen aus schwarzem Glimmergranit versehene, geräumige Kochnische, als mir, während ich ihm wie ein Dackel willig folgte, an der Wand des Wohnraums, welche der raumlangen Fensterfront gegenüber lag, eine Art kleiner Schrein auffiel, der links neben einem zum Bersten mit Büchern und CDs vollgestopften verchromten Metallregal, etwa einen Meter davon entfernt stand.

Was ist das da, an der Wand? fragte ich Ángel.

Das ist mein kleiner Altar. Ich bin damals Buddhist geworden, als es mir so schlecht ging. Nachdem ich mich von Gernot getrennt hatte, war ich lange allein, fühlte mich einsam und ging auf Sinnsuche. Ich wusste, dass es irgendwas Spirituelles sein würde. An dem Altar bete ich jeden Morgen so eine Viertelstunde. Man kann es natürlich auch Meditation nennen, aber für mich ist es eher ein Gebet.

Es war spät geworden, als ich die Wohnungstür in der Salierstraße hinter mir schloss. Auf dem Tisch lag ein Zettel von Thomas: *Ich liebe dich.* Ein Zettel, geschrieben wie so viele von ihm – und wie auch übrigens von mir – eine kleine alltägliche Aufmerksamkeit, denn tatsächlich war kein Tag unserer Beziehung vergangen, ohne dass wir uns unserer gegenseitigen Liebe versichert hätten. Ohne dass wir dem Zauber unserer handschriftlichen Zärtlichkeiten verfallen, oftmals schlichtweg süchtig danach gewesen wären. Da liegt er nun, dieser Zettel, liegt auf dem Tisch, dessen Geschichte mit unserer Liebe so eng verwoben ist, der Tisch, der noch immer dampfend in der vormittäglichen Glut des Trödelmarktes von Dinan zu stehen scheint und an dem ich vor fünf Tagen mit meiner unerlöst vergessenen und so plötzlich und radikal wiederauferstandenen großen Liebe saß und gegessen hatte. Es ist ganz klar, Thomas spürt die davon ausgehende enorme Bedrohung, auch wenn er sich so sehr gelassen gibt und mir wieder einmal mehr zeigen möchte, wie sehr er mich liebt. *Ich liebe dich*, steht auf dem Zettel, und das macht mich traurig. Traurig und widerspenstig zugleich. Gerade noch hatten Ángel und ich uns in begieriger Umarmung auf seinen bunten Sitzpolstern gewälzt und leidenschaftlich geküsst, so dass ich auf dem Nachhauseweg und auch später noch, hier vor meinem Gateleg, mit Thomas‘ Zettel in der Hand, zum ersten Mal nach unendlich vielen

Jahren, genauer gesagt, zum ersten Mal seit 23 Jahren wieder wusste, was der Ausdruck „dicke Eier haben“ tatsächlich körperlich bedeutet, denn so stand ich jetzt da, hier in der Salierstraße, vor meinem Gateleg, mit Thomas‘ Liebeserklärung in der Hand und hatte dicke Eier, die bis in die Leisten hinauf schmerzten vor unerfüllter Liebesgier. Und war traurig und trotzig zugleich.

Das Abendessen hatten wir in Ángels Wohnraum eingenommen. Ungeheuer japanisch saßen wir auf den bunten Bodenpolstern, hievten die Sushi mit unseren Stäbchen von den japanischen Keramiktellern hoch, um sie kurz in die Keramikschälchen mit der Sojasauce zu dippen und sie dann so elegant wie möglich zum Mund zu führen, ohne dass dabei gleich das Reisbett, durch die Nässe der Sojasauce sich auflösend, zerbrach oder der rohe Fisch, durch den Druck der Stäbchen sich selbständig machend, von selbigem sprang und mitsamt den klebrigen Reisbrocken und vereinzelt losgelösten Reiskörnern wieder zurück auf den Teller oder auf die hektisch untergehaltene Hand oder gar zu Boden fiel. Und obwohl wir beide uns redlich mühten, in den Augen des anderen weltläufig und nicht provinziell, versiert und nicht tollpatschig, also international und nicht beschränkt zu wirken, widerfuhr uns doch von Zeit zu Zeit das eine oder andere Missgeschick in dieser Richtung. Wir wollen Kosmopoliten sein und scheitern an einem Thunfisch-Sushi. Ein Thunfisch-Sushi macht uns einen Strich durch die Rechnung. Wir wollen Kosmopoliten sein und meinen, die Fähigkeit, mit Stäbchen essen zu können, verleihe uns den Adel, diesen Titel tragen zu dürfen. Wir wollen Kosmopoliten sein, aber nur in der Business Class. Nur solange unser Wohlstand nicht gefährdet ist und wir uns weiterhin Sushi leisten können. Doch war dies nicht das Thema unserer abendlichen Konversation. Vielmehr hatte Ángel erneut die Sprache auf mein filmisches Schaffen, mein angebliches Talent und das krasse Missverhältnis meiner jetzigen Tätigkeit dazu gebracht. Es wolle ihm einfach nicht in den Kopf, wie jemand mit meiner „bilderzählerischen Fantasie, mit einem solchen Sinn für Bewegung und Totale, für Musik und Montage, kurzum wie jemand mit meinem künstlerischen Potential" als besserer Handlanger für TV-Technokraten enden konnte. Dies waren nicht seine tatsächlichen Worte, so hatte er es natürlich nicht ausgedrückt, aber es bedurfte keiner großen Interpretation meinerseits, um zu wissen, dass er es genau so gemeint hatte. Wie jedes Mal, wenn mich irgendwer an meine klägliche Vergangenheit als Filmemacher erinnerte, wurde mir ganz mulmig. Mir wird heiß und kalt und mir ist, als löse sich meine ganze Persönlichkeit in einem Strudel aus Versagen und Schuldgefühlen vollständig auf. Wieder spüre ich das Pochen in meinem Kopf und wieder höre ich das monotone Tropfen des Wasserhahns. Orientierungslos liege ich auf den kalten Fliesen in Gunthers Badezimmer… Keinem einzigen Menschen, nicht einmal Thomas, habe ich erzählt, dass ich es war, der Gunthers Leiche entdeckt hatte. Immer war es die Nachricht von seinem Selbstmord gewesen, die mich angeblich während der Dreharbeiten überrascht hatte. Es mag verwundern, dass jemand „mit meiner bilderzählerischen Fantasie“, mit meinem Sinn fürs Dramatische, diese Szene nicht en detail und en gros ausgeschlachtet und für seine Zwecke verwendet hat; eine Erklärung dafür habe ich selbst nicht parat. Indes bezweifle ich, dass Gunthers Tod auch nur irgendetwas mit meinem Versagen als Filmemacher – will man es denn so nennen – zu tun hat. Auch mein Elternhaus, bei dem nur die Fassade bürgerlich war, das sich ansonsten jedoch, wie wir wissen, durch mangelnde Konfliktbewältigung, fehlende Wortgewandtheit und das Fehlen dessen, was man unter großbürgerlicher Bildung versteht, auszeichnete, möchte ich nicht dafür verantwortlich machen.

Ich habe nicht gebrannt. Ich war nicht wirklich obsessiv, war nicht davon besessen, meine Geschichten und Kopfbilder, koste es, was es wolle, zu realisieren, erwiderte ich, die nötige Portion Understatement im Unterton, auf Ángels mir so peinliche Laudatio.

So gerne ich damit Erfolg gehabt hätte, im tiefsten Innern muss es mir als ein Vergebliches vorgekommen sein. Als etwas Vergängliches, als kurzlebiger Tand, der die Eitelkeit eigenen Schaffens befriedigt. Als völlig ungerechtfertigten Anspruch der Materie an den Geist, ja, nicht nur völlig ungerechtfertigten Anspruch, vielmehr als die reine Hybris der Materie, die sich ja überall und zu jeder Zeit, in jeder Sekunde auf der ganzen Welt ausweitet und ihren Tanz der sieben

Schleier vollführt und ihren unstillbaren Durst nach Rechtfertigung durch den Geist eitel und begierig zu löschen versucht.

Im Anschluss an unser Essen, während unseres Gesprächs, war er neben mich gerutscht und hatte seinen Kopf in meinen Schoß gelegt. Jetzt war er aufgefahren und sah mir, auf seine Ellbogen gestützt, empört in die Augen.

Wie kannst du nur so was sagen! Ich glaube, du hattest einfach kein Glück, denn das gehört sehr wohl dazu. Bei allem künstlerischen Schaffen!

Mag ja sein, beschwichtigte ich ihn, aber vermutlich kannst du dir überhaupt nicht vorstellen, wie peinlich es mir damals war, vor all diesen Leuten den Oscar entgegenzunehmen. Natürlich wäre ich gerne berühmt, aber gleichzeitig verabscheue ich diesen – nenn es, wie du willst – Wunsch oder Gedanken. Denn am Ende läuft es darauf hinaus, dass zur Eitelkeit im Äußeren, von der ich selbst beileibe nicht frei bin, das krasse Gegenteil ist der Fall, du siehst ja, wie ich hier rumlaufe, und alles nur, um mir und anderen zu gefallen! – dass sich zu dieser äußerlichen Eitelkeit also noch eine innere gesellt und daraus ein Charaktercocktail entsteht, den ich inakzeptabel bei mir fände. Nur ein Beispiel, und das ist erst wenige Wochen her, als ich auf der Berlinale war. Auf dem Panorama-Empfang flimmerte eine Endlosschleife mit Ausschnitten der Vorjahres-Preisverleihung über die Leinwand. Ein restlos vollbesetzter Berlinale Palast, in dem der Berlinale-Leiter in seiner gewohnt opportun-tümelnden

Art zwischen den Stars hin- und herwirbelt. Und eine der immer wiederkehrenden Szenen zeigt ihn, wie er sich von der Bühne zur ersten Reihe runterbeugt, in der der Regierende Oberbürgermeister sitzt, und vermutlich war die ganze Aktion auch nur hervorgerufen durch einen Scherz oder Dankesworte, das ganze lief ja ohne Ton, jedenfalls beugt er sich runter zum Regierenden Oberbürgermeister, die beiden umarmen sich kurz, lachend, und dann packt dieser eitle Gernegroß, mit seiner Hand das Ohr des Regierenden, zieht daran, wie man es vielleicht noch als liebevolle Geste bei einem Schuljungen macht und fährt dann weiter mit seiner Hand über den Kopf des Regierenden, fährt durch dessen Haare und verstrubbelt sie. All dies geschieht lachend und wie beiläufig, und schon ist er wieder oben bei seinen Stars. Auch der Regierende lacht, doch ist nicht auszumachen um welches Lachen es sich dabei handelt. Lacht er gezwungen? Findet er diese Geste so anmaßend und despektierlich, wie ich sie empfinde?

Ich versteh, was du sagen willst, unterbrach mich Ángel, denn ich war auf dem besten Weg, mich in die Sache hineinzusteigern und restlos darin zu verlieren.

Trotzdem, du kennst doch gar nicht die Zusammenhänge, da ja der Ton ausgeschaltet war, wandte er ein.

Ich finde nicht, dass es dabei um irgendwelche Zusammenhänge geht. Was ich eigentlich sagen will, ist: Ich habe Angst davor, ich selbst könnte mich in ähnlicher Position genauso verhalten. Was mich allerdings unabhängig davon aufgebracht hatte, war der Gedanke: Hätte er sich ein dermaßen unverfrorenes Agieren überhaupt erlaubt, wäre der Regierende kein bekennender Schwuler?

Ich bin kein bekennender Schwuler, das kann ich mir in meiner Position gar nicht erlauben, sagte Ángel, packte mich bei den Ohren, zog mich zu sich herunter und liebkoste mit seinen weichen und doch so fordernden Lippen meinen Mund. Ich schloss die Augen und ließ es geschehen, das, worauf ich schon den ganzen Abend gewartet hatte, was ich mir ersehnt hatte, heiß und innig, diesen endlosen, nicht enden wollenden Kuss, der mein Verlangen so unerträglich und zum Bersten steigern sollte.

Hatte Ángel mit solchen Küssen auch Dr. Mangolds Verlangen ins Unermessliche hochgeschraubt? Oder hatte solche Küsse der vierzig Jahre Ältere dem Dreizehnjährigen beigebracht? Hatte sich der frühreife Knabe denn tatsächlich so freudig und hemmungslos, wie er es noch 32 Jahre danach behauptet, diesem bildungsbürgerlich-kulturbeflissenen Lüstling hingegeben?

Dr. Heinfried Mangold jedenfalls hatte noch im selben Jahr, im selben Monat, da er Ángels Mandelentzündung behandelt hatte, Juan-José und Carmen Lopez seine Patenschaft für den kleinen Ángel angetragen.

Schließlich und endlich gehören Sie doch hierher. Das muss auch Frau Herbert schon so empfunden haben, nicht umsonst hat die Selige Sie dermaßen reich bedacht. Gleichzeitig gebe ich Ihnen zu bedenken, dass Sie ja leider bis jetzt eher von Neidern, denn von Freunden umgeben sind, und ein so aufgewecktes und zugleich empfindsames Kind – (die Worte *hübsch, schön, anziehend, liebenswert* und *Junge* vermied er) – wie Ihr kleiner Ángel braucht dringend einen Menschen, eine von diesen kleinkarierten Spießern hier anerkannte Autorität, die diesem noch zarten Körper den nötigen Schutz verleiht und seinem hungrigen Geist angemessen Nahrung bieten kann. Sie haben da einen Jungen mit ungeheuer viel Potential, das geradezu nach wohlwollender Förderung schreit.

Rieb er sich da schon insgeheim die Hände? In Vorfreude auf die regulären Untersuchungen dieses „zarten Körpers", auf das überraschend baldige Feststellen seiner Geschlechtsreife und den väterlich-ärztlichen Part, den er bei der sexuellen Aufklärung seines so überaus männlichen Patensohns spielen durfte? Dem er als gestandener Mediziner und platonisch gebildeter Humanist scrotum, penis erectus und ejaculatio ebenso erklären konnte wie Geographie, Biologie und Chemie ihm in der Schule erklärt werden würde? In Vorfreude auf seine gar nicht mehr so ärztlichen Doktorspiele? Darauf, dass er jubilierend aufsaugte, was alsbald aus des Knaben Wunderhorn strömen würde, und jeder weitere Schluck aus der Kanne des Ganymed ihn um Jahre verjüngen und dem Objekt seiner Wollust, dem jugendlichen Geliebten, mit dem er endlich alles erforschen konnte, was er sich über Jahrzehnte selbst versagt hatte und was unweigerlich zu einer Folge hemmungslos aufstöhnender Orgasmen in Wien, vor, während und nach dem Besuch der Mozart'schen Zauberflöte führen musste, dass also jeder weitere Schluck Knabensperma ihn jünger und dem geliebten und so heiß begehrten Jüngling ähnlicher und ähnlicher, gar ebenbürtig werden lassen würde, indem er sich hemmungslos und in vollkommener Auflösung begriffen, Vergil rezitierend und den so überstrapazierten Ovid herbeizitierend und seinem Lustknaben einflüsternd, in diesem entladen konnte? Ein Sarastro, der mal dämonisch, mal liebevoll seinem kleinen Papageno das versierte Spiel auf seiner Flöte beizubringen beabsichtigte. Hatte er sich das so ausgemalt? So in etwa? Ángel jedenfalls hatte sehr schnell begriffen, welche Details er von seinen Arztbesuchen den Eltern erzählen durfte und welche nicht, und welche Details er von den Besuchen bei seinem Patenonkel verschweigen musste und welche nicht. Ebenso, wie er sehr genau wusste, welche Details er von seinen täglichen Schulbesuchen weder seinen Eltern, noch seinem Patenonkel und nicht einmal seiner Schwester mitteilen durfte. Denn die Schule, genauer gesagt, das Johannes-Butzbach-Gymnasium ist Ángels Martyrium. Sein ganz persönliches, zu ihm gehörendes und in ihn eingebranntes Martyrium.

Dorthin, in ebendieses Gymnasium hatte ihn Dr. Mangold vermittelt. Selbstredend für den humanistischen Zweig.

An Thomas dachte ich auf dem Nachhauseweg. Als ich beschwingt und liebestrunken und mit schmerzenden Hoden – Schmerzen, die nagend die Leisten hochkrochen – über die

Rheinkniebrücke schwebte. Auch für Thomas war die Schule zum Martyrium geworden. Denn seine Mutter hatte ihn, angeblich aus ihrem Sinn fürs Praktische heraus, in Wirklichkeit aber, weil sie die ständig bohrenden Fragen ihres aufgeweckten Sohnes schon längst als unzumutbare Herausforderung ihrer Geduld empfand, direkt mit dem Wechsel zum Gymnasium, also im zarten Alter von zehn Jahren, in ein Heidelberger Internat gesteckt und damit fast hundert Kilometer weit weg von der Vertrautheit des Elternhauses und der Wärme früh entstandener Freundschaften in die Kälte jesuitischer Strenge und die Willkür durchtriebener Zöglingshierarchien verfrachtet. In seinen Augen hatte sie ihn damit praktisch verstoßen. Und die allwöchentlichen Briefe, die er sehnsuchtsvoll nach Hause schrieb, beantwortete sie mit Tadel und der Drohung, falls noch einmal einer seiner Briefe Schreibfehler enthalte, bekäme er keine Antwort mehr. Dies waren die Worte seiner Mutter. Die Worte einer Frau, die, so oft sie nur konnte, von der gemeinsamen Flucht mit ihrer Mutter aus Danzig erzählte, und die darüber sprach, als sei es der pure Sonntagsausflug, das reinste Vergnügen gewesen. Der Sonntagsausflug einer damals mit Sicherheit attraktiven 24-Jährigen, die anscheinend von nichts wusste und von allem verschont geblieben war – keine Entbehrungen, keine Vergewaltigungen, keine Angst. Alle waren nur nett und hilfsbereit, da auch sie es immer nur war, und das Glück war ihr hold. So hold, wie es Heinrich Hold, der Winzer und Weingutsbesitzer einmal sein würde.

Unter mir brodelte der Rhein in seinem prall gefüllten Bett, dem Überlaufen nahe, schäumend stromabwärts und vereinigte sich mit dem noch lebhaften mitternächtlichen Verkehr, der neben mir mit seinem rhythmischen Klack-Klack über die Dehnungsfugen der Brücke Richtung Oberkassel, Heerdt, Roermond rauschte, zu einem Knäuel aus Armen und Beinen, die auf Ángels Bodenkissen in ekstatischer Verzückung einen verworrenen Kampf ausfochten. Es erinnerte mich an unsere Schäferstündchen im Haus Savoy, die unerlösten, die zutiefst frustrierenden, die damit endeten, was man im Allgemeinen und wie ich bereits erwähnte, „dicke Eier" nennt.

Nein, ich schweife ab – Thomas' Unglück als Internatszögling, das im Übrigen nur ein knappes Jahr dauerte, denn der Zehnjährige bereitete mit einer ernsthaften Rippenfellentzündung seinem Martyrium ein Ende, und das doch lange genug gedauert hatte, um den Grundstein für ein tiefsitzendes Misstrauen gegenüber allem und jedem zu setzen (falls dies nicht bereits in viel früheren Kindheitstagen geschehen war) – Thomas' Unglück also ging mir in jenem Moment, als ich mit schmerzenden Lenden über die Kniebrücke schwebte, ganz und gar nicht und wenn doch, so nur kurz als ein Geistesblitz durch den Kopf. Wenn ich an Thomas dachte, dann mit erdrückend schlechtem Gewissen, und wer möchte das schon, angesichts einer jahrzehntelang im Dornröschenschlaf gelegenen und endlich vom Märchenprinzen wachgeküssten Verlockung höchster sexueller Erfüllung. Angesichts des endgültigen Schließens der Lücke, des vollkommenen Auffüllens des Vakuums. Ich schob den Gedanken an Thomas beiseite und muss doch gestehen, dass ich neben dem rhythmischen Klack-Klack des mitternächtlichen Brückenverkehrs wieder das rhythmische Beben und Stampfen meines Höllenzugs vernahm, der immer schneller auf den Abgrund zuraste, und ich nicht wusste, ob ich lachen oder weinen sollte.

Sei doch so ehrlich zu dir selbst und gesteh‘ es dir ein, dass dein Verlangen ein rein sexuelles ist! Alles, aber auch wirklich alles, was du in Ángel vermutest oder siehst oder denkst, was er in dir sehen könnte, entbehrt jeder Realität. Nicht einmal Spekulationen kannst du es nennen; es sind und bleiben Projektionen deiner selbst, eine Verklärung, mit der du kaschieren willst, dass du unendlich geil auf seinen attraktiven Körper, ja, einfach völlig durchgedreht und neben der Kappe bist!

Corinnes Worte pochten mir im Kopf, als ich unter den noch kahlen Schirmen der beschnittenen Promenadenplatanen in den Kaiser-Wilhelm-Ring einbog. Hatte sie das überhaupt so gesagt? Mit diesen Worten? Oder erfinde ich da einiges dazu, verfälsche es, übertreibe es, um es bedenkenlos in den Wind schlagen zu können? Erliege ich schon jetzt der eigenen, hausgemachten Täuschung?

Da sind sie wieder, die Zeichen und Linien aus dem Haus Savoy von vor dreiundzwanzig Jahren, die ihr fragiles Netz spinnen und sich immer verworrener von der Poststraße zur

Salierstraße, von der Salierstraße zum Kaiser-Wilhelm-Ring, vom Kaiser-Wilhelm-Ring zur Poststraße und wieder zurück, von Ángels Wohnung zu meinem Loft, von meinem Loft zu Thomas' Haus und von Thomas' Haus zu Ángels Wohnung ziehen.

Nein, nichts mehr davon! Ich will nichts hören, ich will es nicht wissen! Es wird sich schon finden, es muss doch eine Lösung geben. Schließlich sind wir erwachsene, reife Menschen! Und wer sagt denn, man könne nicht zwei Menschen zugleich lieben – vernünftig, ohne Komplikationen? Warum sollten sich Liebe und Vernunft ausschließen?

Es wird sich eine Lösung finden.

Welche Lösung hatte sich für Ángel gefunden? Wie sah die aus? Gab es überhaupt eine? Schleichend hatte es begonnen, erst ganz allmählich begann er zu begreifen, dass er ein Außenseiter war. Sie tuschelten. Kurze Blicke trafen ihn. Sie bildeten Grüppchen, steckten die Köpfe zusammen, schauten sich wiederum suchend um, suchten ihn, tuschelten. Verschworen. Eingeschworen. Es fiel ihm relativ spät auf, dass er in den Pausen immer allein war. Vielleicht auch, weil seine Gedanken so sehr von Dr. Mangold besetzt waren. Weil er bei ihm und für ihn etwas Besonderes darstellte, das hatte er schon mit seinen zehn Jahren gespürt. Schließlich war er ja auch etwas Besonderes. Und das Besondere macht sich nun mal nicht gemein mit dem Gewöhnlichen. Und das

Gewöhnliche hält gemeinhin Abstand zum Besonderen. Es traut sich nicht so recht, die Nähe des Besonderen aufzusuchen. Also war das doch alles schon sehr normal in diesen Schulpausen, kein Grund zur Beunruhigung. Und doch gab es einen.

Das Mädchen hieß Ursula. Sie war hübsch und auch gescheit, das hatte er schon gemerkt und sich ein bisschen in sie verliebt; nun ja, er hatte Onkel Mangold ein wenig von ihr vorgeschwärmt. Und er konnte es einfach nicht fassen, dass sie ihm das angetan hatte. Nie im Leben hätte er damit gerechnet, auf derartige Bösartigkeit zu treffen, denn Ángel war in jenen Jahren tatsächlich noch ohne jeglichen Harm. Hatten die Schläge seiner Mutter, die selbst noch, wenn er bereits darauf gefasst war, doch wiederum aus heiterem Himmel kamen, ihr Übriges angerichtet, nämlich, seinen innersten Kern zu verschließen und ihn nicht mehr preiszugeben, so erwartete er doch nie Böses bei der Begegnung mit anderen. Im Gegenteil, er wirkte besonders freundlich und aufgeschlossen und zugewandt, ja, als sehne er sich geradezu danach, hier eine andere Erfahrung zu machen als jene im gnadenlosen Schoß seiner Mutter. Vielleicht mag dies auch seine ungehemmte Bereitschaft erklären, mit der er sich Dr. Mangolds Begierden anvertraut hatte.

Ángel näherte sich gerade zaghaft einer Gruppe Jungens aus seiner Klasse, die ihn – wie übrigens alle anderen auch – bisher nie zu einem ihrer Spiele eingeladen, geschweige denn, in ihre Gemeinschaft aufgenommen hatten, als Ursula aus den zusammengesteckten Köpfen tuschelnder Mädchen heraustrat und lächelnd auf ihn zuging. Ángel sah sie freudig erwartungsvoll an, obwohl es ihm jetzt fast peinlich war, hier vor diesen Jungs von einem Mädchen angesprochen zu werden, noch dazu von *dem Mädchen*, seiner insgeheim Angebeteten! Schon röteten sich seine Wangen, als sie sich vor ihm aufbaute und mit breitem Grinsen zu ihm sprach: *Sagemal, wann geht ihr eigentlich wieder nach Spanien zurück?* Dann brach sie in hysterisches Lachen aus, drehte sich um und rannte zu ihren Freundinnen zurück. Niemandem erzählt er von diesem Vorfall, nicht Onkel Mangold, nicht seinen Eltern. Das gemeine Lachen, dieses hysterische, gehässige Lachen hört er jedoch noch heute manchmal, an seinem Schreibtisch sitzend, in seinem Büro auf der neunzehnten Etage des GAP 15, wenn er mit einer Anzeigenkundin aus Paris oder New York telefoniert, die ihm besonders sympathisch erscheint. Meistens bekommt er dann schweißige Hände, so dass er fürchtet, das Telefon könne ihm entgleiten, es überkommt ihn, woher, weiß er nicht, eine plötzliche Wut, und er muss sich sehr beherrschen, dass er das Telefon samt seiner sympathischen Gesprächspartnerin nicht kurzerhand gegen die bodentiefe Panzerglasscheibe schleudert. Woher diese Wut kommt und seine Wut über dieses gemeine Lachen und woher überhaupt dieses gemeine Lachen stammt, daran erinnert er sich nicht mehr.

Ein paar Tage nach diesem für sein seelisches Gleichgewicht so folgenschweren Vorfall versetzte jene

Ursula – Einzelkind und aus der angesehensten Konditorei der Stadt stammend, die auch über die Grenzen Miltenbergs hinaus für ihre süßen Leckereien berühmt war – ihm einen an Bösartigkeit nicht zu überbietenden Todesstoß. *Anschel, stimmt es, dass dein Vater die Hure der alten Frau Herbert war?* fragte sie ihn mit betont dekorativer Unschuldsmiene auf dem Weg zurück ins Klassenzimmer. Anderthalb Stunden später, auf dem Weg in den Pausenhof, wurde er von einigen geschubst, die ihm zuflüsterten *Dein Vater is 'ne Hure.* Unentwegt geschubst wurde er, geschubst und geknufft, dein Vater is 'ne Hure, 'ne Hure, 'ne Hure, dein Vater is 'ne Hure... Es war dies der Tag, an dem er für den Rest seiner Schulzeit beschloss, den Großteil der Pausen eingeschlossen auf der Toilette zu verbringen.

Es half nichts. Kam er zurück in den Klassensaal, fand er seine Schultasche ausgekippt oder sein Pausenbrot war verschwunden, zerbröselt und zermanscht im Papierkorb neben der Tafel; oder seine Schultasche war mit der Tafel nach ganz oben gefahren worden; oder, was allerdings nur einmal vorgekommen war, im Fach seiner Schulbank lag ein in Zeitungspapier eingewickelter Hundehaufen und stank vor sich hin. Das alles behielt er für sich, kein Mensch durfte davon erfahren, weder seine Eltern, noch Onkel Mangold, noch seine Lehrer. Auch nicht Penelope. Selbst seiner Schwester Penelope vertraute er sich in dieser Sache nicht an. Nun gut, sie war erst zehn, doch genau wie er selbst wirkte sie um einiges älter und vernünftiger, und schließlich war sie seine Verbündete gegenüber der elterlichen Granitfront und im ewigen Kampf des Lebens. War es also ein Wunder, dass dieser kultivierte, noch dazu äußerst passabel und in den Augen des jungen Ángel geradezu gut aussehende ältere Herr ein leichtes Spiel bei seinem in jeder Hinsicht willigen Lustknaben hatte? In Heinfried Mangolds Mund, in dessen Schoß und seinem eigenen Popo fand Ángel die Anerkennung und Zuwendung, die ihm seine Klassenkameraden vorenthielten, zudem in einer Form, die ihn weit über das Häuflein bräsiger Hohlköpfe und verachtenswerter Blunzen erhob, die seine Klasse bevölkerten, und die anscheinend nur durch Bauernschläue und aus reinem Dünkel heraus den Weg aufs Johannes-Butzbach-Gymnasium gefunden hatten. Nein, mit denen hatte er gar nichts gemein, und so war es denn auch kein Wunder, dass er sich als etwas Besseres empfand (auch wenn sich in gewissen Abständen immer wieder mal das Bedürfnis bei ihm meldete, dass er nur zu gerne etwas mit seinen Mitschülern gemein hätte); es war kein Wunder, dass er hinreichend schnell begriffen hatte, wie er seinem Gönner und Mentor auf der Nase herumtanzen konnte und inwieweit dieser es sich gefallen lassen würde, dass ihm sein *Eromenos* auf der Nase herumtanzte; und der *Erastes*, als den sich Dr. Mangold selbst gerne sah, wiewohl er genau wusste, dass er sich da ganz gewaltig etwas vormachte, ließ es geschehen und legte eine fast übermenschliche Toleranz an den Tag, was das auf seiner Nase Herumtanzen betraf; und es war kein Wunder, dass Ángel sein Abitur als Klassenbester bestand.

Sollte ich Ángel richtig verstanden haben? Wenn ja, dann betrachtete er dicke Eier und die Schmerzen, die sie verursachten, als Bestandteil einer Vorfreude auf kommende Ereignisse, als Äußerung seiner in gewisser Weise asketischen Haltung gegenüber jeglicher Verlockung des Lebens. Da war er wieder, der Venus-im-Steinbock-Mensch, der sich der Verantwortung des Genusses so sehr bewusst ist. Man musste den Höhepunkt so lange wie möglich hinauszögern, sich der Erfüllung: Ekstase, Eruption, Entladung verweigern, den Rausch der Wollust, sein Abebben, sein Schwinden, den Sturz ins Leere vermeiden. Denn was sollte danach noch kommen? Lange hatte ich dagestanden, Thomas' Zettel in der Hand und ratlos seine drei Worte gelesen, ein ums andere Mal *Ich liebe dich* gelesen, bis ich ihn schließlich neben sein Foto auf den Schreibtisch legte. Dann rief ich Ángel an, sagte ihm, dass ich gut zu Hause angekommen sei, und beschrieb ihm meinen Zustand schmerzhafter sexueller Erregung.

Mir geht es genauso, sagte er. Ich finde es ganz gut, nicht bis zum Äußersten zu gehen und alles so überstürzt zu befriedigen.

Überstürzt, sagte er, nach 23 Jahren sagt er *Überstürzt*! Ohne mit der Wimper zu zucken nimmt er dieses Wort in den Mund und spuckt es mir ins Ohr, ohne mit der Wimper zu zucken zieht er gleich einem Zauberer in einem drittklassigen Varieté diesen Begriff *ÜBERSTÜRZT* aus dem Hut und schmeißt ihn mir vor die Füße. Nein, überstürzt dieses Verlangen befriedigen! – wer will das schon? Lass es gären, lass es nagen, lass es schmerzen, lass es bis zum tiefsten, inneren Sehnen vordringen und sich im Versagen seiner Befriedigung, der Weigerung, den Hunger zu stillen, unendlich steigern. Ángel hatte Recht. Es war ein ungeheuer süßer Schmerz, der mir da so wohlig in den Leisten brannte, als er mir sein *Überstürzt* ins Ohr säuselte, ein verheißungsvoller Schmerz, der mich alles andere vergessen ließ; meine Arbeit beim ZDF – wenn man das denn überhaupt Arbeit nennen konnte, diese Vergeudung von Zeit und Kreativkraft, dieses Stilllegen von Fantasie und allem Schöpferischen vergessen ließ, mich Thomas' kleine, doch so bedeutungsvoll warnende Liebeserklärung, die nun neben seinem Foto auf dem Schreibtisch lag, vergessen ließ, mich Thomas vergessen ließ und mich schließlich mich selbst vergessen ließ, wie ich im ICE sitze und auf den Abgrund zurase. Und nirgendwo eine Notbremse.

Wie konnte ich mich nur von ihm nach Hause schicken lassen? Bin ich denn nicht Manns genug, mich zu behaupten, mein Bedürfnis klar zu äußern und – nach all den glühenden Küssen, den seit so vielen Jahren verloren geglaubten und so lange ersehnten Küssen, nach all diesen aufreizenden und aufgeilenden und zum Zerreißen treibenden Zärtlichkeiten – auf dessen Erfüllung zu bestehen? Hatte er nicht bloß darauf gewartet, dass ich mich zur Wehr setzte, ihm zeigte, wie sehr und sogar gegen seinen Willen ich ihn begehrte? Überzeugen, überreden, überrumpeln hätte ich ihn müssen: Meine Sehnsucht hast du genährt, mein Verlangen gesteigert, meine

Lust provoziert – hier stehe ich, ich kann nicht anders, Gott helfe mir. Und du, gib es ruhig zu, du willst es doch genauso, alles in dir und aus dir heraus spricht nur diese eine Sprache, die des Hungerns nach Vereinigung. Stattdessen lasse ich mich in die Nacht hinausschicken und folge dieser unmenschlichen Aufforderung, wie der Hund dem Befehl des Herrchens folgt. Wie ein Dackel.

Nächsten Freitag übernachte ich bei dir, keine Widerrede, sage ich zu ihm und lege auf. Nein, ich lege nicht auf, noch nicht; ein *te quiero* flüstere ich noch in den Hörer. Erst dann lege ich auf.

Irgendwann im Sommer 1979, Penelope war dreizehn, hatte sie es herausgefunden. Unweit vom Marktplatz entfernt, nur um die Ecke und vielleicht hundert Meter in die Hauptstraße hinein, lag das Eiscafé der Familie Simoni mit ihren zwei bildhübschen Söhnen Ottavio und Francesco. Ottavio, der Ältere von beiden war achtzehn; er sollte den Betrieb einmal übernehmen. In ihn war Penelope unsterblich verliebt, hatte jedoch zu seinem zwei Jahre jüngeren Bruder Francesco den eigentlichen Draht. Francesco zeigte sich nur allzu gern mit der jungen Spanierin, die bereits auf dem besten Weg zu einer attraktiven Frau war, in der Öffentlichkeit, überspielte ihr seine LPs von Donna Summer, Electric Light Orchestra und Village People auf Kassette, durchforstete mit ihr internationale Modezeitschriften und gab ihr Tipps für ein dezentes, aber effektives Make-up. Für ihn stand fest, dass er einmal ein berühmter Modeschöpfer werden würde. Penelope ging im Haus der Simonis ein und aus, ja, war so vertraut und aufgenommen in die Familie, dass sie sogar wusste, wo der Haustürschlüssel versteckt war.

Irgendwann in jenem Sommer also hielt sie es nicht mehr aus, sie musste Ottavio einfach ihre Liebe gestehen, er wusste ja nichts davon! Kein Wunder, dass er bisher kein Interesse an ihr gezeigt hatte! Vermutlich – nein, ganz sicher dachte er, ihre gesamte Zuneigung gelte Francesco, wo sie doch nur aus diesem einen Grunde ihre Zeit mit Francesco verbrachte: um endlich Ottavios Aufmerksamkeit zu erregen! Es war ein heißer Augusttag, als sie in den dunklen, erfrischend kühlen Hausflur schlüpfte. Sachte zog sie die Tür hinter sich ins Schloss, schwebte, mehr als dass sie ging, die Treppe hoch und näherte sich mit pochendem Herzen der Tür zu Ottavios Zimmer. Sobald Penelope sich etwas vorgenommen hatte, zog sie es gnadenlos durch. Und an diesem heißen Augusttag hatte sie sich vorgenommen, Ottavio mit ihrem Liebesgeständnis zu überraschen. Ihn tatsächlich zu überraschen. Sanft drückte sie die Klinke herunter und öffnete die Tür.

Ángel war sich nie ganz im Klaren darüber, inwieweit er seiner Schwester trauen konnte. Penelope war, insbesondere jetzt, da ihr Körper weibliche Rundungen annahm, ein dunkles Geheimnis. Und nicht nur das. In gewisser Weise empfand er sie ja von jeher als eine Art Büchse der Pandora. Öffnete man diese erst einmal, würde das Unheil seinen freien Lauf nehmen, Penelope wieder Zeter und Mordio schreien, und er bekäme von seiner Mutter erbarmungslos den Hintern versohlt. Andererseits war sie seine Schwester, sein eigen Fleisch und Blut, ein Band, das tiefsten Zusammenhalt garantierte. Von diesem Zwiespalt war sein ganzes Verhalten ihr gegenüber geprägt und so hatte er sich ihr all die Jahre hindurch auch immer nur scheinbar anvertraut und die entscheidenden, die prekären Informationen für sich behalten. War er irgendwann zu einer Lüge gezwungen, so tischte er auch ihr diese Lüge auf. Sich selbst gegenüber rechtfertigte er dies mit dem Argument, nicht plötzlich durcheinanderbringen zu wollen, wem er was erzählt hatte. Dementsprechend war Penelope nicht nur ahnungslos, was Ángels Ächtung durch seine Mitschüler betraf, sondern wusste natürlich auch nichts von seiner delikaten Beziehung zu Dr. Mangold. An jenem Nachmittag, er hatte eben sein Lernpensum erledigt – sein freiwilliges, denn es waren ja schon die großen Ferien – und freute sich über die verbliebenen Stunden bis zum Abendessen und die damit verbundenen vielfältigen Überlegungen, was er denn nun mit der vielen Freizeit anfangen könnte, flatterte er die Treppe herunter, als Penelope völlig überhitzt hereingestürmt kam und mit einem zutiefst verbitterten *Du Hurensohn* an ihm vorbei nach oben walzte.

Der Hurensohn, der er war… war er nicht der Sohn des Vaters, der die Hure der alten Frau Herbert war? *Dein Vater is 'ne Hure, 'ne Hure, 'ne Hure…* Ursula war nach oben entschwunden – nein, nicht Ursula, Penelope – war es

Penelope, die das gesagt hatte, dein Vater is 'ne... – nein, nicht Penelope, Ursula! Penelope? Was hat sie gesagt? Wieso sagt sie so etwas? In Ángels Gedanken vermischen sich Gegenwart und Vergangenheit, Gesichter, Charaktere, die Personen, alles beginnt sich zu drehen, er fühlt sich hundeelend, und noch auf den letzten Stufen überkommt es ihn und er muss kotzen. Mit seinen fünfzehn Jahren muss er kotzen, weil seine Schwester Hurensohn zu ihm gesagt hat. Er fasst es nicht. Und noch während er benommen am Treppengeländer und über seiner Kotze hängt, keine zehn Sekunden, nachdem Penelope ihre Tür zugeknallt hat, hört er ihr Schluchzen. Ein Schluchzen, das so haltlos und erbärmlich klingt, dass er nicht weiß, wie ihm geschieht, nur, dass es ihn mit sich fort reißt, hinab in einen bodenlosen Abgrund, in dem der Hass auf alles Fremde, die abweisende Kälte der guten Menschen, ihr Neid und ihre Bosheit lauern und unversehens das Wort *Missbrauch* auftaucht, ja, dieses Wort, dieses eine Wort zum ersten und vielleicht hier auch zum letzten Mal in großen Lettern leuchtet und Ángel in tiefste Einsamkeit stürzt. In allertiefste Einsamkeit durch die Erkenntnis, dass ihm und seiner Familie der Anspruch auf ein Gefühl, das man gemeinhin Heimat nennt, in dieser Umgebung, in diesem Land wohl für immer verwehrt bleiben wird. Und mit einem Mal erinnert er sich des allerersten Besuchs von Dr. Mangold, der warmen, kräftigen Hand, die so sensibel, ja, liebkosend seinen Hals abtastete, und der Frage: Welches Fach magst du denn am liebsten? Und seiner Antwort: Theaterspiel! Ein Anderer sein, das wollte er doch immer schon! Als Schauspieler darf man das; kann man das; muss man das!

Die Überraschung, die Ottavio gelten sollte, wendet sich mit dem Öffnen der Tür gegen Penelope selbst. Der Anblick, der sich ihr bietet, stürzt sie derart in Verwirrung, dass ihre Wahrnehmung völlig die Orientierung verliert. In unserem Leben entstehen immer wieder Momente, in denen unsere Augen unseren Geist in die Irre führen, wir das zu Sehende realem Erkennen nicht mehr zuordnen können, weil wir etwas sehen, was wir so nicht erwartet haben oder mit keiner Erinnerung abgleichen können oder beides. Immer scheinen Sehen und das damit verbundene Erkennen des Gesehenen im kausalen Zusammenhang zu stehen mit einer Erwartung, die im Moment des Sehens erfüllt wurde. Trifft unser Auge auf etwas Unerwartetes, Unvorstellbares, dauert es zumeist wenn auch nur Bruchteile einer Sekunde, so für uns doch eine kleine Ewigkeit, bis wir das Gesehene als das identifizieren können, was es tatsächlich ist. Im gleißenden Gegenlicht des geöffneten Fensters sieht Penelope eine monströse, über Ottavios Schreibtisch gebeugte und sich windende doppelköpfige Larve, deren schleimige Oberfläche die einfallenden Sonnenstrahlen in bizarrem Muster glitzern lässt.

Erst allmählich erkennt sie, dass Francesco vor Ottavio kniet, beide schweißnass, Ottavio im Unterhemd, Francesco nackt, den Kopf, den Ottavio mit beiden Händen festhält, in dessen Schoß vergraben, während Ottavio ihm mit unterdrücktem Stöhnen seine Lenden entgegenstemmt. Auch, wenn sie jetzt weiß, was sie sieht, kann sie sich noch immer keinen Reim darauf machen. Sie weiß nur, dass sie augenblicklich weg muss. Der Schmerzenslaut, der ihr dabei entfährt, als sie sich, dem demütigenden Anblick entfliehend, abwendet, zerreißt den Schleier der Ekstase, der die zwei von ihr auf so unterschiedliche Weise begehrten Brüder bei ihrer Lustaufwallung einhüllt, und trifft jene im Moment der Entladung, noch während sich Francescos Mund stoßweise mit dem salzigen Saft seines Bruders füllt, wie ein Paukenschlag.

Doch Penelope kommt nicht weit. Noch auf der Treppe bemächtigt sich ihrer unendliche Beschämung: darüber, dass sie Zeugin dieser Situation wurde, Beschämung über sich selbst und ihr hirnverbranntes Vorhaben, über die Vergeblichkeit ihrer Gefühle und die Wucht derselben, die sich augenblicklich gegen sie wenden, und sie bricht weinend zusammen.

Es tut mir leid, ich konnte es dir noch nicht sagen, ich wollte es, aber erst in ein, zwei Jahren, ich dachte, du bist noch zu jung…, hört sie Francesco sagen, der, seine Jeans zuknöpfend, zu ihr gehetzt kommt und sich nun neben sie auf die Stufe setzt.

Ach, lass sie doch! Was steckt sie auch überall ihre Nase rein?! ruft ihm Ottavio hinterher. In Unterhose und Unterhemd tritt er aus seinem Zimmer und schlendert, eher leicht widerwillig, zu den beiden.

Ja, wir sind warme Brüder, *zwei schwule Italiener aus Napoli* – und die Worte sprudeln aus ihm im Stil des Conny-Froboess-Schlagers, der jahrelang in der Eisdiele seiner Eltern aus der Musikbox dudelte, und den er als kleiner Knirps tausend Mal mit anhören musste und natürlich dann, mit drei, vier Jahren, auch mitsang.

Na und? sagt er kaltschnäuzig, fast brutal, wie es so seine Art ist; das Brutale war es ja, was Penelope die ganze Zeit so anziehend an ihm fand. Jetzt verletzt es sie ungemein, zumal das Ironische in Ottavios Bemerkung. Denn natürlich waren die beiden nicht aus Napoli, sondern hier in Deutschland geboren wie sie selbst und auch Ángel. Und noch mehr kränkt sie Ottavios Lust, ihr das unerlaubte Eindringen in sein Zimmer mit den ungezügelten Worten heimzuzahlen, die noch folgen sollten.

Gut, du hast gesehen, wie Francesco mir einen geblasen hat, wie zwei Männer Liebe machen, wie so ein geiler Schwanz abspritzt – zugegeben, starker Tobak für 'ne Dreizehnjährige, aber du verkraftest das schon, halte dich nur an deinen Bruder, der erklärt es dir.

Was hat denn Ángel damit zu tun? schluchzt es aus ihr heraus. Francesco legt tröstend den Arm um ihre Schulter, doch vehement wehrt sie ihn ab.

Nimm deine Finger weg, du bist abscheulich!

Jetzt mach aber mal halblang, Penelope! schnauzt Ottavio sie an, vor Ángels Berührung ekelst du dich bestimmt auch nicht, und der macht noch ganz andere Sachen!

Empört springt Penelope auf und dreht sich nach ihm um.

Du gemeiner Kerl, ich hasse dich, schreit sie ihn an, den bis vor kurzem Angebeteten, den geliebten Adonis, dem sie noch vor nicht einmal zehn Minuten ihre tiefe und reine Liebe gestehen wollte und der jetzt in verschwitztem Unterhemd und spermagetränkter Unterhose und völlig abgehalftert vor ihr steht. Ottavio grinst sie breit an.

Gell, das hörst du nicht gerne, dass dein Bruder auch so 'ne schwule Schlampe ist und mir schon mehr als einmal einen geblasen hat und ich ihm und wir es schon miteinander getrieben haben, und das ist noch nicht alles. Frag ihn doch mal nach "Onkel Mangold"!

Du Schwein! schleudert sie ihm hasserfüllt schluchzend ins Gesicht, bevor sie nach unten und dem vertrauten und liebgewonnenen Haus entflieht.

Penelope, warte…! ruft ihr Francesco hinterher und will ihr, völlig verdattert, folgen. Doch sein Bruder hält ihn zurück.

Keine Sorge, die kommt wieder, die weiß doch, was sie an dir hat.

Penelope kam nicht wieder, Ottavio hatte sich getäuscht. In dieser Beziehung war Penelope von der unerbittlich konsequenten Haltung ihrer Mutter geprägt, die diese schon so oft an den Tag gelegt hatte. Sie zog sich von allem und allen zurück, verbrachte den Rest der Sommerferien nur mit sich allein, und Ángel erfuhr erst Tage später aus dem Munde seiner beiden Gespielen – denn letzten Endes waren sie nur das, wirkliche Freunde hatte er ja nicht – was an jenem Nachmittag im August geschehen war. Und wie so vieles verschwieg er auch dies seiner Schwester gegenüber.

Lange lag ich wach und trieb im Brackwasser meiner Gefühle dahin. Fand ich es tatsächlich bedrohlich, den unzähligen wirbelnden und sich vermischenden Strudeln aus bitter und süß, aus Thomas und Ángel, aus Reue und Hoffnung, aus Schuld und Sehnen ausgeliefert zu sein? Oder machte ich mir da etwas vor? Genoss ich es gar, dieses dämmrige Schweben im dünstenden Gewässer, das sanfte Paddeln, das plötzliche Rütteln der Strömung, den Sog und das Zerren der Strudel nach unten, das Japsen nach Luft? Empfand ich es als lustvoll, diesen Zustand völligen Orientierungsverlusts, dieses unentwegte und unerquickliche, zu keinem Ergebnis gelangende Kreisen meiner Gedanken, die gleich einem Möbiusband ihre ziellos wechselseitigen Schleifen zogen? Wie unendlich dankbar wäre ich gewesen, hätte Tschaikowskis Tatjana ein Einsehen mit mir gehabt und wäre aus den Tiefen ihres russischen Birkenwäldchens zu mir geeilt, hätte mich an Arm oder Bein geschnappt und heraus und mit sich fortgezogen, hätte mich aus dem süß mit bitter verwirbelnden Mahlstrom errettet und in der alles durchdringenden Frische der klaren russischen Landluft wieder zur Vernunft gebracht.

Nein, nein! Vergangnes kehrt nicht mehr zurück.
In Gremins Hand liegt mein Geschick.

Ihm schwur ich Treue am Altar,
sie will ich halten immerdar.

Doch ist sie selbst nicht ebenso hin- und hergerissen wie ich?

Was soll der Trotz, was soll das Leugnen?
Ja, noch lieb ich dich!

Sie hat mich, mittlerweile zu einer Riesin mutiert, am rechten Knöchel gepackt und während sie mich über den holprigen, doch weich bemoosten Waldboden hinter sich her schleift, flackert zwischen den vorbeifliegenden Birkenstämmen mein rotes Mohnfeld auf und leuchtet mir verheißungsvoll entgegen.

Keine zwei Wochen ist es her, dass ich mit ansehen musste, wie Tatjana nach immer wieder aufflammender Versuchung, sich der Leidenschaft zu ergeben, mit einem *Leb wohl auf ewig!* endgültig ihrer Liebe entsagt, sich ihre Liebe versagt und von Eugen Onegin losreißt, unwiederbringlich von ihm und ihrer Liebe Abschied nimmt. Es bricht mir das Herz. *Und er weinte bitterlich*, so steht es in Märchenbüchern geschrieben. Und ich lag im Brackwasser meiner vermaledeiten Gefühle und weinte bitterlich. Das Schicksal anerkennen, das sie über viele Jahre auf einen anderen Weg geführt hatte, und sich den Verlockungen einer lange gehegten Sehnsuchtserfüllung entgegenstellen, das ist Tatjanas Credo im Augenblick höchster Liebesbedrängnis, die auch mich gepackt hat, hier in meinem Bett in der Salierstraße, im Brackwasser meiner Gefühle, im Brodelschlick von

Anfechtung und Entsagung, in dem ich allmählich untergehe, ertrinke, denn mir ist dieses Credo abhanden gekommen (falls denn ein solches mir je zu eigen gewesen wäre), ich verfüge nicht über derlei Rigorosität. Und hätte sie doch weitaus nötiger, halten mich weder Altar, noch Treueschwur, noch gesellschaftliche Normen in Thomas‘ Armen gefangen, in den Armen meines geliebten Thomas, mit dem ich seit gleich siebzehn Jahren gemeinsam säe und gemeinsam ernte, in wenigen Wochen schon! Ist denn unsere Liebe, seine Liebe, sind sie von so geringem Wert für mich? Weinend schlief ich ein und wachte weinend auf. Dazwischen der gehetzte Schlaf eines Süchtigen auf Entzug.

Ich kann momentan nicht erkennen, dass Sie die Aufgabe hätten, eine Entscheidung zu treffen, sondern dass es – wir reden jetzt erst mal nur von dem Moment – dass es fast eher darum geht, das auszuhalten. Auch auszuhalten, keine Entscheidung zu treffen, in der Unklarheit zu sein. Also um es noch mal deutlich zu machen, bei allem, was ich Ihnen noch sagen werde, geht es nicht darum, etwas übers Knie zu brechen.

Noch vor einer halben Stunde saß ich im Regionalexpress nach Köln. In Deutz stieg ich aus und nahm die U-Bahn Richtung Bensberg bis zur Haltestelle Kalk Post. Von da waren es nur wenige hundert Meter. Obwohl ich die Hausnummer vergessen hatte, war er nicht schwer zu finden, der Ort, an dem mich Hubertus Kolk erwartete, denn das

Haus, ein in jeder Hinsicht uninspirierter Fünfzigerjahrebau, entsprach meinen schlimmsten Befürchtungen, und ein Blick auf die Klingelschilder bestätigte diese. Die Fassade war gefliest! Ein Umstand, der mich von jeher abschreckte, ein solches Haus überhaupt zu betreten, ein Haus, das nach außen hin sauber, ja proper wirken will, da ja alles an ihm abfließt und jeder Fleck jederzeit mit einem gezieltem Wasserstrahl abgewaschen werden kann, und dessen glasierte Haut, diese hartgebrannte Versiegelung, diese Erstickung seiner zum Atmen bestimmten Wände, gleichzeitig vor jeglicher eindringender Nässe schützen soll, dabei jedoch das eigentliche, das krankmachende Feuchte, die Ausdünstungen seiner Bewohner und ihrer Handlungen nämlich, in seinem Innern festhält, ansammelt und speichert und sein Gemäuer in einen fortdauernd schimmelnden Schwamm verwandelt, der seine Insassen, wenn auch nur schleichend, so doch ganz allmählich, und sei es auch nur in ihrem Geiste, vergiftet. Man sieht es Menschen an, die ein solches gefliestes Haus bewohnen; sie wirken fade, leblos, ohne Energie, wie Pflanzen, die man beim Hochheben von Steinpatten entdeckt, weil sie da zufällig gekeimt und verzweifelt ihren Weg zur Sonne gesucht hatten: gelblich-weiße, glasige Gerippe, die nurmehr vegetieren. Diese Fliesen hier waren zudem von einem deprimierenden Braun.

Während ich die terrazzogegossenen Stufen hochstieg – das Einzige, was in diesem Haus noch einen soliden Eindruck erweckte – hoch in den zweiten Stock, wo Hubertus Kolk vermutlich wie die Spinne in ihrem Netz darauf wartete, dass ich ihm in die Fänge ginge – ja, derart ambivalente Gedanken waren meine Begleiter – verdunkelte mit einem Mal eine uralte Erinnerung mein Gemüt: Wie ich die schwere steinerne Treppe meines ganz und gar verhassten und vollkommen aus meinen Gedanken verdrängten, ja ausgelöschten Staatlich Altsprachlichen Gymnasiums Worms, kurz AGW genannt, hinaufrannte und unserem Direktor, unserem ehemaligen Gaswagenfahrer-Direktor (was ich ja mit meinen zwölf Jahren damals noch nicht wusste) direkt in die Arme lief und er mich mit seinem herrischen Blick und seiner herrischen Stimme und seiner ganz und gar herrischen Natur aufhielt und mich unversehens fragte: *Na, Felix Barden, jetzt sag mir mal, warum fehlst du denn so oft?* Und obwohl, so, wie er diese Frage gestellt hatte, eine auf gewisse – für mich gespenstische – Art väterliche Empathie mitschwang, verkrampfte sich alles in meinem zarten, von herannahender Pubertät erschütterten Körper und zog mir Magen und Gedärm erbärmlich zusammen.

Was hatte dieser plötzliche Gedächtnisüberfall, diese Attacke aus dem Urschlamm meiner Erinnerungen überhaupt mit dem schon so lange herbeigesehnten Besuch beim Astrologen zu tun? Doch rein gar nichts! Aber sehr wohl etwas mit der ungesunden Atmosphäre in diesem Treppenhaus, in diesem Bau, in diesem Kachelkasten. Einen Augenblick hielt ich inne und gedachte umzukehren, unverrichteter Dinge dieses entsetzliche Haus zu verlassen, mich in die nächste U-Bahn, den nächsten Zug zu setzen und zurück nach Düsseldorf zu fahren. Unmöglich! Bist du des Wahnsinns? begehrte es in mir auf, deine gesamte Zukunft hast du davon abhängig gemacht! Hier muss nur ein Wort fallen und ich laufe mit wehenden Fahnen über zu Ángel, zu meinem Geliebten, der mich wahnsinnig macht mit seiner Aura des Einsamkeitskämpfers, des verlassenen, und mit seinem gezüchteten und gezüchtigten Körper, der mich wahnsinnig macht. Den ich gerade noch hatte, endlich! nach all dem Darben und Hungern… gestern Abend, heute Nacht noch gespürt hatte, nach all den Jahren der unerlösten Liebe jetzt doch besessen hatte: Ein Knäuel von Armen, Beinen, Zungen, Lippen, Händen, Fingern, endlich! – tastend, packend, saugend, krallend, liebkosend; ein Knäuel von Gieren, Stöhnen und Rausch, endlich! – pochend, schmerzend; das Sehnen, das Keuchen, die Hände, die Lust reizend, überreizend, übergehend. Überstülpen der Lippen. Das Lecken und Saugen. Die Sehnsucht nach Erfüllung, Verschmelzung. Endlich! Nach Überwindung der Grenzen. Die Haut spüren, in mir aufnehmen. Seine Haut mit meiner Haut spüren wollen, seinen Körper mit meinem Körper spüren wollen, mit meiner Haut umschließen wollen, in mir aufnehmen wollen. Meine Haut abstreifen, wie man einen Pullover abstreift und dabei wendet und über seinen Körper stülpen. Haut über Haut, und mit der Oberfläche meiner Haut die Oberfläche seiner Haut spüren, die Konturen seines Körpers spüren, seinen Körper spüren, ihn in mir aufnehmen, ihn mich und mich ihn werden lassen.

Ángels Schenkel, kräftig und fast schwarz von Behaarung, gegen die meinen, sehnig-bleichen, fast unbehaarten Hermesbeine – *Ich mag schmale Fesseln und knabenhafte Körper*, flüstert er mir endlich ins Ohr. Er, der den perfekten Körper verkörpert, ihn diszipliniert, ihn züchtet und züchtigt. Endlich beiße ich in seinen drallen mediterranen Hintern, umfange seine schmale Taille, lecke den unbescholtenen Haarstreif über seiner Bauchdecke entlang, die Richtung ist vorgegeben, hinauf zur sanften, muskulösen Männerbrust, mit Keuchen, mit Sehnen, hinauf zur Erfüllung. Verschmelze mit seinen Lippen, und endlich wieder das Knäuel, das Stöhnen und alles von vorn und das Schmatzen unserer Liebesergüsse zwischen unseren sich windenden Körpern. Endlich.

Das war nur ganz selten, dass ich dreimal hintereinander gekommen bin, sagt er, während er sich ausstreckt. Erschöpft.

Ich küsste ihn, und wir schmiegten uns aneinander, bereit zum Einschlafen. Doch sehr rasch lösten wir uns wieder, und jeder fiel in sich zusammen, war erneut mit sich allein – so ganz anders, als ich es mit Thomas gewohnt bin. Tatsächlich vermisste ich die Vertrautheit, von der meine Erinnerung an Ángel in meinem Zimmer im Haus Savoy noch durchwoben war, und mein Schlaf war flach und wenig erquickend. Lag das an mangelndem Einklang oder an meinem unstillbaren Begehren, das meine Sinne selbst im Schlaf noch auf Trab hielt? Am frühen Morgen schälte Ángel sich aus unserem mit Wollust gebeizten Lotterbett und verschwand im Badezimmer.

Wie gerne hätte ich ihn zurückgehalten, dachte ich jetzt, da ich, immer noch unschlüssig, ob ich kehrtmachen sollte oder nicht, in diesem vom Odem des Moders durchzogenen Treppenhaus in Köln-Kalk stand. Wie gerne hätte ich ihn zurückgehalten, am Arm gepackt, seine schlanke, muskulöse Taille umfangen, ihn hin zu meinem nackten Körper gezogen und an mein begehrendes Becken gedrückt, doch ich konnte es nicht. Denn das schon einmal empfundene Gefühl, der schon einmal gedachte Gedanke – hier zwischen den zerwühlten weißen Laken, die sich so malerisch Weiß in Weiß von dieser lustgesättigten, fremden Matratze auf den weißen Marmor ergossen, bemächtigten sie sich noch einmal meiner: Dass man sich absolut davor hüten musste, bei Ángel irgendwelche imaginären Grenzen zu überschreiten. Grenzen, die nicht deutlich waren, wabernde Gebilde, die sich ständig veränderten. Die unstet waren. Ein Produkt seiner Willkür – bis hierher und nicht weiter! Und so ließ ich ihn in sein Allerliebstes, ins Bad entschwinden und spürte zum ersten Mal die Kälte des Zimmers auf meiner Haut und die große Fremdheit, die uns trennte – oder war es doch nur Vorsicht? Ángels jahrelang mit mütterlicher Hand eingebläuter Argwohn? Fröstelnd zog ich das dünne Laken bis zu den Ohren und starrte an die Decke. Unwillkürlich musste ich an Thomas und den Abend zuvor denken. Ich hatte ihn vorgewarnt, dass ich noch einmal zu Ángel müsse, um letzte Übersetzungsfragen bezüglich der *Savage Grace*-Interviews zu klären, und jetzt wurde mir mit einem Mal klar, dass

Thomas das ganze Fadenscheinige dieser Ausrede erkannt hatte. Die ganze Woche über war ich wie in Trance durch die Gegend gelaufen, den Fokus einzig und allein auf diese Nacht gerichtet, diese Freitagnacht, die da kommen sollte, meine erste Nacht mit Ángel. Thomas schien das alles mit Fassung zu tragen, besser gesagt, er, dem das Misstrauen ins Stammbuch geschrieben war, vertraute mir wohl immer noch uneingeschränkt – zumindest gefiel es mir, das zu glauben. Die Verzweiflung, von der alle seine Bemühungen, mir seine Liebe zu zeigen, getränkt waren, nahm ich überhaupt nicht wahr.

Du kannst gerne noch anschließend zu mir kommen, sagte er, als er mir den Teller ein zweites Mal auffüllte. Er hatte im Esszimmer aufgetragen, die silbernen Leuchter waren geputzt und das feine, weiß-blau bemalte Service war gedeckt: das mit dem Schmetterling im Zentrum des Spiegels, der *Sommerfugl* von Bing & Grøndahl, mit dessen Kauf der einzelnen, aus den Jahren 1890 bis 1930 produzierten Teile ihn ebenso viel mit mir verbindet wie mich mit ihm durch den Kauf meines Gateleg. Er hatte sich so richtig ins Zeug gelegt. Aus allem, jeder Handlung, jeder Geste, jedem Ton, sprach seine Befürchtung, ich wüsste nicht, wie wichtig ich ihm war und schlimmer noch: Er sei mir nicht mehr wichtig.

Ich weiß nicht, wie spät es wird, erwiderte ich, ich geh lieber zu mir. Morgen muss ich schon am Vormittag nach Köln (den Besuch beim Astrologen hatte ich ihm nicht verschwiegen, wohl aber seine wahre Bedeutung), vermutlich sehen wir uns erst abends bei Claudia und Werner.

Na gut, wie du meinst, waren seine Worte. Ich liebe dich.

Ich dich auch.

Dieses Erwiderungsgetriebe … *Ich dich auch...* Aber nein! Zum ersten Mal erkenne ich den Ernst der Lage! Dies ist kein mechanisch und flapsig dahingesagtes *Ich dich auch*, eben keine routinemäßige Äußerung, es ist meine auf so gut wie siebzehn Jahren Liebe basierende Liebesbekräftigung, die jetzt womöglich nur noch zum Nachteil dieser Liebe gereicht, womöglich ein endgültiger Abschied von dieser Liebe ist! Was wird morgen sein? Morgen, nach meiner Nacht mit Ángel?

Ich möchte gerne drei Dinge machen… das erste ist, sozusagen mal völlig losgelöst von Thomas oder Ángel, habe ich mir Ihre aktuelle Lebenssituation astrologisch angeguckt. Einfach so, als wenn ich gar nichts wüsste von der Sache, was steht denn so an als Thema. Und dann können wir schauen, wie sieht die Beziehung mit Thomas aus, wie sieht sie mit Ángel aus. Ich beginne deshalb mit der aktuellen Zeitqualität, weil das für mich am deutlichsten ist. Es geht bei Ihnen darum, sozusagen als Schlagwort, sich mehr Freiraum zu verschaffen.

Das Zimmer, in dem ich mit Hubertus Kolk saß, entsprach in etwa den aus meiner Fantasie geborenen Erwartungen. Oder sollte ich sagen: Befürchtungen? Vor einer Begegnung mit dem Unbekannten entstehen ja zumeist zwei gegensätzliche

Einbildungen von diesem Unbekannten. Eine als positiv empfundene Wunschwelt und die als negativ empfundene Alternative dazu. Und fast immer wissen wir schon im Voraus oder ahnen es zumindest, welche unserer beiden Vorstellungen sich am ehesten mit der Realität decken wird. Kurz gesagt, dieses Lebensberater- und Sternendeuterzimmer, dieses Astrologenzimmer, dieses Zimmer in dem braun gefliesten Haus atmete ganz und gar den Odem der braunen Fliesen, die dieses Haus so vollständig erstickten und machte es mir nahezu unmöglich, einen klaren Gedanken zu fassen, geschweige denn, dem Astrologen meiner Wahl, dieser unter Steinplatten gekeimten Pflanze, die sich so vergeblich sehnend nach einem Sonnenstrahl reckte und sich doch eingestehen musste, dass all ihr Abmühen, einen lichten, vitalisierenden Impuls vom Stern unseres Sonnensystems zu erhaschen, bisher umsonst gewesen war, ebendiesem Hubertus Kolk überhaupt einigermaßen konzentriert zuhören und folgen zu können. Im Grunde war es nicht weiter verwunderlich, dass in solch einem gekachelten und damit perfekt versiegelten Haus, in einem Haus, das tatsächlich braun, und zwar kackbraun gefliest war, dass also in solch einem Haus die Geister der Vergangenheit nicht nur wiederauferstehen und aufleben, sondern sofort und umgehend aus dem Vollen zu schöpfen beginnen. Nicht genug damit, dass mir im Treppenhaus unser Gymnasiums-Gaswagenfahrer-Direktor über den Weg gelaufen war, die Einrichtung dieses Zimmers leistete meinem ästhetischen Empfinden höchsten Widerstand, mehr noch, sie war ein massiver Angriff auf dieses Empfinden und weckte zudem traurige, ja traurigste Assoziationen mit dem Sperrmüllmuff, der mir vor vielen Jahren in Birgittas und Pahlkes Produktionsbüro tagtäglich die Besinnung geraubt hatte.

Hier saß ich also in einem Zimmer, das mit Regalen und in gewisser Weise kleinkariert darauf verteiltem wie auch des Weiteren im Raum platziertem kleinen und größeren Topfgrün merkwürdig verbarrikadiert war. Die Möbel, die mehr oder weniger beziehungslos herumstanden und die den Raum endgültig so verstellten, dass man nurmehr von Trampelpfaden sprechen konnte, schienen Hubertus Kolks Elternhaus zu entstammen und von jenen vermutlich Ende der Siebzigerjahre einmal ausgemustert worden zu sein. Ganz offensichtlich gingen die Geschäfte des Astrologen nicht besonders gut. Jedenfalls war das meine Annahme – zu seinen Gunsten, andernfalls hätte ich denken müssen, er gehöre zu jener Spezies Mensch, die ohne Rücksicht auf das Erscheinungsbild, das sie von sich und ihrem Ambiente bietet, das Geld nur um des Geldes willen hortet und ansonsten sich selbst und allem anderen gegenüber mit ausgesprochenem Geiz begegnet. Hubertus Kolk sprach leise, inhalierte die Wörter eher als sie auszustoßen, gerade so, als habe er Angst, er könne einen damit treffen und gravierende Verletzungen zufügen.

Freiraum. Was hatte er damit gemeint? Das Wort war in meinem Innersten eingeschlagen wie eine Bombe. Fühlte ich mich denn tatsächlich von Thomas dermaßen bedrängt, dermaßen eingezwängt in unsere Beziehung? Davon konnte doch gewiss nicht die Rede sein! Und auch nicht davon, dass meine Verliebtheit in Ángel, meine nach dreiundzwanzig Jahren so schicksalhaft geweckte und neu auflodernde Liebe ein Befreiungsschlag wäre, ein Akt der Selbstbehauptung gegenüber dem Menschen, der noch bis vor wenigen Wochen mein Ein und Alles darstellte, gegenüber der Beziehung, die für mich bis dato die glücklichste und geglückteste meines Lebens gewesen ist! Plötzlich war mir körperlich zutiefst unbehaglich zumute, und das lag nicht an der verheerenden Umgebung, in der ich mich vorfand. Das Wort selbst hatte mir alles verdorben. Mir mein ganzes Leben verdorben. Denn alles, was mir bisher, wenn auch nicht als unbedingt gute, so doch als zwangsläufige Entwicklung, als des Lebens gerechtfertigte Abfolge erschien, dies alles verwandelte sich mit diesem einen Wort zu einem unerträglichen Zwang, dem ich gezwungenermaßen seit frühester Kindheit ausgesetzt war und gegen den ich mich in jenen Kindheitstagen noch zu wehren, gegen den ich damals noch unablässig anzukämpfen versucht hatte, den ich jedoch mit zunehmendem Alter als ein mir Eigenes angenommen und schließlich gänzlich absorbiert und vergessen hatte, bis er sich nur noch als eine mir eigene Zwanghaftigkeit äußerte, die sich darin gefiel, dass dieses oder jenes nur so oder so sein dürfe; dass zum Beispiel die Pierre-Frey-Tassen von Gien nur so auf den dazugehörigen Untertassen stehen durften, dass das Tagetesblattwerk in Tasse und Untertasse absolut deckungsgleich war – gerade so, als handele es sich bei dem Fayencegeschirr um etwas Durchsichtiges, Gläsernes, dessen Dekor in Übereinstimmung zu bringen gewesen wäre! Hatte ich Hubertus Kolks Ausführungen anfangs mit einem ungeduldigen, zukunftsheischenden Ja… ja… begleitet, so war jetzt, mit der Verlautbarung dieses Wortes *Freiraum*, mein von den Liebesergüssen der vergangenen Nacht genährter Enthusiasmus einer düsteren Nachdenklichkeit, einer geradezu bleiernen Verstimmung gewichen. Der Freibrief, den ich mir von einer astrologischen Bestätigung des Schicksalhaften jener Begegnung, die mein gesamtes Leben auf den Kopf stellte, erhofft, ja, versprochen hatte, dieser Freibrief, den ich Ángel freudestrahlend übergeben und mit aller nötigen Schonung Thomas unter die Nase gehalten hätte, dieser Freibrief war durch das kleine Wörtchen Freiraum mit einem Mal zunichte gemacht.

Nun gut, wie er selbst gesagt hatte, stand Hubertus Kolk erst am Beginn seiner Analyse, doch allmählich dämmerte es mir, dass es nicht um Billigung, Rechtfertigung und irgendein kosmisches Plazet zu dieser oder jener Beziehung ging, sondern um mich, meinen Charakter, meine Person, mein Innerstes. Diese zwei Stunden beim Astrologen, für die ich anstandslos dreihundert Euro hinzulegen bereit gewesen war, werden mir mehr zu schaffen machen, als mir lieb ist, dachte ich. Mit gespielter Munterkeit hörte ich zu, wie Hubertus Kolk mir meinen aktuellen astrologischen Befund, mir die aktuelle

Zeitqualität und meinen damit verbundenen kosmischen Auftrag beibrachte. Dass dieses Bedürfnis nach Freiraum nicht nur auf Partnerschaft bezogen, sondern ein Grundthema sei, dass es darum ging, generell etwas Neues ins Leben einzuladen, aus Gleisen, in denen es gut lief, vielleicht auch beruflich, auszubrechen. In gewisser Weise habe es, er übertreibe jetzt sehr, etwas Pubertäres. Man habe etwas erreicht und wolle nun etwas Neues, mit aller Aufregung, aber auch mit allem Murks, der dazugehört.

Der innerliche Abgleich meines Lebens mit seinen Worten bedrückte mich mehr und mehr. Was hatte ich denn schon aus meinem Leben gemacht? Was so verheißungsvoll begonnen hatte, mein Leben als Oscar-gekrönter Filmregisseur, war mir zwischen den Fingern zerronnen; ich war in einen dunklen Schacht gestürzt und alle Versuche, wieder emporzukommen, ans Licht zu gelangen, scheiterten am losen Mauerwerk und Geröll, das mich mit jedem weiteren Kletterversuch tiefer und tiefer unter sich begrub. Als Filmemacher hatte ich keinen Fuß mehr auf den Boden bekommen. Die Filmbranche war mir zu einer verhassten geworden, ebenso das Fernsehen, und die Arbeit, die ich mache, ist ein Handlangerjob, mit dem ich mein ödes Dasein friste, dachte ich.

Mit all dem hatte ich mich natürlich schon längst abgefunden, denn der Beziehungsalltag mit Thomas, unsere beständige Liebe und die Arbeit an ihr, die ich als das wesentlich Sinnvollere betrachtete, erfüllten mich mit einer Art von Zufriedenheit, die man beruflich so gar nicht erlangen kann, einer tiefen Herzenszufriedenheit, ein profundes Polster, so weich, dass es leicht in Vergessenheit gerät, wenn man nur lange genug darauf sitzt... Ángel hatte absolut Recht: Ich missachtete, nein, verschleuderte mein Talent und vertat meine Zeit. Und das schon seit vielen Jahren! Ein Neubeginn war dringend nötig, und so wartete ich voller Ungeduld darauf, was Hubertus Kolk zu der Beziehung zwischen Ángel und mir sagen würde. Doch der Astrologe hatte sich fürs Erste am Grundthema festgebissen, und seine Worte schienen bei mir auf fruchtbaren Boden gefallen zu sein, denn sie hallten noch bis in den frühen Abend in mir nach, als ich nämlich, zurück in Düsseldorf, in der U79 Richtung Duisburg Meiderich saß, um der Einladung zum Essen bei Claudia und Werner nachzukommen.

In diesem Sinne geht es tatsächlich darum, sich noch einmal neu von dem, was man macht, da, wo man sich eingerichtet hat, zu distanzieren, sagte er, und zu gucken, gibt es da nicht noch eine Variante, gibt es nicht irgendwo einen Platz, wo ich noch – Sie haben ja ein Haus, das von einer sehr starken Unkonventionalität geprägt ist – gibt's da nicht noch einen Bereich, wo ich das verstärken kann, wo ich diesen Grundimpuls des Horoskops nicht doch größer machen kann. Das ist, wie gesagt, etwas ganz Grundsätzliches... mit einer starken egoistischen Ausprägung – und ich meine das positiv! Die Aufgabe zurzeit ist nicht, zu gucken, wo passe ich irgendwie und wie mache ich mich passend, sondern die

Aufgabe zurzeit ist, wie kann ich meinen Eigenheiten mehr Raum verschaffen.

Wo passe ich, und wie mache ich mich passend... wie passend hatte er damit doch meinen verinnerlichten Verhaltenskodex beschrieben und mich ein zweites Mal zutiefst getroffen. Anpassung, der liebe Junge von nebenan sein wollen, ein Schwiegersohn, wie ihn sich alle Mütter und Väter nur wünschen können, so sehr hatte ich von frühester Jugend, ja, Kindheit an mein Benehmen, wenn auch unbewusst, darauf abgestimmt, diesem vermeintlichen Wunschbild der anderen gerecht zu werden, dass es mir, wie man so schön sagt, in Fleisch und Blut übergegangen war, dass diese innere Haltung zur Körperhaltung wurde, dass Courschneiderei und Dienstbeflissenheit mir den Kopf nach vorne geneigt und ich mit meinen nunmehr zweiundfünfzig Jahren einen sogenannten *Witwenbuckel* zu befürchten hatte. Dass Ángel jetzt noch einmal in mein Leben getreten war, schien mir in diesem Lichte betrachtet nicht nur als schicksalhafte Fügung, sondern geradezu als die pure Notwendigkeit, das Erwachen aus einem Jahrhundertschlaf, der Kuss des Prinzen, der Dornröschen nicht nur geweckt, sondern wieder zur Besinnung gebracht hatte. Wie, wenn nicht so, wäre auch sein Enthusiasmus für meine eingeschlafenen Talente zu verstehen, sein Anfeuern und Bestätigen meiner im Kokon der Resignation verpuppten Kreativität?

Ein ungewöhnlich milder Aprilabend empfing mich, als

ich aus der U79 hinaus auf die Kaiserswerther Straße trat, von wo aus es nur wenige hundert Schritte zu Claudias und Werners Haus in der Golzheimer Siedlung war. Gleich würde ich wieder die neuesten Horrormeldungen aus dem Planungsamt zu hören bekommen, wo Claudia seit vielen Jahren als eine der fähigsten Architektinnen arbeitete. Ich war spät dran und obwohl ich von letzter Nacht, meiner ersten Nacht mit Ángel, wie auch von meinem Besuch bei Hubertus Kolk völlig erfüllt und überfordert war, stellte ich mir, vermutlich auch zu meiner eigenen Beruhigung, auf dem Weg vom Reeser Platz in die Erwin-von-Witzleben-Straße vor, wie Werner in der Küche wirbelte und Claudia einmal mehr ihren beruflichen Frust bei Thomas, der schon da sein musste, ablud. Die Freundschaft der beiden rührte noch vom gemeinsamen Studium Anfang der siebziger Jahre in Hannover her, wo Claudia Architektur studierte und Thomas, der sich am Institut für Grünplanung und Gartenarchitektur eingeschrieben hatte, des Öfteren an Übungen bei den Hochbauarchitekten teilnahm, denn ursprünglich hatte er selbst auch Architekt werden wollen, sich jedoch nach einem glänzenden Abitur von der Arbeitsberatung völlig entmutigen, ja, ins Bockshorn jagen lassen, da er, um seine Eignung als Architekt feststellen zu können, dem Arbeitsberater aufzeichnen musste, wie eine Lokomotive funktioniert. Dieser „Test“ wie auch die gesamte Beratung waren gründlich danebengegangen, und so hatte er sich für die Gartenarchitektur entschieden – ein absoluter Glücksfall, wie er später nicht müde wurde zu betonen, denn an diesem Institut in Hannover lehrte ein Professor die Geschichte der Gartenkunst in solch herausragender Qualität, dass der Einfluss dieses Professors sein gesamtes späteres Schaffen durchdrungen hatte. Vielleicht könnte man auch noch einen zweiten, für Thomas selbst weit unbedeutenderen und womöglich gar nicht von ihm wahrgenommenen Aspekt als wahren Glücksfall für ihn benennen, denn das Starre, Statische der Hochbauarchitektur war ihm ein Natürliches und lag ihm mit allem Sinn für Ästhetik und Konsequenz der Form im Blut, wohingegen das Erlernen der Natur alles Pflanzlichen und der gestalterische Umgang mit dem Lebendigen, sich Verändernden ja eine Herausforderung an diesen Wesenszug darstellen und eine Saite in ihm zum Schwingen brachte, die ihn mit der Zeit flexibler im Denken und empfindsamer im Fühlen werden lassen hatte.

Ich öffnete die Gartenpforte und näherte mich dem putzigen Einfamilienhaus, das 1937 im Rahmen der NS-Propaganda-Ausstellung "Schaffendes Volk" als Teil einer Mustersiedlung entstanden war. Hatten die meisten Häuser dieser sogenannten Golzheimer Siedlung schon mehrmals den Besitzer gewechselt und eine Metamorphose von der schlichten, aber idealen Heimstätte des Mittelstandes zum repräsentativ aufgeblähten Protzbau neureicher Parvenus durchgemacht, so war das Haus, das Claudia und Werner bewohnten und das nun bereits seit Anfang der Fünfzigerjahre der Familie Assmann gehörte, die mit der damals dreijährigen

Claudia von Dresden nach Düsseldorf übergesiedelt war, mithilfe Claudias behutsamer restaurativer Eingriffe in seiner Schlichtheit elegant, ja, bezaubernd geblieben. Es verhält sich hier ganz so wie mit Gesichtern, dachte ich – und nicht umsonst ist ja auch in der Sprache der Architektur das Wort *Facelifting* zu einem gängigen Begriff geworden. Will man die Schönheit eines Gesichts unterstreichen, sind nur ein wenig Wimperntusche und ein dezenter Lippenstift durchaus geeignet, die eh vorhandenen Vorzüge perfekt zur Geltung zu bringen, jedoch zugleich das Äußerste, was man um der Klarheit des Blicks und der Wärme des Wesens willen diesem Gesicht zumuten sollte. Ein Gesicht, und mag es noch so schön sein, das einer stundenlangen Behandlung mit Cremes, Grundierung, Makeup, Lidschatten, Rouge und Puder ausgesetzt war, das also mehr scheinen will als sein, ein solches Gesicht wirkt kalt und leblos. Eine abweisende Fassade, in die man sich nicht vertiefen möchte. Claudia hatte für ihr Elternhaus nur etwas Wimperntusche und kaum Lippenstift verwendet, ging es mir jetzt mit einer gewissen Belustigung durch den Kopf, denn ich musste mich ja nach all dem, was mir in den letzten vierundzwanzig Stunden passiert war und dem, was mir zweifelsohne noch alles bevorstehen würde, aufmuntern oder doch zumindest einen munteren Ausdruck verleihen. Mein Blick schweifte über die Rasenfläche und wieder zurück zum Haus, dem ich mich bangen Mutes näherte. Gleich würde ich Thomas wiedersehen. Das warme, einladende Licht des Wohnzimmers strahlte mir entgegen und überzog den dämmrigen Garten mit einem goldenen Schleier.

Wo ist denn Thomas? sagte Claudia, als sie mir die Haustür öffnete. Seid ihr denn nicht zusammen gekommen?

Ich dachte, er sei schon da, ich bin doch eh schon zu spät, erwiderte ich leicht perplex, fasste mich jedoch sofort wieder.

Ich hatte noch in Köln zu tun, deshalb.

Das macht gar nichts, Werner ist sowieso noch in der Küche zugange. Schön, dass du da bist, komm rein!

Thomas war also noch gar nicht eingetroffen – sehr merkwürdig, wo er sonst immer so pünktlich ist und überhaupt größten Wert auf Pünktlichkeit legt... Unter dem Vorwand, mir die Hände waschen zu wollen, verzog ich mich auf die Gästetoilette. Ich schloss die Tür hinter mir und sank auf den Klodeckel. Unmerklich war ich in einen Schockzustand geraten – von Gunthers Leiche im tiefen Rot des Badewassers über die Tropfspur meines Blutes auf dem hellen Teppichboden seines Appartements die Treppe hinauf am Kaiser-Friedrich-Ring, eile ich durch den holzvertäfelten Flur im ersten Stock zur jugendstilverglasten Tür von Thomas' Badezimmer, die ich öffne und damit den Blick freigebe auf die gusseiserne Badewanne mit den vergoldeten Löwenfüßen, und Thomas' tote Augen starren mich liebevoll geduldig an... nein! Das darf nicht sein, das kann nicht sein! Thomas ist kein Mensch, der sich umbringt! Er ist kein Selbstmördertyp! Ich rase, irre durch sein Haus und suche ihn, doch immer wiederkehrend sehe ich ihn in meiner Verzweiflung tot in seiner Wanne liegen.

Ihre beiden Horoskope sind an markanten Punkten miteinander verschmolzen. Das hat Vor- und Nachteile. Der Vorteil ist mit Sicherheit, dass Sie beide aneinander sehr viel Vertrauen lernen konnten, viel Sich-Einlassen lernen konnten, sehr viel… ja, diese schöne Seite der Verschmelzung erfahren konnten, diese große… das klingt vielleicht etwas kitschig, ich sage es trotzdem: Liebesschule. Das ist mit Sicherheit etwas, das sehr wertvoll ist.

Das waren Hubertus Kolks Worte noch vor wenigen Stunden, die sich jetzt und hier, auf Claudias und Werners Gästetoilette, mit dem Alptraum meines Lebens, mit Thomas' eventuellem Selbstmord vermischten, als es an der Haustür läutete. Ich hielt den Atem an – wäre es möglich, dass bereits die Polizei…? Dann Claudias Stimme.

Ach, sind die hübsch, Thomas! Komm rein! Felix ist auch erst seit zwei Minuten da, waren die erlösenden Worte, die durch die Tür zu mir drangen und mich aus den Fängen einer mit den Schreckensbildern meiner Vergangenheit durchsetzten Phantasie befreiten, die zudem vom blutgetränkten Horror der in frühester Jugend im Wormser Europakino gesehenen Gruselfilme genährt war.

Thomas hat wohl den Garten mit den ersten Frühlingsboten geplündert, dachte ich erleichtert, und mein Bammel vor der Begegnung mit ihm, meine Verzagtheit, ihm nach dieser Nacht mit Ángel offen in die Augen sehen zu müssen, hatte sich zusammen mit der eben noch so präsenten Horrorvision seines Selbstmords in Luft aufgelöst. Ich bin beruhigt. Gleich werde ich hinausgehen, ihn in die Arme schließen und einen harmonischen und interessanten Abend mit ihm bei unseren Gastgebern verbringen. *Liebesschule*. Hubertus Kolk hatte vollkommen Recht. Das war es, was Thomas und ich seit nun nahezu siebzehn Jahren praktizierten. Ich hatte diesem Sternendeuter und Lebensberater, diesem Astrologen meiner Wahl Unrecht getan. Aber das war mir schon klar geworden, als ich noch bei ihm saß, in diesem schrecklichen Haus, in dieser kümmerlichen Wohnung. Seine Analyse meiner Person, meiner Beziehung und der Situation, in der ich mich befand – oder sollte ich besser sagen, in die ich mich hineinmanövriert hatte? – war scharfsinnig und geistreich und dabei intuitiv und nicht ohne Einfühlungsvermögen. Die Aussichten und Möglichkeiten für mein Handeln jedoch waren nicht weniger verwirrend. Im Grunde hatte ich ihn so verlassen, wie ich zu ihm gekommen war. Ratlos und konfus, wenn auch um einiges gescheiter.

Das Bild, das sich mir bot, als ich den Wohnraum betrat, versetzte mir einen Stich ins Herz. Claudia war mir auf ihrem Weg in die Küche begegnet und hatte mir freudestrahlend das Sträußchen aus Primeln und Narzissen, die seit vielleicht anderthalb Wochen hinter unserer Taxushecke, unter der alten Magnolie ihre Blüten entfaltet hatten und die sie schnell in einer passenden Vase versorgen wollte, mit einem *Ist der nicht hübsch?* entgegengehalten und Thomas saß nun allein auf dem gemütlichen Sofa, das mitten im Raum platziert war. Bei meinem Eintreten, zumindest kam es mir so vor, als sei mein Erscheinen der Auslöser gewesen, denn von Claudia hatte ich ja bei seiner Ankunft diesbezüglich keine Bemerkung gehört, war er völlig in sich zusammengefallen, kreidebleich und atmete nur flach. Ein Häuflein Elend, das tief in die hellen, weichen Polster gesunken war. Es kam mir wie ein Hilferuf vor und gleichzeitig spürte ich seine große Distanz, ja, Abwehr mir gegenüber, die ich ebenso wenig ertragen konnte, wie den Gedanken, dass es Thomas meinetwegen schlecht ging.

Hallo, mein Schatz, sagte ich, ging zu ihm hin, gab ihm einen Kuss und setzte mich neben ihn.

Da saßen wir nun.

Horoskope? Was für ein Blödsinn! Und daran glaubst du?

Werner hatte einen köstlichen Coq au Vin aufgetischt und dazu einen 1996er Chateau Ducru-Beaucaillou kredenzt, was mir schier die Sprache verschlug. Denn nicht nur, dass ich wusste, wie teuer dieser Saint-Julien war, nein, diese Flasche weckte uralte Erinnerungen an Benoît, eine große Liebe in Bordeaux, den ich 1986, also relativ kurz nach der zermürbenden Episode mit Ángel in München kennengelernt hatte. Eine Liebe allerdings, die ebenso unerfüllt geblieben war wie die zu Ángel. Benoît, ein damals aufstrebender Architekt und nebenbei Mitglied der Avantgardetheatertruppe Groupe 33, hatte mich eines Sonntags in seinem silbergrauen

Citroën DS auf eine Landpartie ins Médoc mitgenommen und mir irgendwann während der Fahrt durch Sonne, Hitze und Weinberge eröffnet, er sei jetzt bei Bauherren zum *déjeuner* eingeladen und nehme mich einfach mit. Das sei überhaupt kein Problem, umso weniger, da er mit mir als Oscar-prämiertem Regisseur enorm was hermachen würde. Kurz hinter Beychevelle bogen wir von der D2 auf eine kleine Nebenstraße Richtung Garonne ab, die durch das Lamellenstaccato der Weinberge ganz offensichtlich auf eine der großen und nobleren Domänen des Médoc führte. Wir passierten die Toreinfahrt und Benoîts hydraulisch gefederte *Göttin* – denn das und nichts anderes bedeutet ja DS, wenn man es französisch, also *déessse* ausspricht – rollte mit leisem Knirschen über den hellen Kiesweg, der in angenehmer Rundung um ein Rasenoval führte, auf dem drei uralte Koniferen wohlproportioniert verteilt standen. Es war dies die Zufahrt zu einem stattlichen Herrenhaus, einem wahrhaften Chateau, dessen langgestreckter Bau an beiden Enden von rechteckigen Türmen gefasst war. Willkommen auf Ducru-Beaucaillou, sagte Benoît in seiner trockenen Art, zuallererst zeige ich dir mal das Badehaus, das ich für deren Kinder an der Garonne gebaut habe.

So bin ich zu einem außergewöhnlich kultivierten Mittagessen bei der Familie de Courville auf Ducru-Beaucaillou gekommen und fand es mehr als sympathisch, dass sich diese feinen Menschen weit weniger für meinen Oscar und viel mehr für meine Kindheit an der Seite meines

Vaters, des Weinkommissionärs, interessierten, was keineswegs bedeutete, dass diese Leute kulturell desinteressiert gewesen wären, im Gegenteil! – Wein und Kultur sind ja sozusagen miteinander verheiratet; (selbst in meiner Heimat Rheinhessen merkt man selbst heute noch, ob man sich durch einen Weinort bewegt oder gerade ein Kaff von Ackerbauern passiert) – nein, die Anteilnahme am persönlichen Schicksal stand für diese Familie im Mittelpunkt. Natürlich habe ich ihnen, wie man so schön sagt, trotzdem keinen reinen Wein über die Schattenseiten meiner Familiengeschichte eingeschenkt, obwohl ich mir sicher war, dass sie dafür Verständnis gehabt und ausreichend Empathie empfunden hätten, aber das war ja weder der Situation, noch unserer Beziehung angemessen. Außerdem fand ich, dass ich mit dem wenigen, was ich bei den Tischgesprächen von mir gegeben hatte, schon genügend Raum beansprucht hatte. Schließlich waren da noch ihre erwachsenen Kinder, soweit ich mich erinnere zwei Söhne, eine Tochter und deren Partner. Wir saßen an einer großen, weiß gedeckten Tafel, die Tischwäsche mit einem Monogramm, das ein kleines Kunstwerk für sich war, altes Christofle-Silber und natürlich der eigene Wein in Karaffen, die um den Hals eine Kette mit dem jeweiligen Flaschenkorken hängen hatten, was mich damals besonders beeindruckt hatte. Zu essen gab es übrigens, und das dürfte für dich interessant sein, Werner, ein vorzügliches und äußerst ungewöhnliches Gericht, ein Fischragout in fast schwarzer Sauce, das, wie man mir sagte, eine Bordelaiser Spezialität sei und *Anguille en matelote* hieß: Aal in Rotwein.

Das ist ja eine tolle Geschichte, begeisterte sich Werner, darauf sollten wir das Glas erheben!

Und was ist aus Benoît geworden? wollte Claudia wissen.

Er leitet mit seinen Kompagnons mittlerweile eines der führenden Architekturbüros in Paris, erwiderte ich bedeutungsvoll und musste mir dabei eingestehen, dass dieser Versuch, mich mit dem Erfolg anderer, in diesem Fall mit Benoîts Erfolg, zu schmücken – Benoît, zu dem der Kontakt seit bestimmt zehn Jahren eingeschlafen war – dass also dieser Versuch der Selbsterhöhung mich sogleich tief beschämte, ja ich ihn direkt als erniedrigend empfand.

Nein, ich meine, wie war das mit euch damals?

Nichts weiter. Eine unerfüllte Liebe. Er hat dann geheiratet und sie haben eine Tochter bekommen. Allerdings war er sehr leidenschaftlich mit mir, und ich habe mich oft gefragt, ob es außer mir überhaupt einen anderen Mann für ihn gegeben hatte. Außerdem habe ich jedes Mal, wenn wir zusammen waren, eine ganz tiefe Verbindung zwischen uns empfunden. Das Witzige war, dass sich unsere Wege schon einmal Jahre zuvor, und ohne dass wir voneinander wussten, gekreuzt hatten; als unser Theaterkollektiv während eines Gesangsworkshops in Frankfurt eine Gast-Aufführung der Groupe 33 besuchte. Benoît war damals als Schauspieler dabei, ebenso wie später in München, wo ich ihn dann kennenlernte, als ich eine ihrer Inszenierungen im Marstall aufzeichnete.

Das ist doch Schicksal, wenn sich die Wege von Menschen mehrmals kreuzen, findet ihr nicht? rief Claudia aus und warf Werner einen Blick zu, als wolle sie ihn vom Unmöglichen überzeugen.

Das finde ich auch, erwiderte ich. Aber bei all dem, was ich bisher im Leben erfahren habe, denke ich, eine solche Begegnung muss nicht unbedingt heißen, dass man mit demjenigen noch eine Rechnung offen hat. Wäre ja auch möglich, dass man sich in diesem Leben nur aus einem einzigen Grunde noch einmal trifft: um voneinander Abschied nehmen zu können.

Diesen Satz kaum ausgesprochen, spürte ich, wie es Thomas, der sich während des Aperitifs wieder leidlich gefangen hatte, unbehaglich wurde und es in ihm zu gären begann.

Wie war's denn bei deinem Astrologen?

Sein Versuch, diese Frage möglichst unschuldig zu stellen und mit einem interessierten Lächeln zu unterstreichen, war ihm misslungen, seine Stimme etwas zu zaghaft, sein Lächeln gezwungen, doch weder Claudia noch Werner hatten darauf geachtet. Nur ich spürte erneut die arge Bedrängnis, die höchste Not, in der Thomas sich befand.

Ganz gut, wiegelte ich ab, im Grunde sehr interessant.

Und was hat er gesagt?

Thomas wollte es jetzt wissen, wollte die zahme Variante, die sanfte Dosis im Beisein Dritter, sonst hätte er mein Signal wahrgenommen und nicht insistiert in der Hoffnung, die Anwesenheit unserer Gastgeber wäre mir eine Hemmung und würde meinen Willen zu klaren, eindeutigen Aussagen entschärfen. Eigentlich hatte er oft genug das Gegenteil erlebt. Oder war dies nur eine ungerechtfertigte Vermutung, ja, Unterstellung meinerseits? Über die Jahre entstandene Strukturen und das damit verbundene Bild, das wir von unserem Gegenüber haben, verleitet uns oft in zunehmendem Maße zu Fehlinterpretationen dessen, was der von uns geliebte Mensch sagt oder wie er sich verhält. Dabei sollten wir ihn doch jeden Tag mit neuen Augen sehen.

All diese Gedanken schwirrten mir im Bruchteil von Sekunden durch den Kopf, während ich mich entschloss, hier, am so gemütlich rustikal mit grüngeflammter Gmundner Keramik gedeckten Tisch und mit Claudia und Werner als aufmerksamen Zuhörern – Zuhörern zudem, zu denen zumindest mein Verhältnis zwar freundschaftlich, doch mehr oder minder distanziert freundschaftlich geprägt war – hier also, bei Werners leckerem Coq au Vin und der schon fast geleerten ersten Flasche 96er Ducru-Beaucaillou, die mir so ganz und gar überraschend eine längst vergessene Episode meines Liebeslebens wieder in Erinnerung gebracht hatte, entschloss ich mich, schonungslos von meinem Besuch bei Hubertus Kolk zu berichten, wobei ich es natürlich nicht versäumen wollte, mein Publikum auf die Umstände dieser astrologischen Beratung einzustimmen. Und so begann ich zum allgemeinen Amüsement meinen Bericht mit der

Schilderung von Haus und Wohnung in Köln-Kalk. Wollte ich etwa Thomas aufheitern und den Aussagen, die noch folgen sollten, die Härte nehmen oder wollte ich mit Rücksicht auf Werner, diesen durch und durch wissenschaftsorientierten Realisten, der sich mit den Sternen nur anhand seines edlen "Celestron Schmidt-Cassegrain" Teleskops beschäftigt, so tun, als nähme ich selbst die Sache nicht so ganz ernst? Oder wollte ich, den Tatsachen entsprechend und meine eigene Person dabei nicht verschonend, von meinem Vorurteil erzählen? Die genauen Beweggründe blieben mir in jenem Moment verborgen, doch eine jede der drei Personen am Tisch hatte auf ihre Weise einen gewissen Gewinn daraus gezogen. Hubertus Kolks Worte waren mir noch frisch im Gedächtnis: zuvorderst *Freiraum* und *Liebesschule.* Dass mein Bedürfnis nach Freiraum ein Grundthema sei, dass ich generell etwas Neues ins Leben einzuladen hätte und auch aus Gleisen, in denen es beruflich gut lief, ausbrechen wolle. In gewisser Weise habe es etwas Pubertäres, fügte ich hinzu, ohne zu erwähnen, dass Kolk selbst diesen Ausdruck für übertrieben hielt. Claudia hörte mir gespannt zu, während sie Werner, der nervös in seinem Teller herumstocherte, zuweilen mit einem missbilligenden Blick bedachte. Thomas starrte gedankenversunken vor sich hin und schien durch meine Worte zunehmend verunsichert, lag ihm doch an meinem Posten beim ZDF wesentlich mehr als mir selber. Schließlich war er es gewesen, der mich damals dazu bewegt, ja geradezu bedrängt hatte, diese Stelle anzunehmen, denn nichts hatte ihm größere Sorgen bereitet als mein finanzieller Ruin und eine eventuell daraus folgende Notwendigkeit, mich unterstützen zu müssen. Es schien mir also dringend geboten, ihn von seiner Anspannung zu erlösen, und so kam ich auf den Begriff der Liebesschule, die unsere Beziehung ausmachte, zu sprechen. Als ich schließlich den Grund dafür erwähnte, dass nämlich unsere beiden Horoskope laut Hubertus Kolk an markanten Punkten miteinander verschmolzen seien, konnte Werner sich nicht länger zurückhalten und fiel mir ins Wort.

Horoskope? Was für ein Blödsinn! Und daran glaubst du?

Jetzt lass ihn doch mal zu Ende erzählen!

Obgleich sie ihrer Stimme einen Unterton von Enthusiasmus verliehen hatte, konnte Claudia damit nicht kaschieren, wie sehr ihr Werners Bemerkung missfallen hatte. Mir war nicht ganz klar, ob Themen dieser Art von jeher ein Streitpunkt zwischen ihnen waren und im Grunde, da einem harmonischen Zusammenleben abträglich, tabuisiert wurden oder ob aus irgendwelchen anderen Gründen eine angespannte Atmosphäre zwischen den beiden bestand. Ich wollte weder ihren Ehefrieden gefährden, noch der behaglichen Stimmung dieses Abends eine unangenehme Wendung geben und setzte daher meine Erzählung nicht fort, sondern signalisierte vollstes Verständnis für Werners Kritik und versuchte, darauf einzugehen, indem ich ihm erklärte, dass einige fundamentale Unterschiede zwischen den von ihm erwähnten Zeitungs- und Zeitschriftenhoroskopen und einer astrologischen Persönlichkeitsanalyse bestehen, dass sich die seriöse

Astrologie einer bestimmten Symbolsprache bedient, mit der sie die Raum-Zeit-Qualität und damit bestimmte Merkmale beschreibt, jedoch keineswegs behauptet, die Planeten würden diese Merkmale beim Menschen verursachen. Dass die Planeten und ihre zu diesem oder jenem Zeitpunkt bestehenden Konstellationen lediglich auf gewisse Merkmale hindeuten, eben genauso, wie eine Uhr nur die Zeit anzeigt, nicht aber für die Zeit verantwortlich ist.

Ob Werner meine Erklärung geschluckt hatte, konnte ich nicht ausmachen; jedenfalls gab er sich damit zufrieden, öffnete eine zweite Flasche Ducru-Beaucaillou und ließ mich mit meinem Bericht fortfahren.

Ein Manko der Beziehung, das heißt, einer der Nachteile dieser Verschmelzungspunkte in Ihrer beider Horoskop ist mit Sicherheit, dass Sie durch die Beziehung mit Thomas stark von Ihren beruflichen Themen abgelenkt worden sind. Aber dafür haben Sie ein Nest gekriegt, gab ich Hubertus Kolks Worte wieder und löste damit eine lebhafte Diskussion um Selbstbestimmung und Fremdbestimmung, um Eigenverantwortlichkeit und Selbstaufgabe innerhalb einer Beziehung aus.

Wo habe ich dich denn von deinem beruflichen Thema abgelenkt? warf Thomas voller Empörung ein. Ich war es doch, der hinter dir her sein musste, damit du den Job beim ZDF überhaupt angenommen hast!

Na ja, mein Schatz, kannst du mir sagen, was mein Job

beim ZDF mit meinem ureigensten beruflichen Thema zu tun hat? Hingegen hast du jeden meiner Versuche, noch einmal als Filmemacher Fuß fassen zu können, mit den Worten kommentiert: *Wenn du da mal nicht aufs falsche Pferd setzt.* Glaubst du im Ernst, das hätte mir besonderen inneren Rückhalt verliehen? Ich hätte mir von meinem Partner gewünscht, dass er meine Vision mit mir teilt und mir dadurch Energie gibt, so wie ich es bei Birgitta und Pahlke damals erlebt habe. Und nicht, dass mir die Energie genommen wird! Aber das ist sowieso Schnee von gestern und schon lange abgeschlossen und außerdem langweilen wir Claudia und Werner mit solchen belanglosen Interna, die zudem zu nichts führen und nicht einmal den Anspruch erheben, zu etwas führen zu wollen.

Eigentlich hatte ich Thomas mit meiner in großer Gelassenheit vorgetragenen Bemerkung – einer Gelassenheit allerdings zu der ich mich aufs Äußerste zwingen musste – den Wind aus den Segeln nehmen und ihn abkühlen wollen, hatte jedoch das genaue Gegenteil erreicht: Thomas ging hoch wie eine Rakete.

Wie kannst du nur behaupten, ich hätte dich beruflich gebremst?! Tatsache ist doch, dass du keinerlei Biss hast, was das Verfolgen deiner beruflichen Ziele angeht, dass du einfach nicht brennst! Dass du dich lieber hinstellst und Donauwellen bäckst!

Die du und deine Geburtstagsgäste immer wieder mit größter Lust verschlingen und in den höchsten Tönen loben!

Ist es nicht so, Claudia? rief ich mit einer Heiterkeit aus, die mir selbst völlig übertrieben erschien, da sie meinen inneren Aufruhr, den der kurze Wortwechsel mit Thomas verursacht hatte, überspielen sollte.

Der Abend bei Claudia und Werner war der Abend, an dem sich Thomas von mir trennte. Thomas Hold trennte sich an jenem Abend von Felix Barden. Jener Abend bei Claudia und Werner, der mich anfangs mit Befürchtungen, die sich zum Glück als unbegründet erwiesen hatten, in Atem gehalten hatte und der uns allen in unserem Streben nach Harmonie einiges abverlangt und mir zudem schlagartig bewusst gemacht hatte, dass ich Thomas nie verlassen könnte, dass ich ihn viel zu sehr liebte, um ihn einfach abzuservieren, jener Abend also war der Abend unserer plötzlichen und endgültigen Trennung.

Da war er, der Abgrund, auf den ich zugerast war; wie der Wagen, mit dem Thelma und Louise in ihre Scheinfreiheit rasten, in der Luft stehenblieb und als Bild einfror, so fühlte ich mich: keinen Boden mehr unter den Füßen und noch nicht im freien Fall. Schwerelos. Nein, körperlos. Doch während dieses eingefrorene Bild mit dem in der Luft schwebenden amerikanischen Schlitten in *Thelma & Louise* das Schlussbild war, das uns Zuschauern die Konsequenz dieser Fahrt in den Abgrund ersparen wollte, das *Freiheit* hinausschrie und nicht *Tod*, stürzte ich hingegen in die bodenlose Tiefe. Plötzlich war da eine große Stille und eine große Leere – die Lücke, das unauffüllbare Vakuum. Was ich für absolut unmöglich gehalten und womit zuallerletzt in meinem Leben ich gerechnet hatte, war mit wenigen Worten, die Thomas mit der Gefasstheit eines Menschen aussprach, der im Begriff ist, sich seine von Wundbrand befallene Hand abzuhacken, zu einer unumstößlichen Tatsache geworden.

Ich bin es endgültig leid, mir deine wieder und wieder aufgewärmten Vorwürfe anzuhören, sagte er, als wir vor seinem Haus am Kaiser-Wilhelm-Ring angekommen waren. Was mein sogenannter Mangel an Unterstützung, am Teilen deiner Visionen angeht, scheinst du mit notorischer Vergesslichkeit beschlagen zu sein. Wer hat sich denn mit deinen Drehbüchern, die keinen interessiert haben, auseinandergesetzt, wenn nicht ich? Wer war dir denn ein kritischer und inspirierender Gesprächspartner, wenn nicht ich? Von wegen aufs falsche Pferd gesetzt! Diesen Ausdruck habe ich dir gegenüber nur einmal verwendet, noch dazu in einem absolut anderen Zusammenhang! Morgen Vormittag bin ich zur Besprechung bei einem Bauherrn und ich möchte, dass du, während ich weg bin, deine restlichen Sachen, die noch bei mir sind, abholst und meinen Schlüssel in den Briefkasten wirfst, wenn du gehst. Mit uns ist es aus und vorbei. Werde doch mit deinem Ángel glücklich, fügte er nach kurzer Pause hinzu, mit gänzlich trockener Kehle und einem Blick, so voller Abscheu, wie ich ihn noch nie bei ihm gesehen hatte.

Ich stürzte. Endlos.

Im freien Fall hatte Thomas mich stehen lassen und schloss die Haustür hinter sich. *Werde doch mit deinem Ángel glücklich!* Im Stürzen hallten seine Worte nach. Mich im Stürzen überschlagend, bar jeglicher Orientierung, gelangte ich schließlich in die Salierstraße, in mein Apartment. Hals über Kopf stürzte ich tiefer und tiefer in das Vakuum, das ich doch seit so vielen Jahren für endgültig aufgefüllt glaubte, in die Leere, aus der ich einst kam. Wie konnte er nur! Einfach alles so mir nichts, dir nichts wegzuwerfen und unsere Liebes-, unsere Lebensbeziehung abzutun, als sei sie ein unerfreulicher One-Night-Stand gewesen! Hatte ich nicht alles dafür getan, unserer Beziehung eine Chance zu geben, sie zu retten? Gewiss, mein Wollen und Handeln waren mehr oder minder außer Kraft gesetzt, waren dem – in lichten Momenten und, sofern ich dazu fähig war, bei klarem Verstand bedacht – obskuren Begehr längst vergangener und ad acta gelegter Tage hilflos ausgeliefert und ebenso gewiss hatte Thomas, ohne dass ich es wollte, zumindest an jedem einzelnen der letzten zwanzig Tage den Geruch des Zweifels und der Fremdverliebtheit an mir wahrgenommen, die Ausdünstungen, wenn auch nicht der Abwendung und des Verlassens, so doch die der innerlichen Zerrissenheit, des unaufhaltsamen Rückzugs. Was Wunder also, dass er es war, der die Reißleine zog, um nicht gemeinsam mit mir am Boden zu zerschellen! Konnte ich ihm das verübeln?

Noch heute Nachmittag hatte Hubertus Kolk unsere

Beziehung als eine *Liebesschule* bezeichnet und heute Abend hatte ich mich gegenüber Thomas vor Zeugen dazu bekannt – es hatte ihn nicht von seinem Vorhaben abbringen können, einen Schlussstrich unter unsere Beziehung zu ziehen. Und wie mir in Nachhinein klar wurde, war es dieses Vorhaben, das ihm zu Beginn des Abends bei Claudia und Werner als eine feste, unumstößliche Größe den Atem genommen und alle Kraft geraubt hatte. Meine Worte, allesamt als eine Bekräftigung meiner Liebe zu ihm gedacht, waren in den Wind gesprochen, Thomas hatte gute Miene zum bösen Spiel gemacht und einzig auf den Moment gewartet, an dem er mir sagen konnte, dass es aus sei und vorbei; an dem er mir sagen konnte, werde doch glücklich mit deinem Ángel! Er hatte sich entschieden, der Ungewissheit ein Ende zu bereiten und, wie so viele es tun, zu verlassen, bevor man verlassen wird. Doch unter welchen Qualen? Wie musste er sich fühlen? Noch immer das schmerzliche Bild von ihm vor Augen, wie er auf Claudias Couch kraftlos nach Luft hechelt, komme ich in meiner Wohnung in der Salierstraße an, schluchzend, doch ohne auch nur eine Träne weinen zu können. Ein tränenloses Schluchzen begleitet mich vom Kaiser-Wilhelm-Ring bis hier herauf, wo ich mich tränenlos schluchzend auf mein Sofa fallen lasse und weiterschluchze, ein ausgetrockneter Salzsee, in dem mein Schluchzen heiser verhallt und meine wunden Augen vergeblich auf nässend benetzende Linderung hoffen.

Konnte ich nicht glücklich und zufrieden sein?

Überraschend schnell hatte sich meine verzwickte Lage geklärt! Es ginge nicht darum, etwas übers Knie zu brechen, hatte der Astrologe meiner Wahl verlauten lassen und nur zehn Stunden später hatte das Schicksal bereits für mich entschieden. Ich hatte nichts unternehmen müssen, hatte mich völlig herausgehalten. Hatte ich das? Mich herausgehalten? War ich dem nunmehr fast vierwöchigen Wechselbad der Gefühle tatsächlich so ausgeliefert gewesen, wie ich es empfunden hatte oder hätte ich nicht genauso gut die Notbremse ziehen können, ja, ziehen müssen? War ich an Thomas' Trennungsschritt nicht gleichermaßen beteiligt mit meinem passiven Stillhalten? Aber hätte Thomas nicht vehementer um mich, um unsere Beziehung kämpfen müssen, statt sie so sang- und klanglos aufzugeben? Ich kann sowieso nichts machen, das liegt alles in deiner Hand, war schließlich sein einziger, jemals ausgesprochener Kommentar zu unserer Situation gewesen. Eigentlich hätte ich allen Grund, sauer auf ihn zu sein! Offenbar will das Schicksal tatsächlich, dass ich mit meinem Ángel glücklich werde. Solche und ähnliche Gedanken trieben über die spröde Kruste meines ausgetrockneten Salzsees und hielten mich die halbe Nacht wach.

Kaum zehn Stunden also war es her, dass ich von Hubertus Kolk hörte, für mich stünde keinerlei Entscheidung an, und jetzt war ich ein freier Mann. Frei in dem Sinne, dass mein Gefühlsleben von jeglicher Bindung befreit war. Der Sturz in den Abgrund hatte mich befreit. Doch zu was für einem Preis!

Hatte ich mir in den hoffnungsvollsten Momenten meiner Zerrissenheit noch ausgemalt, wie es wäre, da wir doch erwachsene Menschen sind, beide ohne Beschränkung lieben zu können, ja, sehnlichst gewünscht, Thomas und Ángel unter einen Hut zu bringen, also in liebevoller Beziehung verbunden sein zu können, ohne dafür das Wort *ménage à trois* bemühen zu müssen, stand ich jetzt vor dem Scherbenhaufen einer siebzehnjährigen Beziehung und zugleich vor dem verheißungsvollen Neubeginn einer Liebe, die seit dreiundzwanzig Jahren unerlöst in meinem Innersten geschlummert hatte. Nur, konnte ich Thomas die Verantwortung für sein Handeln, für diese überstürzte, um nicht zu sagen vollkommen voreilige Trennung, einfach so kaltschnäuzig zuschreiben? Natürlich handelt jeder Mensch, solange er als zurechnungsfähig gilt, eigenverantwortlich und muss alle Konsequenz seines Handelns selbst tragen. Verantwortlich für Thomas' Handeln fühlte ich mich auch keineswegs, jedoch für den Schmerz, den ich ihm zugefügt und der ihn zu solchem Handeln gezwungen hatte. Die halbe Nacht nagten die Selbstvorwürfe an meinem Gewissen, sah ich Thomas den Qualen enttäuschter Liebe ausgesetzt, gebrochenen Herzens, desillusioniert und einsam, an seiner Trauer zugrunde gehend. Und ich war schuld daran. Ich war befreit, doch der Preis war hoch. Diese Freiheit hatte einen bitteren Beigeschmack, der mir die Liebe zu Ángel seltsam vergällte. Durfte ich unter diesen Umständen noch ein beseligtes Zusammensein mit Ángel überhaupt in Erwägung ziehen, ein ungestörtes Glück erwarten? Konnte ich so ganz ohne weiteres eigentlich noch von einer schicksalhaften Begegnung reden? Wie hatte Hubertus Kolk es ausgedrückt - mit Ángel gäbe es etwas Ähnliches und etwas anderes.

Das Ähnliche ist, auch hier gibt es eine spirituelle Komponente. Sie haben also sowohl mit Thomas, als auch mit Ángel eine starke Seelenverbindung. Woher die kommt, weiß auch ich nicht, ich kann nur sehen, sie ist da. Das heißt, auch hier, egal, wie Sie sich entscheiden, außer, Sie würden jetzt mit Brachialgewalt handeln, ist die Wahrscheinlichkeit sehr groß, dass Sie eine enge Verbindung behalten werden, unabhängig davon, wie sie gestaltet ist. In der Kombination mit Ángel… da ist der Fokus mehr auf den Alltag gerichtet, nicht so sehr auf das gemeinsame Nest. Da geht es darum, gemeinsam in der Welt zu wirken, im Alltag zu wirken, es hat auch eine stärkere berufliche Ausrichtung, was nicht heißt, sie würden zusammen an etwas arbeiten, das glaube ich eher nicht.

Aber doch sicher, dass wir uns gegenseitig beruflich unterstützen, unsere Visionen gemeinsam teilen, dachte ich, während mein Blick von den unsäglichen Sansevierien, die zuoberst auf einem der Regale und daneben auf dem Boden standen, hinüber zu dem blassen Gesicht meines Astrologen schweifte. In Ángel hätte ich einen Partner, der vollstes Verständnis hätte für meinen Drang, kreativ zu arbeiten und mich künstlerisch zu verwirklichen, war er doch selbst einmal ganz und gar von solchen Ambitionen geprägt, auch wenn er sie im Laufe der Zeit aufgeben musste und sich mit einem Leben, das sich der Werbung für Luxusgüter verschrieben hat, arrangiert hatte. So, wie ich mich mit meinem Leben beim ZDF, mit der, vornehm ausgedrückt, begleitenden Kontrolle bei der Bearbeitung von Spielfilmen arrangiert hatte. Denn mehr war es ja schließlich nicht. Wie sehr sehnte ich mich jetzt danach, Ángels Körper zu spüren, ihn in meinen Armen zu halten, seine Lippen auf den meinen zu spüren und mit unseren Zungen die spröde Kruste meines ausgetrockneten Salzsees aufzuweichen und wegzuschwemmen, sie mit dem Schweiß unserer aneinander und ineinander arbeitenden Körper wegzuschwemmen und endlich haltlos und befreiend weinen zu können über die Wiederentdeckung und den Verlust, über Abschied und Neubeginn, über das Schicksalhafte und das Zwangsläufige, über das Ich und das Du in mir und in dem Anderen.

So dämmerte ich dem Morgen entgegen, einem Sonntagmorgen, an dem ich das Feld räumen sollte in Thomas' Haus und an dem ich Ángel, meinen heiß ersehnten, wunderschönen Ángel mit meinem Besuch und der zweiten gemeinsamen Nacht zu überraschen gedachte; einer Nacht, in der ich mich ganz bestimmt nicht wieder auf ihn stürzen und über ihn hermachen werde wie ein ausgehungerter Löwe sich auf eine junge Gazelle stürzt und über sie hermacht, sondern gleich einem Gourmet, der sich jeden einzelnen Bestandteil einer jeden einzelnen Speise des Menu Dégustation im Relais Louis XIII in Paris, in das ich Thomas vor Jahren einmal zu seinem Geburtstag eingeladen hatte, auf der Zunge zergehen lässt, so werde ich mit ihm und an ihm und seinem gezüchteten und gezüchtigten Körper sämtliche Finessen sexuellen Genusses auskosten. Ja, das werde ich. Ich werde mich in ihm und auf ihm und über ihm ergießen. Und mit dieser Vorstellung von meiner zweiten Nacht mit Ángel schlafe ich ein. Endlich.

Penelopes Erlebnis im Hause Simoni wirkte noch lange Zeit nach, mit Folgen, die weit über ein Jahr bestimmend waren für ihr geschwisterliches Verhältnis zu Ángel. Mit dem allmählichen Erwachsenwerden allerdings veränderte sich ihre Sicht der Dinge und ihre Sicht auf den Bruder von Grund auf, und so war sie es schließlich, die auf ihn zuging und die Initiative zu einer Aussprache ergriff, die für Ángel, dem die Entwicklungsphasen seiner Schwester verborgen geblieben waren, so unerwartet kam, dass er sich ihr nur mit allergrößter Vorsicht und ungebeugtem Misstrauen aussetzte. Penelope gab ihm zu bedenken, dass sie jahrelang damit gerechnet hatte, er sei sauer auf sie, da sie doch die Ursache für die entsetzlichen Prügel der Mama gewesen sei. Dieser Gedanke habe sie immer schwer belastet und die daraus resultierenden Schuldgefühle hätten sie dementsprechend auf Abstand zu ihm gehalten. Als schließlich diese Sache mit den Simoni-Brüdern vor drei Jahren passiert sei – Was für eine Sache? unterbrach Ángel sie, wohlwissend, worum es ging, bloß mehr denn je auf der Hut, seiner Schwester eingestehen zu müssen, dass er ihr seit damals und sowieso darüber hinaus so gut wie alles, was ihn betraf, verheimlicht hatte; jetzt ging es ums Sortieren, was wusste sie, was nicht und wie viel davon sollte er ihr zugestehen oder sollte er überhaupt alles abstreiten?

Jetzt tu doch nicht so, du weißt doch genau, wovon ich rede!

Ehrlich, ich hab keinen blassen Schimmer. Was war denn mit Francesco? Ihr habt doch immer so zusammengehangen und dann plötzlich nicht mehr, das weiß ich noch.

Ángel, gib doch einfach endlich zu, dass du schwul bist und dass ihr drei miteinander rumgemacht habt! Von mir erfährt es eh keiner, ich trag es schon seit drei Jahren mit mir herum.

Aber wieso denn, wieso hast du nichts gesagt? Ich hatte es nur deshalb für mich behalten, weil ich dich damit nicht belasten wollte und außerdem fand ich damals, dass du noch zu jung dafür warst.

Was für ein glänzender Einfall, dachte er bei sich. Sie sagt, Mamas Schläge hätten sie belastet und ich sage, ich wollte sie nicht belasten. Aber worauf will sie eigentlich hinaus?

Das war ich ja auch – jedenfalls kam es mir damals so vor, als sei ich viel zu jung, um die beiden bei so etwas zu erwischen. Ich war so völlig blauäugig und hinterher so sauer auf mich und meine kindliche Naivität und auf euch und überhaupt. Aber das ist längst vorbei. Eigentlich wollte ich dir nur sagen, dass ich dir immer eine gute Freundin und Verbündete sein will. Schließlich und endlich ist Blut dicker als Wasser. Und deine Geheimnisse sind bei mir gut aufgehoben.

Wären sie das tatsächlich? Unversehens erkannte Ángel, dass auch seine Gefühlswelt jahrelang einem Irrtum aufgesessen war, denn in dem Bild, das sich seit der Kindheit in ihm verfestigt hatte, war es Penelope, die die Verantwortung für die Schläge seiner Mutter trug und nicht jene, die ihn schlug. Mit einem Mal war ihm klar, dass es nicht Penelope war, die ihn geschlagen hatte, sondern die Hand seiner Mutter. Er musste etwas Besonderes sein, dass er solche Schläge verdient hatte. Ihm war, als habe seine Mutter sich selbst geschlagen, als habe sie damit zum Ausdruck gebracht, seht her, so schlage ich mich durchs Leben. Ich schlage mich selbst und halte es aus. Und dieser Junge, die Frucht meines Leibes, hält solche Schläge aus und hat sie auch verdient, denn durch sie wird er über sich selbst hinauswachsen, durch sie wird er am Leben bleiben und es letztendlich meistern. *Erlebst du das Leben nicht auch als einen einzigen Kampf?* Ángels Worte waren mir nur allzu gut im Gedächtnis geblieben.

Von seiner Schwester hatte er bei unserem dritten oder vierten Treffen mit stolzgeschwellter Brust erzählt, von ihrem beruflichen Erfolg als Personalmanagerin in Frankfurt am Main, und doch umwehte seine Erzählung der Ruch des Vorbehalts, eine kühle Brise des Misstrauens, benebelt von der Illusion, dass Blut dicker sei als Wasser. Gleichzeitig hörte ich aus seinen Worten heraus, wie sehr seine Schwester sich um sein Vertrauen und seine Anerkennung bemühte, wie wichtig ihr ein harmonisches Verhältnis zu ihrem Bruder war und wie sehr ihm selbst an Penelopes Meinung zu seiner Person und allem, was damit verbunden war, lag. Denn seit jener Aussprache mit ihr war Penelope seine einzige und engste Vertraute.

An jenem Sonntagmorgen, dem ersten Morgen nach dem Abend, an dem Thomas Hold sich von Felix Barden getrennt hatte, wachte ich aus tiefer Betäubung erst gegen neun Uhr auf. Mit noch halb geschlossenen Augen wankte ich wie unter Zwang zum Telefon, beherrscht von dem Gefühl, während meines narkotischen Schlafs sei ein Gedanke in mir gereift, der umgehend in die Tat umgesetzt werden sollte. Schlaftrunken wankte Felix Barden in seinem so dezent hochgestylten Loft in der Salierstraße in Düsseldorf zu seinem Schreibtisch, auf dem das Schwarzweiß-Portrait seines nun seit achteinhalb Stunden *ehemaligen* Lebensgefährten Thomas Hold stand, nahm das Mobilteil von der Station, öffnete mit der Cursortaste das Telefonbuch und wählte die Nummer von Ángel Lopez. War Felix Barden noch er selbst? War ich noch ich? Das Freizeichen dröhnte mir unheilverkündend im Ohr. Sollte ich schnellstens wieder auflegen? Schon einmal, vor knapp achtzehn Jahren, hatte mich dieser Gedanke durchzuckt, zu spät damals, was dadurch immerhin der Aufbruch in ein neues Leben werden sollte, was zum Auftakt einer Beziehung werden sollte, die die Liebe meines, ja unseres Lebens werden sollte, Thomas' und Felix' Lebensliebe, die sich just so unversehens als verwundbar, zerstört und gestorben entpuppt hatte. Doch wie heißt es so schön? Wenn sich eine Tür schließt, geht eine andere auf. Freie Bahn also für Felix und Ángel! Und obwohl ich beileibe nicht zu den Menschen gehöre, die Liebesbeziehungen wechseln wie andere ihre Unterhosen und die ungeschoren davonkommen, unerschüttert und unangetastet in ihrem Innersten, so versuchte ich doch, dem schmerzlichen Gedanken an die Trennung von Thomas zumindest auszuweichen, ihm die Erregung eines Neubeginns mit Ángel, das Entgegenfiebern einer über alle Maßen beglückenden Vereinigung gegenüberzustellen und warf alle meine Fantasien über nicht enden wollende Wollust schwer in die Waagschale, während das Freizeichen mir ins Ohr dröhnte, weil ich meinem Vorsatz, Ángel mit meinem Besuch zu überraschen, untreu geworden war und mir dies nur schwer erklären konnte. Oder mir doch insofern erklärte, dass es bei Ángel ja diese imaginären Grenzen gab, diese sich ständig verändernden wabernden Gebilde gab, die schwer zu fassen waren, die unstet waren, das Produkt seiner Willkür. Und dass man sich sehr davor hüten sollte, sie zu überschreiten. Dieser Eindruck, den ich gewonnen hatte, nein, dieses diffuse Gefühl, denn mehr war es ja nicht, nur eine Ahnung, hatte jedoch am Tag zuvor, während meines Besuchs bei Hubertus Kolk, unerwartet Nahrung bekommen.

Bei der Beziehung mit Ángel, hatte er gesagt, jetzt komme ich zu der anderen Seite der Medaille, da gibt es so eine Zerrissenheit. Eine Zerrissenheit, was Nähe und Distanz angeht. Denn auf der einen Seite ist er jemand, der sehr stark Verbindlichkeiten, sehr viel Klarheit braucht. Und andererseits aber auch jemand, der dann wieder ausbricht und dem es zu viel wird. Der die lange Leine haben möchte.

Diese Sätze, die der Astrologe meiner Wahl mit einer gewissen Bestimmtheit und dann doch eher beiläufig ausgesprochen hatte, waren mir wie eine Warnung im Ohr verklungen. Eine Warnung, die ich nicht hören wollte.

Unerbittlich ließ ich jetzt bei Ángel anläuten, und als er endlich antwortete, kam es mir so vor, als hätte ich zehn Minuten darauf gewartet, dass er den Hörer abnimmt und sich meldet; dabei hatte es allerhöchstens zehnmal bei ihm geklingelt. Ángels Stimme klang abweisend, fremd. Hatte er auf dem Display nicht gesehen, dass ich es bin, der Geliebte vom sommerroten Mohnfeld, der ihm die Erfüllung bringt und die grenzenlose, erbarmungswürdige Einsamkeit aus seinen Augen leckt; der Liebhaber, der ihn vorletzte Nacht in endgültiger Verschmelzung dreimal zum Höhepunkt gebracht hatte und darüber hinaus, dass ich es bin, tatsächlich ich, der ihn anruft? Dass Felix Barden ihn anruft?

Felix, ich bin gerade beim Frühstücken und seh mir auf Arte eine Doku über Marilyn Monroe an, lass uns heute Nachmittag telefonieren.

Ja, ich will dich auch gar nicht lange stören, erwiderte ich und musste schlucken, denn die Kälte, dir mir entgegenschlug, hob mein ohnehin angegriffenes seelisches Gleichgewicht völlig aus den Angeln.

Ich wollte dir nur sagen, dass ich heute Nachmittag gerne bei dir vorbeikommen würde, ich muss was Wichtiges mit dir besprechen.

Ich glaube, das ist keine so gute Idee, Felix.

Doch, doch, Ángel, eine sehr gute Idee sogar! Ich muss dir wirklich etwas Wichtiges sagen, aber nicht am Telefon.

Felix, ich habe mit meiner Schwester gesprochen, und sie meint auch, dass es ein Fehler war, mit dir zu schlafen.

Was? Wie bitte? Ich kapier nicht, was hat deine Schwester… Ich spürte eine Welle sexueller Erregung durch meinen Körper schwappen – *mit dir zu schlafen* – von unten nach oben, dann wiederum von oben nach unten. Ausgelöst durch diese vier Worte und dabei völlig herausgelöst aus dem Kontext, hätte ich auf der Stelle durch die Leitung schlüpfen und mich auf Ángel stürzen, mich über ihn hermachen können, mich an ihm vergehen können.

Wieso redest du mit deiner Schwester über uns?

Ich rede mit meiner Schwester, weil ich ihr immer alles erzähle und, wenn nötig, mit ihr bespreche. Meine Schwester ist meine Vertraute und ein gutes Korrektiv, wenn es um wichtige Entscheidungen geht. Und sie hat mich nur noch mal an meine letzte niederschmetternde Affäre in München erinnert, wo ich mich auch auf einen Typen eingelassen hatte, der seine eigentliche Beziehung meinetwegen aufgeben wollte und nach vier Wochen wieder zu seinem Partner zurück ist. Und so was mach ich bestimmt nicht noch mal. Und sie hat mir dringend geraten, die Sache mit dir nicht fortzusetzen. Das heißt, sie hat mich darin bestärkt, denn das war schon auch meine Überlegung, nicht dass du den Eindruck bekommst, ich folgte den Anweisungen meiner Schwester in blindem Gehorsam.

Aber, Ángel, das ist es ja! Ich gebe deinetwegen keine Beziehung auf! Ich bin frei, Ángel! Thomas hat mich verlassen! Frei! Ich wollte es dir eigentlich heute Nachmittag persönlich sagen, deshalb wollte ich auch zu dir kommen.

Jetzt war es heraus. Die völlig veränderte Sachlage, mit der ich Ángel überraschen und sämtliche Liebesschleusen bei ihm öffnen wollte, war zu einer billigen Rechtfertigung degradiert und vollkommen entwertet worden. Ohne Not hatte ich meinen Trumpf aus der Hand gegeben, ihn, wie es sich mir jetzt darstellte, auf unfruchtbaren Wüstenboden fallen lassen. Wieso überhaupt habe ich mich auf eine derart überflüssige Diskussion eingelassen, mich mit diesem nichtswürdigen Anruf in so eine erniedrigende Situation gebracht?

Eine lange Stille auf der anderen Seite der Leitung. Ich legte auf. Tatsächlich hatte Ángels Verhalten am Telefon mich außerstande gesetzt, noch klar denken zu können. In meinem Kopf hatten Chaos und Desorientierung das Zepter in die Hand genommen. Ich versuchte, mich zu fassen, fühlte mich jedoch einer Ohnmacht nahe.

Kaum dass ich das Telefon wieder auf seine Basis gestellt hatte, rief Ángel zurück. Bestimmt wollte er sich für sein Verhalten entschuldigen und ganz sicher war ihm jetzt auch die Tragweite von Thomas Trennung bewusst geworden und die Folgen, die man daraus sowohl für meine Situation, wie auch für unsere Beziehung ziehen konnte. Ihm wird wohl klar geworden sein, dass er unsere Liebe füreinander unmöglich mit der von ihm soeben erwähnten und so unpassend bemühten misslungenen Episode aus seinen Münchner Tagen vergleichen konnte. Zweifellos wird er nun endlich auch seiner eigenen Sehnsucht Rechnung getragen und vor deren Ausmaß kapituliert haben. Ich müsste lügen, würde ich sagen, mein Groll sei auf der Stelle verflogen, doch nahm ich den Anruf mit einer gewissen Erleichterung entgegen.

Felix, bevor du wieder das Gespräch beendest, ohne mir die Möglichkeit einer Erwiderung zu geben, wollte ich dir noch sagen, dass ich es nicht mag, wenn man mich sonntagmorgens so früh anruft. Ich möchte das nicht wieder erleben.

Entschuldige, ich wollte dich nur erwischen, bevor du vielleicht das Haus verlässt und du hast doch gesagt, dass du selbst sonntags schon um sechs Uhr aufstehst, um deinen Sport zu machen…

Das ist egal, unterbrach er mich. Jetzt weißt du's. Mach's gut.

Er legte auf.

Ich erinnere mich nicht mehr, wie es dazu gekommen war, aber jetzt liege ich mit Ángel, meinem geliebten Ángel, mit meinem geliebten und so heiß begehrten Ángel in der wohligen Wärme der Badewanne. So, wie es schon vor vielen

Jahren hätte sein und für mich enden sollen. Was war nur geschehen, welchen Weg war ich gegangen, der mich hierher und zu solch beglückendem Ende geführt hat? Ich weiß noch, wie kraftlos mein Arm mit dem Telefon in der Hand nach unten sank. Wie mir klar wurde, dass ich den Bogen wohl eindeutig überspannt hatte. Was hatte Hubertus Kolk zu mir gesagt? Egal, wie Sie sich entscheiden, außer, Sie würden jetzt mit Brachialgewalt handeln, ist die Wahrscheinlichkeit sehr groß, dass Sie eine enge Verbindung behalten werden... außer, Sie würden jetzt mit Brachialgewalt handeln... Hatte ich das? Hatte ich brachial gehandelt, war dies darunter zu verstehen: mein Anruf am Sonntagmorgen um neun Uhr? Mein Liebesrettungsversuch gegen alle Abwehrmechanismen dieses *lonely cowboys*, dieses Einsamkeitsritters mit Namen Ángel? War es vielmehr nicht so, dass Thomas brachial gehandelt hatte, dass ich derjenige war, der mit einer Brachialhandlung konfrontiert und ihr Leidtragender war? Oder sollte ich einfach da angekommen sein, worauf ich mich seit geraumer Zeit hinzubewegte, in den Tiefen meines Abgrunds?

Den ganzen Vormittag lag ich wie betäubt auf meinem Sofa und sah mir zum wiederholten Mal und im Repeat-Modus Baz Lurmans *Moulin Rouge* an, so ausgiebig, bis ich mein Traumpaar Kidman/McGregor endgültig über hatte und keine Sekunde länger auf dem Bildschirm ertrug. Ich aß nichts, ich hatte keinen Hunger. Ich wechselte die DVD und legte Kubricks *Barry Lyndon* ein, in der Hoffnung, es würde das eintreten, was beim Betrachten der Kubrick-Filme immer bei mir eintritt, dass mich nämlich – in diesem Fall das Sittengemälde des angelsächsischen Rokoko – inspirieren würde, dass ich den Mut und die Kraft finden würde, mich an meinen Roman zu setzen und weiterzuschreiben, dass ich Thomas vergessen würde und Ángel, dass ich zumindest für einige wenige Stunden meinen ganzen Liebeskummer ad acta legen könnte. Dass ich diesen vermaledeiten Liebeskummer, dem ich ja nicht zum ersten Mal ausgeliefert war, durch meine erbärmlichen Versuche jenseits aller wirklichen Inspiration und Kreativität überwinden und ihm endgültig den Garaus machen könnte. Doch kurz nach dem ersten Duell, dem tödlichen Schuss, der Redmond Barry zwang, seine irische Heimat zu verlassen und in die Fremde zu gehen, kam mir selbst Kubrick fade und schal vor, und ich schaltete TV und DVD-Player vollkommen ernüchtert aus. Sollte ich mich einfach ins Bett legen und nicht mehr aufstehen? Oder sollte ich es wie Gunther halten, mich in die heiße Badewanne legen und mir die Pulsadern öffnen? Ich ging ins Bad und ließ das Wasser ein, sehr heiß. Ich wusste, es würde mich große Überwindung kosten und einen sehr starken Willen erfordern, in das heiße Wasser zu steigen und den Körper durch allmähliches Einsinken an die Hitze zu gewöhnen. Lange saß ich vor der Wanne und stellte mir vor, wie aus meinen Unterarmen – um mit Alex Worten aus *A Clockwork Orange* zu sprechen – unser lieber Freund, der rote, rote Vino ins Wasser sprudelt. Doch das Wasser wurde kalt und mir wurde klar, dass ich mir weder die Pulsadern öffnen, noch irgendeine andere Art von Suizid begehen konnte. Dass ich mich schlichtweg nicht umbringen konnte, ganz einfach, weil ich im Grunde meines Herzens Selbstmord für einen Frevel und schon gar keine Lösung hielt.

Ich schaltete wieder den Fernseher ein und nahm Zugriff auf meinen PC, auf dem sich noch der Screener von *Savage Grace* befand. Vermutlich wollte ich mir mit der pervers angehauchten Atmosphäre, die den Film durchweht, den Rest geben. Und zudem das unglückselige Telefonat vom Vormittag auslöschen und lieber die Erinnerung an einen glücklichen Moment mit Ángel heraufbeschwören, als ich nämlich mit ihm die spanischen Interviews einiger Darsteller des Films besprochen hatte. Ich spüre Ángels stechenden Blick. Wie seine Augen mich anstarren! Sie blicken auf den tiefsten Grund meiner Seele. Jetzt hat er mich verstanden. Am liebsten würde ich sie ihm zuhalten, ganz sanft zudrücken. Seine müden Lider sanft mit meinen Lippen schließen. Aber ich darf nicht. Ich kann nicht. Wenn ich jetzt meine Arme anhebe, sie aus dem wohlig warmen Wasser herausnehme, ist alles vorbei. Ángel bleibt ungerührt. Ich lächle ihn an. Jetzt weiß ich es wieder: Dreimal hat er zugestochen. Dreimal hat Antony Baekeland auf seine Mutter eingestochen, als sie neben ihm in der Küche stand. Oder war es viermal? Oder etwa nur einmal? Dreimal hat er zugestochen. Dreimal hat Felix Barden zugestochen. Einmal hat Antony Baekeland zugestochen, dreimal ich. Wo war ich stehengeblieben? Ach ja, der siebzehnjährige Antony stieg gerade in das Bett seiner Mutter und legte sich zwischen sie und deren Liebhaber, als das Telefon klingelte. Der Weg zum Schreibtisch erscheint mir zäh und endlos, zu mühsam um mich aus dem Sumpf meines Sofas herauszuquälen und außerdem, wer will mich jetzt schon sprechen, wozu überhaupt soll ich diesen belanglosen sonntagnachmittäglichen Anruf entgegennehmen? Hier, unter meiner glaswollenen Glocke, unter der ich mich der Mittelmäßigkeit üblicher Liebe einigermaßen erträglich ausgesetzt fühle, höre ich von weit her Ángels Stimme, der sich für sein barsches Verhalten entschuldigt und mich, falls ich ihm nicht allzu böse sei, zum Abendessen bei ihm einlädt.

Das Kamo Katsuyasu lag, noch vom Schneiden des rohen Fisches schlierig benetzt, auf der schwarzen, goldglimmernden Granitarbeitsfläche der blutroten Küchenzeile, als ich davor stand. Wie ich dahin kam, weiß ich nicht mehr. Ángel hatte wieder Sushi serviert, diesmal selbstgemachtes. Wir lagerten auf seinen Bodenkissen, die Teller klirrten eiskalt auf dem weißen Marmor und ich dachte an Thomas und wie es ihm wohl im Augenblick erginge. Ich wusste ja nur allzu gut, welch zarte Pflanze er war und dass diese Trennung, von ihm so brüsk und apodiktisch ausgesprochen, für ihn die letzte Rettung darstellte, gar einen letzten Hilferuf; dass er keinesfalls noch mehr Ungewissheit ertragen konnte und sich lieber das Geschwür bei vollem Bewusstsein aus dem eigenen Fleische schnitt; dass es an mir gelegen hätte, ihn zu beschwichtigen, ihn davon zu überzeugen, dass nichts geschehen war und geschehen würde, was uns je auseinanderbringen könnte. Doch da ist Ángel, der jetzt seinen Kopf in meinen Schoß gebettet hat und dem ich mich nicht entziehen kann. Ich bin besessen von ihm und der Geschichte, die uns verbindet. Besessen von seiner Schönheit, seinem Körper, diesem gezüchteten und gezüchtigten Körper, der mich wahnsinnig macht, und von seinem Wesen – mag mir das alles auch heute weniger geheimnisvoll und verführerisch vorkommen als vor den dreiundzwanzig Jahren, die zwischen uns und unserer Geschichte liegen, doch die die Geschichte, die uns verbindet, mit ungeheurem Erfüllungsdrang gesättigt haben. Ángel hat seinen Kopf in meinen Schoß gebettet und sieht mich treuherzig an. *Aber schmusen können wir doch immer noch, oder?* Sagt er, der vorletzte Nacht über seinen dreifachen Orgasmus mit mir so erstaunt war, und dem die Nähe und Intensität unserer Begegnung schon vierundzwanzig Stunden später dermaßen lästig geworden war, dass er gar seine Schwester bemühen musste, um mich ihm abspenstig zu machen; um einer Beziehung, einer Liebesbeziehung mit mir, noch ehe sie tatsächlich zustande kommen konnte, einen Riegel vorzuschieben; um dem seit dreiundzwanzig Jahren gärenden Erfüllungsdrang nun endgültig den Todesstoß zu versetzen. Ja, jetzt weiß ich es wieder – natürlich können wir immer noch schmusen, sagte ich, beugte mich zum ihm hinunter, drückte sanft meine Lippen auf die seinen, drängte mit meiner Zunge in seine feuchte Höhle, fuhr mit meiner Hand zwischen seine

Schenkel und begann, seinen Schritt zu kneten. Sofort spürte ich seinen Widerstand und ließ von ihm ab. Wie, schmusen? rief ich aus. Du willst dich mit schmusen zufriedengeben? So tun, als sei nichts geschehen zwischen uns und mit uns? Als sei dies (ich hatte meinen Schoß von Ángels Kopf befreit und war aufgesprungen) gerade mal nicht mehr als ein One-Night-Stand gewesen, ein kurzer Fick zum Abgewöhnen? Nur weil du keine Nähe aushalten kannst, weil dir, sobald sich die Gefühle intensivieren, mulmig wird und du die Schläge aus heiterem Himmel deiner Mutter erwartest? Weil Nähe und Enttäuschung, Nähe und Verrat für dich eins sind? Ja, ich weiß es, ich war außer mir geraten und zog ordentlich vom Leder. Alles, was ich von Ángel wusste, hatte ich in die Waagschale geworfen und in einen Großangriff auf seine Persönlichkeit umgemünzt.

Wie dumm von mir, da ich doch Ángel für mich gewinnen, ihn endlich und endgültig für mich haben wollte!

Ich erinnere mich, ja, jetzt erinnere ich mich: Ángel war ebenfalls aufgesprungen, hatte die Sushi-Teller geräuschvoll vom Boden aufgenommen und war mit den Worten *Ich möchte, dass du auf der Stelle gehst!* an seine Küchenzeile gestürmt.

Entschuldige, es war nicht so gemeint, rief ich, ihm jetzt in Panik nacheilend, hinterher, aber siehst du denn nicht, wie schicksalhaft unsere Begegnung ist, wie groß die Anziehung zwischen uns ist, wie viele Gemeinsamkeiten uns verbinden? Siehst du denn nicht, dass wir uns lieben?

Ich bin bei ihm angelangt.

Ich sehe nur eines – dass wir noch viel weniger gemein haben, als ich je gedacht hätte, antwortet er.

Ángel blickt mich dermaßen kalt an, dass ich erschauere. Das Kamo Katsuyasu blitzt auf der Arbeitsfläche kurz auf, als ich herantrete. Ich nehme es und steche dreimal zu. Ein Gefühl, als steche ich in Butter. So scharf ist es, dass ich Ángel ohne weiteres damit filetieren könnte. Das Beste ist gerade gut genug. Das wenigstens haben wir gemein: den Hype nach edlen Marken und Qualität. Gerade eben noch hatte er mir von seinem teuren, um nicht zu sagen superteuren Sushimesser vorgeschwärmt, das ihn weit über dreihundert Euro gekostet hat, und schon hat es ihn dreimal durchbohrt und dabei lebenswichtige Innereien zerteilt. Der eiskalte Blick ist dem der Verwunderung gewichen. Wie in Trance lege ich das Messer auf die Arbeitsfläche zurück. Felix Barden, was hast du getan? Noch schaut Ángel dich fragend an, noch steht er vor dir, und dir bleibt genügend Zeit, ihn in die Arme zu schließen und zu küssen, ganz sanft zu küssen, diesmal ohne auf seinen Widerstand zu stoßen; du spürst seine weichen, nicht mehr ganz so vollen Lippen, die verrieten, dass das Leben seit unseren gemeinsamen Münchner Tagen undsoweiter… Ohne Widerstand kann deine Zunge zwischen ihnen tanzen, willig öffnet er seinen Mund für sie und lässt es geschehen. Allmählich wird er schwerer. Deine Lippen liebkosen seine bebenden Nasenflügel, bevor sie sanft seinen ersterbenden Blick verschließen. Jetzt bist du dir ganz sicher:

Nicht dein Liebesengel, dein Todesengel ist Ángel. Du spürst, wie ihm die Beine nun den Halt versagen, wie die Schwere zur Last wird, die du kaum noch halten kannst, wie du den Körper, aus dem so unumgänglich das Leben entweicht, mit einem Ruck in die Höhe katapultierst, um die Last besser zu verteilen, was dir misslingt; die Last verteilt sich nicht, sie überlastet dich und du kippst hintüber, drehst dich als letzten Rettungsversuch zur Seite und stürzt mit deinem Todesengel in den Armen zu Boden. Ángels Kopf schlägt hart auf den weißen Marmor auf und Felix Bardens Kinn hart auf Ángels Stirn. Benommen bleibt er auf dem todesröchelnden Geliebten liegen. Benommen bleibst du liegen, schweißgebadet spürst du die feuchte Wärme des begehrten Körpers, aus dem immer noch Leben entweicht, genießt es, auf ihm zu liegen, ihn zu spüren, durch die feuchtwarme, schweißnasse Kleidung seinen Körper zu spüren, seine Haut zu spüren, seine Haut mit deiner Haut zu spüren, seinen Körper mit deinem Körper zu spüren, mit deiner Haut zu umschließen, in dir aufzunehmen. Ein letztes Mal deine Haut abstreifen und über seinen Körper stülpen. Haut über Haut, und mit der Oberfläche deiner Haut die Oberfläche seiner Haut spüren, ein letztes Mal, die Konturen seines Körpers spüren, seinen Körper spüren, ihn in dir aufnehmen. Und du ahnst, dass dein feuchtwarmes, schweißnasses Hemd in Wahrheit sein feuchtwarm blutgetränktes Hemd ist, dass der Stoff zwischen euren Körpern von einem nicht versiegen wollenden Strom Blut imprägniert und durchdrungen wird und sich weiter und weiter vollsaugt zu einem Blutsee, in den ich eintauche und mich darin aale. Ja, jetzt weiß ich es wieder, ich habe mich darin geaalt. Felix Barden hat sich in Ángel Lopez' Blut geaalt. Ganz allmählich, mit dem Aufsteigen des metallischen Aromas in seiner Nase, mit dem Ausbreiten des metallischen Geschmacks in seinem Mund wurde ihm klar, dass die wärmende Nässe eben nicht sein Schweiß, sondern das Blut des Objekts seiner Begierde war, das Blut des Sohnes einer spanischen Gastarbeiterfamilie, die es zu etwas gebracht hatte; zu weit mehr vielleicht, als ihr beschieden war, und doch zu weit weniger, als ihr zustand, bei all ihrem Fleiß und ihren Anstrengungen, die sie zum Besten ihrer Kinder auf dich genommen hatten. Und mit dem Blut, das aus Ángels so makellos gezüchteten und gezüchtigten Körper sprudelt und Felix Barden mit seiner sumpfigen Wärme umhüllt, entweichen all die müßigen Bemühungen seines sinnlosen Jobs, alle Aufgeregtheit um Luxussegment und Kundenakquise, es entweichen die sehnsüchtigen und so vergeblichen Träume von Schauspielerei und Künstlerdasein, die endlosen und wollüstigen Doktorspiele des Dr. Mangold und die Wiener Zauberflöte, es entweichen die Bösartigkeiten der Mitschüler, die dem Gastarbeiterkind das Gymnasium missgönnen, es entweicht der beißende Dunst, der aufsteigt aus den dichtbehaarten Achseln seines Vaters, der so viele tausend Kilometer auf seiner Vespa nach Deutschland gekommen war und der zur sogenannten Hure der alten Frau Herbert wurde, es entweichen die Schläge seiner Mutter, das tausendfache Klirren der Fliesen, die auf seinem malträtierten Kinderpopo zerspringen, und es entweicht der Abgrund aus Einsamkeit, in den ich einst sah, als Ángel sich mir offenbarte. Und dies unentwegte Strömen und Entweichen umhüllt dich und treibt Felix Barden in den Wahnsinn, der das Strömen des Blutes aus seinen Armen in das wohlig warme Wasser der Wanne genießt, in der er so liebevoll vereint mit Ángel liegt.

Inzwischen lag ich eine ganze Weile vollkommen blutdurchnässt auf meinem toten Geliebten. Ich rappelte mich auf und schleifte den jetzt so willigen Körper aus seinem erkalteten Blutsee über den weißen Marmor nach hinten ins Schlafzimmer. Ich sah, wie Felix Barden, triefend vom Blut des spanischen Geliebten, sich abmühte, den leblosen Leib auf die frisch mit weißem Linnen bezogene Matratze zu hieven und wie er dabei allem, was er berührte, das Aussehen eines Schlachthauses verlieh, mit ihm, der das Gesicht, um es vom Schweiß zu befreien, stattdessen mit Blut beschmiert hatte, als Schlachter, der in einem nicht versiegen wollenden Blutstrom delirierte. Ich stellte mir vor, nein, mir war, als speise sich Ángels Lebensader aus einer nicht mehr handhabbaren Quelle, die ihren Ursprung in meinem ureigenen Innersten hatte, und so wurde ich endlich, nein, nicht nur durchtränkt, ich wurde überflutet von seinem Innersten; jenseits von Körper über Körper oder Haut über Haut verschmolzen mein Blut und das Blut des missbrauchten spanischen Gastarbeitersohnes in meiner Wanne der Glückseligkeit zu der ersehnten göttlichen Einheit, in deren tiefstem Augenblicksempfinden mir klar wurde, dass alles eine einzige Illusion war. Dass die Liebe zu Ángel unmöglich die gelebten dreiundzwanzig Jahre, die zwischen à fonds perdu und Wiederfinden lagen, aufwiegen konnte. Dass wir im Grunde nichts voneinander wussten. Dass sich alles Begehren aus den Bildern einer Erinnerung speiste, deren Realitätsgehalt eher fragwürdig ist. Und während ich nun neben dem toten Ángel auf dem Bett liege und mir vorstelle, wie ich gemeinsam mit ihm in der wohlig warmen Wanne ausblute, fallen mir Hubertus Kolks Worte ein, die er mir am Ende der Sitzung mit auf den Weg gab:

Ein Bild – stellen Sie sich vor… Ihre Lebenssituation noch bevor Ángel dazugekommen ist. Gehen Sie noch ein paar Wochen zurück, auch mit dem Gefühl, ich habe hier einen Ort, da bin ich angekommen, das ist meine Heimat, und es kommt jemand, ein weiser Mensch, ein Engel, der sagt, es lohnt sich, aufzubrechen, denn das ist hier zwar deine Heimat, aber so kann es nicht ewig bleiben, es gibt eine andere Heimat, die sogar noch heimatlicher ist. Haben Sie bei diesem Bild eine Idee, wie diese neue Heimat aussehen könnte?

Mein Dank

gilt zuallererst meinem Freund und Kollegen, dem Literaturübersetzer, Autor und Maler Wieland Grommes, dessen akribisches Lektorat mir en détail und en gros eine große Hilfe war. Ohne seine inspirierend kritischen Anmerkungen sähe der Roman ein bisschen anders aus. In einem ersten Durchgang hatte mir zuvor schon meine beste Freundin Sabine Dornblut zur Seite gestanden und mich auf vieles aufmerksam gemacht, was ich durch ihren Anstoß ausmerzen konnte. Für ihre liebevolle Mithilfe danke ich ihr von ganzem Herzen ebenso wie Manuela Hagen und Esther Yakub für deren kritische Begutachtung.

Mein besonderer Dank geht an Frau Dr. Ute Stempel, die sich, ohne mich zu kennen, auf das Abenteuer meines Romans einließ und sich sehr dafür engagierte.

Über den Autor

Als Gründungsmitglied des *Gaukelstuhl Theaterkollektivs* war Kain Gold Anfang der 80er Jahre mit zwei Inszenierungen auf Tournee (Schauspiel und Regie bei *Woyzeck* und *Magazin des Glücks* [nach einen Exposé von Ödön von Horvath]).
Danach Regieassistenz bei dem Filmemacher Niklaus Schilling, bevor er seinen ersten eigenen Spielfilm realisieren konnte (Drehbuch- und Produktionsförderung für *AETHERRAUSCH*).
Es folgten mehrere Drehbücher, teilweise gefördert, die nicht realisiert werden konnten.
Sein filmisches Schaffen umfasst Theaterverfilmungen mit der Avantgarde-Truppe *Groupe 33* aus Bordeaux, med. Videoprogramme zur Stärkung der Selbstheilungskräfte bei Herz- und Aidspatienten (jeweils 1. Preise bei der Medikinale International Hannover) sowie mehrere Dokus zum Thema "Lust" für den WDR.

Kain Gold arbeitet seit 20 Jahren als Übersetzer und Untertiteler für deutsche Filmverleiher und Festivals und hat dabei mittlerweile weit über 400 Spielfilme übersetzt und untertitelt.

DIE ZWEI NÄCHTE MIT ÁNGEL ist sein erster Roman.

Made in the USA
Charleston, SC
28 July 2016